KB097982

누가 나만큼
여자를
사랑하겠어

누가 나만큼 여자를 사랑하겠어

"어서 오세요,
여자를 사랑한 여자의
여자 이야기에."

박주연 지음

오월의봄

차례

2부   여자들이 보여준 세계

3부 우리에겐 이 여자들도 있었어

4부 여자들아, '정상성'과 한번 불화해볼래?

어서 오세요, 여자를 사랑한 여자의 여자 이야기에

이런 고백으로 시작해도 괜찮을지 모르겠지만 난 상당히 오랫동안 '나만큼 여자를 사랑하는 사람은 없을 것'이란 자부심을 가지고 있었다. 그도 그럴 것이, 내가 기억하는 한 늘 여자들을 좋아했기 때문이다. 유치원 때의 기억부터 그렇다. 여자애는 남자애와 짝이 되어 손잡고 사진을 찍어야 했는데, 그게 무척 마음에 안 들었다. 아직도 그때 내가 지었던 표정이 생각난다. 못마땅한 표정. 초등학생 때부턴 여자애와 남자애 구분이 더 심해졌고, 그 덕분에 동성끼리 노는 일이 많았다. 그중에서도 특정한 누군가와 더 친해지고 싶었다. 특히 언니들을 좋아했던 난 그들과 친해질 방법을 늘 궁리했고 그들 마음에 들고자 노력했다. 이때만 해도 다른 여자애들도 다 그런 줄 알았다. 여자들의 관심을 원하고, 그들을 좋아하며, 그들에게 사랑받길 원한다고. 하지만 곧 그렇지 않다는 걸 알게 됐다.

중학생이 되자 친구들이 너도나도 자신이 좋아하는 남

자 아이돌을 이야기하며 '○○ 부인'을 자처하기 시작했다. 그들이 서로 경쟁하고 질투하면서도 동질의 감정을 나눌 때, 난 내 욕망이 남들과 '조금 다르다'는 걸 눈치채기 시작했다. 질리도록 매일 언니들 이야기만 하고 싶어 하는 '언니무새'였던 난 어느샌가 좀 이상한 애가 되어 있었다. "넌 예쁘장하게 생겨서(이 말에 초점을 맞추지 마시라) 왜 그렇게 여자들을 좋아해?"라는 말을 들었을 때 이해가 되질 않았다. '왜지? 왜 다른 애들은 나만큼 여잘 좋아하지 않는 거야? 여자들이 이렇게 귀엽고 예쁘고 사랑스러운데?' 내 안에 풀리지 않는 의문과 물음이 쌓여갔지만, 그 답을 찾는 건 좀처럼 쉽지 않았다.

　그런 내가 어렸을 때부터 좋아했던 건 영화와 드라마 등 영상 콘텐츠였다. 그 안엔 훨씬 더 크고 넓은 세상이 있었고, 정말 다양한 사람과 그들의 이야기가 있었다. 특히 내가 사랑에 빠질 수밖에 없는 멋있는 여자들이 가득했다. 그들을 좋아하는 건 즐거움이자 기쁨이었다. 그리고 무엇보다 거기엔 '내 이야기'가 있었다. 현실에선 본 적도 들은 적도 없는, 나와 같은 감정과 욕망을 가진 이들이. 한번 그들의 이야기를 접하고 나자, 그런 이야기가 어디 또 있지 않을까 싶어 찾아 나서기 시작했다. 물론 그 과정이 쉬웠던 건 아니다. 당시엔 넷플릭스나 웨이브 같은 OTT 플랫폼도 없어서 해외 콘텐츠를 찾아보는 게 힘들었다. 특히 한국에서 개봉하거나 방영한 적 없는 콘텐츠는 더 찾기 힘들었는데, 내가 원했던 이야기는 대부분 한국에서 개봉이나 방영한 적 없는 것들이었다. 상황이 이렇다보니 (지금은 당연히 이용하지 않는) 소위 불법 경로를 통해 콘텐츠를 찾아볼 수밖에 없었다. 거기서 겨우 찾아도 언어의 장벽 때문에 정확히 내용을 파악할 수 없을 때도 있었지만 볼 수 있다는 것만으로 행복했다. 그 이야기 속 여자들 덕분에 나를 이해할 수 있었다. 남들과 달라서 이상하고 괴상하며 '정상'적이지 않은 나를 사랑할 수 있게 됐다. 그 여자들은 나였고, 내 친구였고, 선생님이었고, 미래였다. 그러니까 여자 사랑에 대해서라면 언제나 늘 자신 있었다.

그런 날 뒤흔든 건 다름 아닌 페미니즘이었다. 아니 더 정확하게 말하자면 "나는 페미니스트입니다"라고 말한 여성들이었다. 페미니스트 그게 뭔데? 호기심으로 페미니즘을 공부했다. 학교에 다시 들어갈 열정까진 아니었지만 책도 읽고 강의도 들으러 다녔다. 그렇게 페미니즘을 알게 되고 내 세계는 크나큰 변화를 맞이했다. 머리 짧고 운동 좋아하는 '이상한' 여자를 향한 질투와 미움의 이유도 깨달았다. 나 또한 가부장제가 만든 성별이분법 중심의 사고 안에서 여자들을 사랑하고 있었던 것이다. 정말 큰 충격이었다. 상당히 부끄러웠지만 또 한편으론 행복했다. 내가 더 사랑할 수 있는 여자가 있다는 게.

이렇게 말하고 보니, 앞으로 하게 될 이야기가 '뒤늦게 빨간약 먹고 각성한 이의 간증'으로 기대될까 걱정된다. 미리 말하지만, 이 책은 그저 여자를 사랑해왔고 앞으로도 더 많은 여자를 사랑하고 싶은 사람의 여자 이야기……다. 솔직히 말한다. 정말 여자 이야기 질리도록 하고 싶어서 이 책을 썼다. 누군가 이런 이야기를 기다리고 있지 않을까 기대하는 마음도 있지만, 설사 없다 하더라도 이 이야기가 그저 여자 이야기를 더 많이 하게 하는 발판이 될 수 있다면 너무 기쁠 것 같다.

책에 등장하는 여자들은 내가 지금껏 봤던 수많은 영상 콘텐츠 속 여자들이다. 머릿속에 떠다니는 무수한 질문의 답을 어떻게 찾아야 할지 몰라서 헤매고 있던 나에게 세상을 보여준 여자들에서부터 날 정말 두근거리게 한 여자들, 내가 미워하고 불편해했던 여자들, 내 세계를 뒤흔든 여자들까지. 내 기억 속에 한자리씩 하고 있는 여자들을 하나하나 불러 모았다. 최대한 사람들에게 덜 낯설 한국 작품이나 조금이라도 알려진 작품 속 여자들을 모셔보려고 했지만, 정말 안타깝게도 나에게 영향을 준 한국 작품이 그리 많지는 않았다(한국 미디어 업계여, 제발 분발하자). 그리고 어느 플랫폼에서든 볼 수 있는 작품 위주로 이야기하고자 했지만 그러지 못한 작품이 꽤 있다는 점도 양해 부탁드린다. 이후 이 작품들 모두 한국에서 정식으로 볼 수 있기를 나 또한 (애타게) 기다린다.

일부 글에는 추가로 덧붙인 이야기가 있다. 더 소개하고 싶은 콘텐츠와 여자 이야기일 때도 있고, 음악이나 책, 인권 단체 소개인 것도 있다. 하고 싶었던 말이 조금 많았던 이의 욕심이지만, 소소한 재미로 읽어주셨으면 좋겠다.

그럼 시작해본다.

어서 오세요, 여자를 사랑한 여자의 여자 이야기에.

용어 설명

정말 '찐' 시작 전에, 용어 설명을 조금 하고 넘어가겠다. 여기서 언급하는 용어는 책에서 적어도 한 번 이상 등장하는 단어 중 '일반인'(비퀴어, 비성소수자)들이 모를 것이라 예상되는 것들이다. 한 가지 밝혀두고 싶은 건, 이 정의를 어떤 사전적 의미로 받아들이지 않았으면 한다는 거다. 퀴어 당사자인 나조차도 어떤 단어나 용어들은 정확하게, 흔히 말해 '논리적'으로 설명하기 어렵다. 그것은 생활적, 실체적 감각이기도 하고, '시스젠더, 이성애, 가부장 중심 언어'인 지금의 언어로는 도저히 표현이 안 될 때도 있다. 그러니까 부디 '그게 뭐냐? 내가 이해할 수 있게 설명해달라'고 닦달하지 않았음 한다. 조금 더 마음을 크고 넓게 열어주길 바란다. 이 용어 설명은 어디까지나 나의 (레즈비언 중심의 퀴어 여성애자로서의) 경험에 기반한 것이라, 퀴어/성소수자라고 모두에게 똑같이 적용되지 않을 수도 있다.

퀴어queer

퀴어는 원래 '이상한', '괴상한'이라는 의미로, 과거 영미권에선 성소수자를 비하하는 의미로 쓰여왔다. 하지만 미국에서 스톤월항쟁Stonewall Riots (1969년 6월, 경찰 및 공권력의 차별과 폭력을 견뎌오던 성소수자들이 그들에게 맞서면서 일어난 운동으로 미국 성소수자 인권운동에 큰 영향을 줬다) 이후, 퀴어라는 용어를 전복적으로 쓰자는 움직임이 일어났다. 원래의 부정적 의미에 맞서 이 단어를 적극적으로 사용함으로써 긍정적 의미를 부여한 것이다. 지금은 주로 성소수자 모두를 포괄하는 의미 혹은 더 넓은 의미로 '정상성'에서 벗어난 존재들을 포괄하는 의미로도 쓰인다.

성소수자sexual minority

성소수자는 사회 내 다수를 차지한다고 여겨지는 시스젠더cisgender(태어났을 때 사회로부터 지정받은 성별과 자신이 정체화하는 성별이 같은 사람)와 이성애자(자신과 성별이 다른 사람에게만 끌림이 있는 사람), 그리고 유성애자(타인에게 로맨틱, 성적 끌림이 있는 사람)가 아닌 사람들을 말한다.

※ 이 책에선 퀴어와 성소수자를 혼용한다. 퀴어/성소수자로 함께 쓰기도 하고, 따로 각각 쓰기도 하는데 그때마다 맥락과 조금 더 연결된다고 생각되는 표현을 선택했다.

이쪽/이반

'이쪽'은 성소수자 커뮤니티에서 쓰는 은어로 '이반'과 같은 의미다. 이반은 '일반', 그러니까 이성애자가 아닌 사람을 의미한다.

레즈비언lesbian

자신을 여성으로 정체화하며 여성에게만 로맨틱, 성적 끌림을 느끼는 사람. 이 책에서 레즈비언이라는 말은 상황에 따라 '범'레즈비언의 의미를 갖기도 한다. 예를 들어, 레즈비언 커뮤니티라는 말을 쓰는 경우 정말 오직 레즈비언들만의 커뮤니티를 의미한다기보다 레즈비언 성향을 가진 이들(레즈비언, 바이섹슈얼, 팬섹슈얼 등)의 커뮤니티를 의미하기도 한다.

여성애자

말 그대로 여성을 사랑하는 사람. 레즈비언이 여성에게'만' 끌림을 느끼는 사람을 의미하다보니 여자를 사랑하는 여자들(이 중엔 여자뿐만 아니라 다른 성별을 좋아하는 여자들도 있다)을 통칭할 말에 대한 고민이 많았는데, 그나마 가장 적절해 보이는 단어가 여성애자였다.

벽장 closet

퀴어/성소수자 커뮤니티에서 쓰이는 용어 중 하나다. closet의 번역어로, 벽장 안에 있다는 건 커밍아웃하지 않은 퀴어를 의미한다. 과거엔 클로짓이 '침실'이라는 의미로도 쓰였기 때문에 '침실 안에만 있다=밖으로 나가지 않는다'는 의미에서 커밍아웃하지 않았다로 쓰이게 됐다는 유래가 있고, 숙어 'skeleton in the closet'(숨기고 싶은 비밀이 있다)에서 기인해 클로짓이 '비밀=성소수자임을 숨김'이라는 의미로 쓰이게 됐다고 하는 유래도 있다.

디나이얼 denial

자신이 성소수자임을 거부하고 인정하지 않는 상태. 슬프게도 많은 성소수자가 디나이얼 시기를 거친다. 여전히 사회에서 성소수자가 차별받는 존재 혹은 혐오의 대상으로 여겨지기에 스스로도 자신의 성정체성을 잘 받아들이지 못하는 거다. 그렇기에 디나이얼인 사람은 그 누구보다 퀴어 혐오자일 때도 있다. 사실 디나이얼은 자신을 미워한다기보다 미움받지 않기 위해 가면을 쓰고 필사적으로 보호막을 만드는 서글픈 상태에 가깝다. 가장 무서운 건 이 디나이얼에 잠겨 자기 자신조차도 속일 때다.

아웃팅outing

누군가 성소수자임을 알고 있을 때 그 사람의 동의 없이 그의 성정체성을 타인에게 알리는 일을 말한다. 누군가 나에게 커밍아웃을 했다? 그럼 나만 알고 있으면 된다. 그걸 타인에게 알린다? 그건 아웃팅이다. 'OO에게 말해도 된다'는 당사자의 동의를 얻었다면 OK지만 그 외엔 절대 안 된다. 누군가의 성정체성은 소문이나 가십거리가 아니다.

오픈리openly

대중적으로 커밍아웃한 성소수자들을 말한다. 특별히 기자회견 같은 걸 열어서 공표하고 그런 게 아니라 그냥 자신의 성정체성에 대해 숨기지 않고 이야기하는 이들이다. 그렇지만 오픈리라고 해서 매번, 모든 자리에서 '나 퀴어/성소수자요'라고 말해야 할 필요는 없다. 그러니까 '어, 저 사람 오픈리인 줄 알았는데 왜 여기서는 퀴어라고 말 안 해?'라는 어이없는 생각은 접어두자. 퀴어는 당신에게 커밍아웃을 빚지지 않았다. 그리고 이미 커밍아웃한 사람한테 비성소수자 패싱(비성소수자인 것처럼 간주하는 것)도 하지 말자. '비성소수자로 여겨지면 기분 좋겠지'라는 건 크나큰 착각이고, 비성소수자를 당연한 기본값으로 여기는 것 또한 성소수자에 대한 차별이니까.

날 두근거리게 한 여자들

여자들을 향한 내 사랑의 시작에는 설렘을 안겨준 여자들이 있었다. 그 설렘이 어떤 의미인지 모를 때도 있었지만 그럼에도 그 감정들은 나를 살아가게 했다. 두근거리는 만큼 혼란스러웠고 그래서 또 헤맸지만, 이 여자들이 없었다면 지금의 나 또한 없었을 것이다.

날아다니는 여자

〈동방불패〉 동방불패

내가 처음 본 영화는 뭐였을까? 사실 정확한 기억은 없다. 하지만 내 마음속에서 '첫 영화'라 부를 수 있는 건 의심의 여지 없이 〈동방불패〉(정소동 감독, 1992)와 〈동방불패 2〉(정소동·이혜민 감독, 1993)다. 지금 생각해보면 〈동방불패〉에 마음을 뺏긴 게 내가 퀴어임을 증명하는 방증이며 (참고로, 퀴어임을 증명하는 공식 증명서가 발급되진 않으므로 주의 요함) 그렇게 될 수밖에 없었던 운명이라 생각하지만.

　〈동방불패〉엔 멋있게 날며 아름다운 무술을 선보이는 여자들이 여럿 나온다. 이 여자들 때문에 초등학교 시절, 진지하게 소림사에 들어가 무술을 배우겠다는 꿈을 가지기도 했다. 어렸을 때부터 난 '보통' 소녀라면 좋아할 거라 여겨지는 인형 놀이보다 퍼즐 맞추기나 레고 조립을 더 좋아했다. 동네를 주름잡는 골목대장이나 톰보이tomboy라기보다 조용히 혼자 시간을 보내길 좋아하는 소심한 범생이에 가까웠던 내가 그런 과감한 꿈을 꿨다는 건 그만큼 그들이 날 자극했다는 말이기도 하다. 그런 〈동방불패〉 시리즈에 나오는 여자들 중 특히 내 맘을 사로잡은 건 주인공인 '동방불패'였다. 임청하라는 배우가 가진 매력이 상당하기 때문이기도 했고, 아름다운 얼굴로 우아한 무술을 행사하며 적들을 해치우는(특히 남자도 간단히 이겨버리는) 모습은 그와 사랑에 빠지기 충분했다.

무엇보다 동방불패는 여자지만 여자에게 사랑받는 모습을 보여준다. 이는 '일반' 사회에서, '일반' 양육자 아래자라며, '일반' 교육을 받았던 나를 흔드는 장면이었다. 당시엔 저게 무슨 의미인지, 어떻게 가능한 건지 물음표가 가득했지만, 그때 내 가슴은 분명 두근거리고 있었다. 그것만은 확실히 기억한다. 그 기억이 〈동방불패〉를 나의 첫 영화로 만든 거다.

이후 한참의 시간이 흐른 뒤, 〈동방불패〉 시리즈를 다시 봤을 때 난 동방불패를 둘러싼 (아마도 제작자의 의도와 상관없이 얼떨결에 만들어진 걸로 추측되는) 퀴어한 이야기에 재차 놀랄 수밖에 없었다.

〈동방불패〉 1편에서 동방불패는 남성으로 태어나 남성으로 살아온 일월신교의 교주였지만, 무림의 3대 기서인 규화보전을 체득한 후 여성이 '되어가는' 사람으로 나온다. 그 와중에 영호충은 동방불패를 여성이라 생각하며 호감을 보이고, 동방불패 또한 그에게 호감을 갖게 된다. 그래서 (놀랄 만큼 이해가 되지 않지만) 마지막엔 영호충을 구하기 위해 자신을 희생하는 선택을 한다. 비록 이런 (지극히 이성애 중심적인 데다 여성을 희생시키는 지겨운) 결말이지만 그래도 〈동방불패〉는 퀴어하게 해석할 여지가 있다. 동방불패의 성별정체성과 성적 지향이 미스터리하기 때문이다.

동방불패는 스스로를 여성으로 정체화하고 있었던 게 아니라 무림의 고수가 되고 싶고 권력의 정점에 오르고 싶어서 규화보전을 익혔다. 그리고 여자가 '됐다'. 이런 동방불패를 트랜스젠더라고 할 수 있을지 의문이 들지만, 다만 흥미로운 건 동방불패는 여자가 되는 걸 두려워하지 않았고 여자가 된 자신과 불화하지 않았다는 점이다. 이유가 어찌 됐든 적어도 동방불패는 '남성임&남성됨'에 집착하지 않았고 그것이 사라졌다는 데 좌절하지도 않았다. 그는 오히려 아름다운 여성이 된 자신에 꽤 만족하고 있는 것처럼 보이고, 남성인 영호충과 소소한 플러팅을 주고받을 때도 상당히 자연스러워 보인다(어쩌면 본 디스 웨이Born This Way?!) 동방불패는 원래 남자를 좋아하는 동성애자였던 걸까? 하지만 그렇다고 하기엔 그에게 여자 측실이 여럿이었다. 그렇다면 양성애자(바이섹슈얼)였던 걸까? 아니 어쩌면 범성애자(팬섹슈얼)였을지도 모른다.

물론 나의 이런 퀴어한 해석과 달리 제작진은 그저 동방불패가 여자가 됐기 때문에 남자를 좋아한다는 설정으로 이야기를 만들었을 수 있고 이편이 더 설득력 있으리라는 것도 안다. 아, 이놈의 이성애중심주의.

이 지독한 이성애중심주의에 내 인생은 몇 번이나 휘둘렸다. 아니, 몇 번이 아니라 셀 수 없을 만큼. 이성애중심주의는 내가 나를 부정하는 데 가장 크게 기여한 주범이다. 호기롭게 '여자 사랑에 대한 자부심'을 자랑하는 나지만, 그런 나 또한 이 사랑이 성적 끌림/로맨틱 끌림(연애하고 싶은 감정)을 포함한 것이라는 걸 받아들이기까지는 오랜 시간이 걸렸다. 누군가를 향한 호감, 끌림, 두근거림은 이성애에서만 허용됐기 때문이다. 이성애가 아닌 사랑은 사랑이어도 동경으로 여겨졌고, 특히 청소년 시기엔 '어려서, 잘 몰라서, 그냥 한때 지나가는 것'으로 취급되기 일쑤였다. 겨우 이성애중심주의에서 벗어나 퀴어로 정체화한 후엔 괜찮아지는가? 그렇다면 정말 좋으련만, 세상은 혼자 살아가는 곳이 아니라서 이성애중심주의의 괴롭힘은 사라지지 않았다. 내가 여성인 이상 당연히 남성에게 끌릴 것이고 그들과 연애할 거라는 세상의 가정은 정말 지겹도록 계속됐다. 지금은 그런 지겹고 진부한 상황을 만나도 적당히 넘어가는 방법을 터득했지만(그런 상황을 마주하는 게 싫어서 포기하거나 피하는 만남도 있다. 혹시 당신, 누군가에게 계속 만남을 거절당하고 있다면……?) 그걸 터득하기까지 원치 않은 침묵, 드러낼 수 없는 상처, 묘한 죄책감 등의 감정을 몇 번이고 삼켜야 했다.

어쩌면 이 책을 읽고 있는 사람 중에서도 내가 말하는 사랑을 인류애 '비스무리한' 사랑으로 받아들이고 있을지 모르겠다. 당신 탓은 안 하겠다. 뭐 어쩌겠는가, 이성애중심주의 탓이지. 그렇다고 그걸 계속 핑계로 삼으라는 이야기는 아니다. 어쩌면 이번이 이성애중심주의에서 확실히 벗어날 타이밍일지 모른다. 이 책에서 반복해서 말할 '사랑'은 여성 간의 연대, 우정, 인류애 등(도 분명 있지만)이기보다 로맨틱(!)하고 섹슈얼(!)한 감정일 테니까.

이성애중심주의 때문에 (빠져서) 말이 길어졌지만, 아무튼 그것에서 벗어난다면 동방불패는 자신의 성별에 크게 상관하지 않고 성적 지향의 스펙트럼도 넓은, 흥미로운 퀴어라 볼 수 있다.

2편은 더 재미있다. 퀴어 캐릭터가 더 나오기 때문이다. 2편에선 (다행히) 영호충이 등장하지 않고, 가짜 동방불패인 설화가 동방불패의 주요 상대역으로 등장한다. 동방불패의 측실이었던 설화는 죽었다고 여겨지는 동방불패를 그리워하다 스스로 가짜 동방불패가 된다. 설화는 분명 동방불패가 여자가 된 걸 알았을 텐데, 변함없이 동방불패를 사랑한다. 그 사랑을 얼마나 잊을 수 없었으면 스스로 동방불패가 되려고 했을까? 설화의 찐사랑에 가슴이 미어진다. 이후 설화는 죽은 줄 알았던 동방불패를 다시 만나지만 오히려 그에게 거부당하고, 공격당한다. 그럼에도 동방불패를 향한 사랑을 꺾지 않는다. 결국 그 사랑 때문에 설화는 죽음을 맞이하고, 그제야 설화의 진심 어린 사랑을 깨달은 동방불패는 죽은 설화와 함께 다시 사라진다.

설화와 동방불패의 해피엔딩을 바랐던 나로서는 영화의 엔딩이 상당히 마음에 들지 않았지만, 영화 속 설화와 동방불패의 키스신만큼은 좀처럼 잊을 수 없는 장면이었다. 아마도 이 키스신이 내가 최초로 본 여여 키스신이 아니었을까? (나는 텔레비전으로 〈동방불패〉를 처음 봤고 그때 이 키스신이 제대로 방영됐는지는 모르겠다. '심의'를 이유로 잘렸을 수도 있다. 그럼에도 그 둘 사이에 '에로틱한' 기류가 흘렀던 것만은 분명 기억한다. 참고로 지금 VOD로 볼 수 있는 버전에선 키스신이 분명히 나온다.)

하지만 놀랍게도(?) 동방불패와 설화, 이 여자들의 사랑조차 당시 나의 이성애중심주의를 깨진 못했다(이성애가 이렇게나 무섭다……). 지금은 그럴싸한 '퀴어 어쩌고'를 하고 있지만, 앞에서 말했듯이 지독한 이성애중심주의는 내 인생을 몇 번이나 휘둘렀다. 내가 여성에게 끌린다는 사실을 어렴풋이 인지했을 때, 난 이렇게 생각했다. '여성에게 관심이 간다? 그럼 난 남자인가보다!' 지금 생각하면 어이가 없지만 그땐 정말 그렇게 생각했다(이게 다 지독한 이성애중심주의 때문이다). 나를 트랜스젠더로 정체화했다거나(그땐 트랜스젠더가 뭔지 몰랐지만) 여성으로서의 신체와 불화했다거나 남자로서 무언가를 인지했기 때문이 아니라, 단지 여자를 좋아하니까, 그렇다면 남자여야 한다고 생각했던 거다. 물론 그때도 한편으론 그런 생각이 좀 이상하다고 느껴지긴 했다. 난 남자됨에 전혀 관심도 없었을뿐더러 딱히 되고 싶지도 않았기 때문이다. 그렇지만 '여자를 좋아하면 남자가 되어야 하는 건가?!' 하는 슬픈 생각에 사로잡혔던 때가 분명 있었다.

그런 혼란이 있었기 때문에 혼란스러운 동방불패가 좋았는지도 모르겠다. 여자인지 남자인지도 모르겠고, 여잘 좋아하는지 남잘 좋아하는지도 모르겠고, 다른 사람들이 그를 여자라서 혹은 남자라서 좋아하는지도 모르겠고. 이 모든 게 엉망진창인 듯한 누군가가 있다는 사실에 위안을 얻었던 걸까?

이후 시간이 흐르고 흘러, 난 이제 내가 동방불패 같다고 생각한다. 무술을 하고 날 수 있어서가 아니라, 사람들이 날 보고 혼란스러워해도 내 알 바가 아니라는 생각을 가진 퀴어가 됐기 때문이다. 물론 모든 걸 초월한 고수가 되기 위해선 아직 갈 길이 멀다고 생각하지만 지금의 내가 사람들에게 동방불패 같은 존재처럼 보인다면 오히려 영광이다.

앞으로의 이야기는 내가 규화보전을 익혀 퀴어가 '되어간' 과정이라고 할 수 있다. 그리고 그 과정에서 만난 많은 여자들, 내가 좋아했고, 사랑했고, 욕망했고, 미워했고, 질투했던 여자들에 대한 이야기다. 그들과 나의 지난하고 고단하지만 뜨거웠던 관계에 대해서.

친구? 연인?
그 경계의 여자

〈알고 있지만〉 솔과 지완

남녀 사이는 친구가 될 수 없다는 이야기를 들을 때면 머릿속에 물음표가 생긴다. 남녀 사이는 언제든 로맨틱/섹슈얼한 긴장감이 생길 수 있기에 친구가 될 수 없다는 말을 내 입장에 대입해보자면 여여 사이에서도 언제든 로맨틱/섹슈얼한 긴장감이 생길 수 있기에 친구가 될 수 없다는 말이 되니까. 이건 사실인가? 여여 사이는 정말 친구가 될 수 없는가? 아, 그래서 '여적여(여자의 적은 여자)'라는 말이 나오는 걸까? 여자를 두고 여자들끼리 계속 싸워야 해서? (이런 싸움이라면 왠지 즐겁게 참전할 수 있을 것 같지만. 농담입니다.) 물론 다 말도 안 되는 이야기지만, 고백하건대 나에게 친구라는 존재가 좀 복잡했던 건 사실이다.

내 첫사랑은 중학교 때다. 여중을 다녔던 난, 만우절 반 바꾸기를 통해 짝꿍이 된 언니에게 한눈에 반했다. 굉장히 우연한 (하지만 나에겐 운.명.적으로 느껴졌던) 그 만남을 통해 우린 친해졌다. 정말 거의 날마다 편지를 썼다. 아침이면 편지를 전달하기 위해 교문이 보이는 교실 창문에 매미처럼 들러붙어서 언니가 오기를 기다렸다. 그 기다림은 당시 학교생활의 가장 큰 즐거움이었다고 해도 과언이 아니다. 이젠 그 많은 편지에 무슨 이야길 그렇게 썼는지도 기억나지 않지만, 아마 '보통의' 소소한 이야기였을 테다. 좋아하는 노래 가사를 쓰기도 하고, 시를 써주기도 했다. 그렇다, 그때 난 한껏 문학소녀였다. 그러다 (가끔, 정말 가끔) 답장을 받는 날이면 그 편지를 읽고 또 읽었다. 지갑 속에 넣고 다니기도 했다. 그러면서 언제부터인가 슬그머니 '좋아한다'는 감정을 드러내기도 했다. 언니도 날 '좋아한다'고 했지만 그 '좋아함'의 형태가 다르다는 건 내심 눈치채고 있었다. 하지만 그 현실을 받아들이고 싶지 않았다. 그가 아무렇지 않게 남자친구 이야길 꺼냈을 때도 상처받지 않은 척했다. 심지어 마음에도 없는 "나도 남자친구 생기면 좋겠다" 같은 말을 하며, 우린 이렇게 친구인 게 좋은 거라고 스스로 세뇌했다. 그 사람과 공통점을 더 만드는 게 좋지 않을까 싶은 생각에 학원에서 만난 어떤 남자애를 좋아하는 척하기도 했다. (연기력이라곤 전혀 없었음에도 그땐 그렇게 연기가 잘됐다. 퀴어의 생존 능력이 이렇게 대단하다.)

그 정도로 좋아했음에도 우리 사이가 '친구 이상의 무언가'로 발전할 수 있을 거라는 생각은 감히 하지 못했다. 그런 건 본 적도, 들은 적도 없었으니까. 그냥 같이 있는 시간이 조금이라도 더 많아지길 바랄 뿐이었다. 고백 같은 건 정말 상상도 못했다. 그렇게 중학교 생활이 끝나고, 여고를 갔을 때도 비슷한 일이 있었다. 매점에서 마주친 어떤 사람에게 관심이 갔고, 그 사람이 누군지 찾아냈다. 운이 좋았던 걸까? 같은 반 친구의 동아리 선배였다. 그 사람과 친해지는 데는 성공했지만, 여전히 '친구' 이상의 무언갈 상상하진 못했다. 당시 학교엔 몇 반의 누구와 몇 반의 누가 화장실에서 뽀뽀했다더라는 '흉흉한' 소문이 돌았다. 흉흉한 소문의 주인공이 될 자신이 없었다. '친구'라는 이름은 나를 드러내지 않는 보호막이기도 했다.

2021년 JTBC에서 방송된 드라마 〈알고 있지만〉은 주인공 유나비의 이성애 로맨스가 중심이다. 지겹도록 봐온 이성애 로맨스일지라도 유나비는 무척 매력적이었지만,

그 이야길 하려는 건 아니다. 내가 이야기하려는 건 유나비의 같은 과 동기인 윤솔과 서지완의 서사다. 이들의 서사는 내가 기다리고 기다렸던 이야기의 등장이었다.

솔과 지완은 중고등학교 동창인 걸로도 모자라 같은 대학에 다니는 '찐친'이다. 주변 모두가 인정하는 찐친이지만 둘 사이엔 사실 미묘한 기류가 흐른다. 솔은 지완이 남자와 소개팅하는 게 신경쓰이고, 친구들끼리 모여 하는 술 게임에서 자신에게 뽀뽀하려는 지완의 모습에 당황해 술을 벌컥벌컥 들이마신다. 그러곤 밤이 춥다며 자기 점퍼를 지완에게 입힌다. 이런 솔의 모습을 본 나는 '이거 뭔지 알아!!!'를 외치며 흥분할 수밖에 없었다. 솔은 분명 지완을 '좋아하고' 있었다. 그 마음을 들키지 않으려고 무던히 노력하지만, 감정은 예고 없이 툭툭 튀어나온다. 솔직히 말해서, 그런 솔의 모습을 보는 게 썩 즐겁지만은 않았다. 결말이 예상되니까. '쟤는 왜 하필 찐친인 헤녀(헤테로섹슈얼/이성애자 여성)를 좋아하는 거야. 바보야!' 내 속은 이렇게 타들어가는데, 솔의 마음을 알 리 없는 지완은 솔을 가까이서 바라보며 "근데 솔아, 너 눈도 예쁘고 코도 예쁘고 입도 예쁘고" 이런 말을 하면서 '헤녀력'을 뽐낸다.

아, 뒷골 땅기는 헤녀력. 그것은 내가 따라잡을 수 없는, 때론 내 속을 뒤집기까지도 하는 것이었다. 퀴어 친구들끼리 모여서 "혜녀의 '혜녀력'엔 한계가 없다"는 농담을 가끔 하곤 하는데, 사실 반은 진담이다(어쩌면 90퍼센트 정도일지도). 혜녀력이란 간단히 말해서 혜녀다움, 정말 혜녀만이 '할 수 있는/해낼 수 있는' 건데, 지완이 솔한테 한 것처럼 사람을 환장하게 만드는 포인트가 있다. 예를 들면 이런 거다. '장난처럼' 스킨십을 막 하면서 "네가 남자였으면 너랑 사귀었을 텐데. 호호호" 하는 것, 덜덜 떨면서 네가 좋다고 고.백.했는데 해맑게 웃으며 "나도 좋아"라고 바로 대답해버리는 것, 고백을 받아줄 생각도 없으면서 나보다 더 엄청난 소유욕과 질투심을 발휘하는 것, 여자 연예인, 스포츠 선수, 유명인 등에게 "언니 나랑 결혼해!"를 외치지만 정작 현실 속 성소수자의 삶이나 동성혼 법제화 운동 등엔 '1'도 관심 없는 것 등.

지완은 혜녀력을 좀 더 뽐내며, 솔을 좋아하는 남자를 경계하고, 솔이 정말 그냥 만나는 남자조차 질투한다. 그 정점을 찍은 건 학과 친구들이 모여 엠티를 갔을 때다. 술에 취한 지완은 자신을 방으로 데려다준 솔에게 손을 잡아달라고 한다. 그러곤 솔을 바라보며 "난 네가 제일 좋아. 네가 세상에서 제일 좋아. 넌? 넌 누가 제일 좋아?"라고 묻는다. 이때까지만 해도 속으로 '아이고. 아이고'를 외쳤다. 하지만 반전이 일어났다. 지완이 애절한 목소리로 눈물을 흘리며 애달픈 마음을 드러낸 것이다. "나만 좋아해라. 제발 나만 좋아해." 그 순간 내 심장도 쿵 하고 내려앉았다. 지완이도 솔을 '좋아하고' 있었다······!

이때부터 내 가슴은 급격하게 벌렁거리기 시작했다. 솔과 지완이 '허위 매물'*이 아니라는 것에 대한 기쁨, 무엇보다 이들이 내가 한 번도 넘지 못했던 '친구'라는 장벽을 넘어가려고 하는 모습에 대리 만족을 느끼기 시작했다. 엠티 사건 이후 솔과 지완은 조금씩 자신의 진심을 드러내는 용기를 보이기 시작한다. 친구로서가 아닌 다른 감정의 끌림을. 그렇게 솔과 지완이 친구에서 연인이 되어가는 모습을 보며 정말 오랜만에 로맨스에 과몰입했다. 자신의 진짜

---

* 퀴어 팬덤에서 쓰이는 이 말은 그 표현 그대로 '가짜, 실제로는 없는 것'이라는 의미로, 퀴어 커플로서의 서사가 있는 것처럼 보였지만 결과적으로는 아닌 경우를 말한다. 솔과 지완의 경우도 친구와 연인 그 중간 어딘가로 묘사될 때 팬들 사이에서 '허위 매물이냐 아니냐'는 이야기가 나왔다. 아니, 뭐 그런 묘사가 나쁜 것도 아닌데 왜 그렇게 유난이냐 싶겠지만 퀴어 팬덤이 허위 매물에 예민한 이유는 지겹도록 반복되어온 퀴어베이팅 때문이다. 퀴어베이팅은 퀴어인 듯 아닌 듯한 재현으로 퀴어들에게 미끼를 던지지만 실제로 퀴어 서사는 아닌 경우를 말한다. 퀴어베이팅에 대한 좀 더 자세한 이야기는 이후 〈퀴어들 좀 낚지 맙시다〉(170쪽)에서 더 풀어내겠다.

감정에서 도망치지 않고 숨지도 않는 솔과 지완을 볼 수 있다는 게 너무 즐거웠다. 이런 이야기를 좀 더 일찍 봤더라면 어땠을까? 동성인 친구에게 좋아한다고 고백해도 세상이 무너지지 않는다는 걸 알 수 있었다면, 때때론 솔과 지완처럼 친구에서 연인이 되는 일도 생긴다는 걸 알았다면. 그럼 나도 다른 상상을 할 수 있지 않았을까?

그렇다고 해서 이뤄지지 않은 나의 짝사랑들이 영 슬프기만 하거나 헛된 것이었다고 생각하진 않는다. 그 사랑의 대상이 친구였기에, 그래서 우정의 흔적이 남을 수 있었다는 건 행운이다. '친구'와 '우정'이라는 이름은 때론 슬프고, 또한 무척 혼란스러웠으며, 그래서 종종 짜증이 나기도 했지만, 그들이 내게 건네주었던 것도 사랑이었을 거다. 사랑의 형태가 한 가지만은 아니라는 걸, 난 참 어렵게 배웠다.

솔과 지완이 2021년에나 나타났다면, 미국 드라마 〈사우스 오브 노웨어South of Nowhere〉(2005~2008)의 애슐리와 스펜서는 2005년에 내 마음을 흔들었다. 미국 오하이오주에서 캘리포니아로 이사한 스펜서는 새로운 고등학교에서 애슐리를 만나게 되고, 둘은 삼각관계의 라이벌인 듯 보이다가, 단짝 친구였다가, 결국 연인이 되는 복잡한 사이다. 〈알고 있지만〉의 솔과 지완은 주인공이 아니다보니 이들의 이야기가 주요하게 다뤄지지 않았지만 〈사우스 오브 노웨어〉에선 애슐리와 스펜서가 주인공이고, 이들의 '친구와 연인 사이' 관계가 쫄깃하게 다뤄진다. 당연히 디나이얼 과정을 거치는 주인공의 모습도 나오고, 이들의 커밍아웃에 대한 주변 반응, 특히 커밍아웃을 대하는 가족의 '좋은 예'와 '나쁜 예'가 모두 나온다. 당시 '디나이얼-벽장-퀴어 커뮤니티 데뷔* 과정을 겪고 있던 나는 과몰입할 수밖에 없는 요소가 많아서 정말 열심히 챙겨 봤다. 아직 여자친구를 사귀어본 적 없던 나에게 애슐리와 스펜서의 연애 과정은 상당히 고자극이기도 했다(〈사우스 오브 노웨어〉는 19금 콘텐츠 아닙니다. 그런 의미에서 고자극이란 의미가 아니니, 괜히 또 열심히 검색하지 마시길). 스펜서와 애슐리가 친구에서 연인이 되고, 자신의 성정체성을 깨닫는 일련의 과정이 가슴 벅찰 만큼 생생하게 느껴졌다. 그런 느낌을 안겨준 이들은 쉽게 잊을 수 없는 법이다.

---

* 　성소수자 커뮤니티에서 쓰는 은어로, 처음 성소수자 커뮤니티에 발을 들이는 걸 의미한다.

사랑에 당당한 여자

〈세이빙 페이스〉 비비안,
〈이매진 미앤유〉 레이철

종종 "제일 좋아하는 퀴어 영화가 뭐예요?"라는 질문을 받을 때가 있다. 그럴 때 망설이지 않고 대답하는 작품은 바로 〈세이빙 페이스Saving Face〉(앨리스 우 감독, 2004)다. 〈세이빙 페이스〉는 '퀴어 어쩌고, 레즈 어쩌고'라는 낌새가 있다는 이야기만 들리면 바로 달려가 콘텐츠를 찾아보던 시절에 접한 영화 중 하나였다. 떡밥에 목마른 시절 봤던 작품이기에 당연히 기억에 남을 수밖에 없지 않나 싶지만, 그렇다고 그 시절에 본 모든 콘텐츠가 기억에 남을 정도로 '잘' 만들어진 건 아니었다. 특히 2000년대까지만 해도 퀴어 영화의 퀴어는 우울한 퀴어가 '대세'였고, 한번 보고 나면 다시 보고 싶진 않았다.

〈세이빙 페이스〉는 그런 시절에 만난 몇 안 되는 해피엔딩 작품이었던 데다 '아시안 미국인'이 주인공이었으니 인상적일 수밖에 없었다. 2000년대에 여성 퀴어 서사를 다룬 텔레비전 드라마나 영화는 그 수가 많지도 않았지만 그마저도 대부분 영미권에서 만들어진 백인 중심 작품이었다. 콘텐츠 속 캐릭터들이 퀴어로서 경험하는 이야기에 공감하면서도, 인종적 차이나 문화, 환경의 차이를 느낄 때가 많았다. '저긴 미국이고, 쟤넨 백인이니까. 내가 처한 환경과 다를 수밖에 없다'는 생각이 들 때면 이야기 속 인물들이 퀴어로서 자긍심을 찾아가고, 커밍아웃에 성공하고, 운명적 사랑을 만날 때 오히려 박탈감이 느껴지기도 했다. 내가 결코 가닿을 수 없는 세계에서 일어나는 일이라는 거리감을 확연히 느낄 때도 있었다. 솔직히 부럽기도 했다. 하지만 결국 찾아볼 수 있는 콘텐츠가 다 그런 나라에서 만들어진 거라, (한국인 특유의) 용심을 꾹꾹 누른 채 볼 수밖에 없었다. 그런 나에게 〈세이빙 페이스〉는 정말 가뭄의 단비 같은 작품이었다. 사실 〈세이빙 페이스〉는 퀴어 영화로서뿐만 아니라, 아시안 아메리칸/차이니즈 아메리칸 영화로서도 꽤 선구적인 작품이다. 〈세이빙 페이스〉 이전,

차이니즈 아메리칸이 중심인 영화는 〈조이 럭 클럽The Joy Luck Club〉(웨인 왕 감독, 1993) 정도밖에 없고, 이후에도 그다지 많지 않다. 정말 최근에서야 〈크레이지 리치 아시안Crazy Rich Asians〉(존 추 감독, 2018), 〈페어웰The Farewell〉(룰루 왕 감독, 2019) 등이 나왔다는 걸 생각하면 더 그렇다.

사실 내 입장에서 본다면, 〈세이빙 페이스〉의 두 주인공 윌과 비비안 역시 미국에 사는 미국인이다. 하지만 이들은 이민 1, 2세대 미국인으로, 미국 속 '차이니즈'* 공동체와 연결되어 있다. 그렇다는 건, 유교 사상 기반의 보수적

---

*　영화 속에서 인물들은 '차이니즈'라는 말을 쓰긴 하지만, 이를 중국계라고 표현하는 것에 대해서는 고민이 있다. 엄밀히 따지면 앨리스 우 감독은 부모가 대만에서 온 대만계 미국인이고, 〈세이빙 페이스〉 또한 그의 경험을 기반으로 만들어진 이야기다. 윌을 연기한 배우 미쉘 크루지엑은 촬영 전 대만에서 3개월 동안 어학연수를 받았다고 한다. 그런데 왜 영화에선 '차이니즈'라는 말을 쓰는 걸까? 이는 중국과 대만(양안 관계)의 복잡하고 민감한 역사와 대만인들이 자신을 정체화하는 방식의 영향도 분명 있지만 미국/미국인이 아시아를 바라보는 관점과도 관련이 있다. 오랫동안 미국에서 아시아는 마치 하나의 나라처럼 여겨지며 각 나라의 언어나 문화적 차이가 인지되지 않았다. 여전히 한국을 방문하는 미국인이 합장하며 인사하는 걸 생각해보라. 이런 상황이니 중국과 대만의 차이를 알 리가. 이민자가 아닌 백인들이 대만인도 '차이니즈'라고 불렀을 테고, 일일이 설명하기 귀찮아진 대만들 또한 '그래라' 했을 테다. 전설의 퀴어 아티스트 이반지하 작가 가라사대, 성소수자가 뭔지 잘 모르고 알려고 하지도 않는 사람이 "너 뭐야, 홍석천이야?"라고 하면 그냥 "어, 그런 거야"라고 적당히 퉁치고 넘어갈 때도 있어야 한다고 말한 것처럼(연분홍TV 유튜브채널 '퀴서비스 Ep8'을 보라), 이 영화에서의 '차이니즈' 사용도 그런 맥락을 생각하며 봐주면 좋을 듯하다.

인 가족과 공동체를 중심으로 주변을 상당히 의식하는 '갑갑한' 문화가 이들 이야기 속에 등장한다는 거다. 이 영화 제목 '세이빙 페이스'의 의미가 '체면 차리기'라는 것만 봐도 이미 느낌이 오지 않는가? 아시아권 어느 가정의 자녀로 살아온 이들의 PTSD를 자극하는 그 느낌! 나는 다른 작품을 볼 때보다 훨씬 더 깊게 윌과 비비안의 이야기에 빠질 수밖에 없었다.

특히 날 사로잡은 건 비비안이었다. 비비안은 퀴어 콘텐츠 속 캐릭터 중 내 첫사랑이라고 해도 과언이 아니다. 사실 이 영화의 중심은 비비안이 아닌 윌이긴 하다. 〈세이빙 페이스〉는 윌과 비비안의 러브 스토리이기도 하지만 윌과 윌의 엄마 '마'의 모녀 관계, 윌과 그의 외가와의 관계가 주요하게 다뤄지는 가족 이야기인 탓에 윌의 비중이 높을 수밖에 없다. 그럼에도 윌보다 비비안에게 반한 건, 당시 정확히 비비안 같은 사람이 내 앞에 나타나길 기다리고 있었기 때문이다. 그렇다, 난 윌이었다. '성인'이 된 후에도 오래된 자신의 공동체를 벗어나지 못한 사람, 자신의 성정체성을 숨기고 있는 사람, 가족과 주변의 기대와 요구에 아닌 척하면서도 최대한 맞춰주려고 노력하는 사람, 세상과 제대로 마주할 용기가 없는 사람. 반대로 비비안은 가족과 주

1부 | 날 두근거리게 한 여자들

변의 기대를 알면서도 자신이 원하는 바를 추구할 줄 알고, 자유로웠다. 월이 자신과 다른 비비안과 사랑에 빠질 수밖에 없었듯이, 나 또한 마찬가지였다.

두 사람이 처음 만난 건 (결코 가고 싶지 않은) 온 가족, 친지, 이웃들이 다 모이는 차이니즈 커뮤니티 모임이었다. 둘은 어느 순간 자석처럼 이끌려 서로를 바라보고 눈빛을 주고받는다. 그 눈빛을 온전히 감당하지 못하는 월과 달리, 흔들리지 않는 눈빛으로 월을 응시하는 비비안의 시선. 그때 난 비비안한테 반했다. 비비안의 그 시선은 내가 너무 받고 싶은 그것이었으니까. 월에게 처음 말을 걸 때도 얼마나 매력적인지. 바로 당황하는 월과 달리 플러팅이 무척 자연스러운 비비안은 아직 세상 밖으로 나갈 준비가 안 된, 숨어 있는 '벽장' 퀴어였던 나를 두근거리게 하기 충분했다.

〈세이빙 페이스〉의 명장면, 발레리나이자 댄서인 비비안이 월에게 다치지 않고 넘어지는 방법을 알려주는 부분은 몇 번이나 돌려봤는지 모른다. 아마 수십 번일 거다. 월은 넘어지는 방법을 배우고 나서도 넘어지기를 주저한다. 비비안은 포기하지 않고 월에게 조심스레 한 발짝 다가선다. 둘의 사이가 무척 가까워지고, 당황한 월은 그 가까움을 견디지 못하고 넘어짐을 선택한다. 웃으며 함께 넘어진 둘은 첫키스를 나눈다. 너무 로맨틱한 장면이라서 계속 돌려볼 수밖에 없기도 했지만, 이유는 그뿐이 아니었다. 비비안은 꼿꼿하고 뻣뻣한 나에게도 넘어질 수 있는 용기를 줬다.

벽장 속에서 살아가다보면 정말 벽장 안에 갇힌 것 같은 기분이 든다. 그 공간은 당연히 크지 않고, 답답하고, 어둡다. 거기에선 웅크리고 앉을 순 있어도 넘어질 순 없다. 좁기 때문이기도 하지만, 넘어진다는 게 실패를 의미하기도 하기 때문이다. 벽장임을 실패하면 내가 누군지 세상이 알아챌 거라는 두려움은 늘 날 뻣뻣하게 세웠다. 그런 나에게 비비안은 '넘어져도 괜찮아. 내가 다치지 않고 넘어지는 걸 알려줄게'라고 말을 걸어왔다. 넘어져도 내 세상이 끝나지 않는다고. (심지어 넘어지면 키스할 여자도 생기는데 눈이 휘둥그레지지 않겠냐고요.)

영화 후반부에서 비비안이 윌에게 호통치는 장면에선 조금 다른 의미로 설레기도 했다. 마치 '나한테 이런 말을 한 여자는 네가 처음이야' 같은 설렘이랄까? 비비안이 "넌 너무 세상을 무서워해. 세상을 쳐다보지도 못하잖아. 사랑하는 것도 그래. 싸워보지도 않고 도망갔잖아"라고 무시무시한 '팩폭'을 날렸을 때, 나 또한 윌처럼 상처받으면서도 비비안의 말이 사실임을 깨달았다. 비비안의 "모두가 보는 여기서 키스해줘"라는 말에 움직이지 못하는 월을 보고 답답해하며 속으로 '이, 바보야'라고 외쳤던 순간에도 다르지 않았다. 난 여전히 월처럼 두려워하고 있었다. 하지만 비비안은 끝까지 자신의 사랑에 당당했다. 그 모습이 너무 일관적이어서, '그러니까 너도 그럴 수 있어'라고 말하는 것 같았다. (잠시, 페미니스트 자아 작동하겠습니다. 주의하자. 아무리 연인 사이라고 해도 상대의 커밍아웃을 강제, 강요할 권리는 없다. 키스라는 성적 행위도 마찬가지다. 상대가 준비될 때까지 기다리자.)

이렇게 자신의 사랑에 당당한 모습으로 날 두근거리게 한 건 비비안만이 아니다. 〈세이빙 페이스〉보다 조금 늦게 나온 〈이매진 미 앤 유Imagine Me & You〉(올 파커 감독, 2005)의 레이철도 그런 여자였다. 레이철은 자신의 이성애 결혼식 날, 웨딩 꽃을 담당해준 꽃집 사장 루스에게 첫눈에 반한다. 그렇다, 다른 날도 아니고 자신의 결혼식 날. 이 무슨 운명의 장난인가 싶지만, 상대방인 루스도 레이철에게 반한 상황이다. 두 사람은 서로에게 이끌림을 인지하면서도, 상황이 상황인지라 그 감정들을 거부하고 감춘다. 하지만 다른 누구도 아닌 레이철의 남편 헥터 덕분에 (사실 데이트는 아니지만 결과적으로 데이트가 되어버린) 데이트하게 되고, 서로에 대한 감정은 더 커진다.

약간 막장 느낌 러브 스토리이긴 하지만 〈이매진 미 앤 유〉도 〈세이빙 페이스〉처럼 정말 몇 안 되는 2000년대 해피엔딩 작품으로 퀴어 팬들의 반응도 무척 좋은 편이었다. 특히 영화 후반부에 등장하는 레이철의 고백 장면 속 "재수 없는 9번 놈아You're a wanker number 9"는 퀴어 영화 좀 봤다는 사람이라면 모를 수 없는 대사다. 이 말은 두 사람이 '데이트 아닌 데이트'로 축구를 보러 갔을 때 루스가 레이철에게 알려준 말이다. 큰소리를 내지 못하는 레이철에게 루스는 단전부터 힘을 끌어올려 정말 크게 소리를 지르는 방법을 알려준다. 그때 외친 말이 "재수 없는 9번 놈아"였다(9번 선수에게 심심한 위로를). 이후 영화가 막바지에 이르렀을 때, 떠난 루스를 되찾기 위해 나선 레이철은 꽉 막힌 도로 위에서 차를 버리고 뛰어나와 루스에게 배운 대로 "재수 없는 9번 놈아"를 큰소리로 외친다. 그 소리는 정말 엄청 커서 루스에게 전해질 수밖에 없었고, 루스와 레이철은 재회에 성공한다. 〈이매진 미 앤 유〉에서 "재수 없는 9번 놈아"라는 말은 그냥 웃긴 대사가 아니라, 레이철이 자신의 사랑을 받아들이고 그 사랑을 당당히 쟁취하겠다는 세상을 향한 선언이다.

이후 난 아주 오랫동안, 아니 지금도 종종 그 대사를 생각한다. 나 또한 "재수 없는 9번 놈아"를 외칠 날이 오리라 기다리던 때도 있었고, 이게 나의 "재수 없는 9번 놈아"인가 싶을 때도 있었다. 이런 말이 이토록 오래 남을 줄 누가 알았겠는가.

미국의 퀴어 팬들 사이에선 '레즈비언 지저스'(그렇다, 그 지저스Jesus. 예수님)로 통용되는 싱어송라이터이자 배우인 헤일리 키요코는 2015년 〈Girls like Girls〉라는 곡을 발표했다. 이 곡의 뮤직비디오는 그를 '레즈비언 지저스'로 만든 근간으로, 현재 유튜브에서 1억 5000만 뷰가 넘는 조회수를 기록하고 있다. 헤일리 키요코가 대중에게 널리 알려진 가수가 아니었다는 걸 고려하면 이 뮤직비디오의 성공은 예상외의 일이었다. 하지만 일단 이 뮤직비디오를 한 번이라도 본 여성애자라면 거기서 멈출 수 없다는 걸 알게 된다. 헤일리가 직접 연출에도 참여한 이 뮤직비디오는 콜리와 소냐라는 두 명의 여성 청소년이 나오는데, 후반부에 콜리가 소냐를 그야말로 쟁취하는 모습이 나온다.

상처 입은 얼굴이지만 밝게 웃는 모습으로 자전거를 타고 가는 콜리의 위풍당당한 마지막 모습은 "소녀들은 소녀들을 좋아해 소년들이 그러는 것처럼, 그건 별거 아니야 Girls like girls like boys do, nothing new"라는 가사와 어우러진다. 이 뮤직비디오를 정말 몇 번이고, 몇 번이고 돌려봤다. 그때 난 콜리처럼 웃고 있었던 것 같다.

마녀인 여자

〈뱀파이어 해결사〉 윌로우와 타라

덕후치곤 의외로 게임을 좋아하지 않았지만, 그런 나조차 좋아했던 게임이 있다. 바로 〈프린세스 메이커 2〉, 아버지로 설정된 게이머가 열 살 딸을 8년간 키워내는 육성 시뮬레이션 게임이다. 엔딩에 결혼 여부가 중요 포인트로 등장하고, 여러 엔딩 가운데 '아버지와 결혼'이 있기도 한, 어떤 부분에선 꽤 문제적인 작품이기도 하다. 과거엔 그런 문제를 잘 인지하지 못하기도 했고, 내가 이 소녀를 원하는 대로 키워낼 수 있다는 게 좋았다. 물론 딸이 '누구와 결혼하는지'는 전혀 관심사가 아니었고, 그 시절부터 그냥 '얘가 결혼 안 했음 좋겠다'고 생각했다. 그리고 사실 이 게임은

〈프린세스 메이커〉라는 제목에 맞게 공주로 만드는 게 정석이었지만 어쩐지 나의 선택은 늘 딸을 마법사/마녀로 혹은 전사로 키우는 것이었다.

어렸을 때부터 난 이상할 정도로 마법에 관심이 많았다. 유치원에 다닐 때는 진심으로 내가 어떤 마법에 걸려 있다고 생각했다. 멀쩡히 길을 가다가도 문득 '지금 오른쪽 발이 아니라 왼쪽 발을 내디디면 나에게 걸린 마법이 깨질지 몰라'라는 생각에 가만히 서서 한참을 고민하기도 했다. (지금이라면 '그냥 N의 흔한 망상입니다'라는 진단을 받겠지만) 그땐 그게 꽤 심각한 '선택'이었다. 마치 이쪽이냐, 저쪽이냐를 '선택'하는 것처럼. 왜 그렇게 마법에 집착하고 있었는지 모르겠지만, 나의 '이상함'을 마법에 걸린 걸로 여겼던 건 아닐까 싶기도 하다. 나에 대한 답을 찾는 건 너무 어렵고 힘드니까, 그냥 마법에 걸렸다고 생각하면 속 편했다고 할까. 그렇게 마법에 집착하던 내가 좋아한 마법사/마녀는 여럿이지만, 그중에서도 최고는 역시 〈뱀파이어 해결사Buffy the Vampire Slayer〉(1997~2003)의 윌로우와 타라다.

〈뱀파이어 해결사〉는 미국에서 방영된 드라마로, 뱀파이어를 비롯한 세상의 온갖 괴물을 때려눕힐 수 있는 '선택된 자'의 운명을 가진 버피라는 여자 고등학생과 그 친구들의 성장기를 그린다. 그러니까 주인공은 버피지만, 나의 주인공은 윌로우와 타라였다. 윌로우는 버피의 고등학교 동창이자 절친, '버피와 친구들' 그룹 내에선 브레인을 담당하는 범생이다. 한때 늑대인간 오즈라는 남자친구가 있었지만, 대학 진학 후 오즈와는 헤어진다. 이별의 후폭풍을 견디던 윌로우는 마법을 배우기 위해 마녀 동아리에 가입하지만 그곳은 생각만큼 마법에 몰두하는 곳은 아니었다. 하지만 운명이란 참으로 장난꾸러기 같은 것 아니겠는가? 그 실망스러운 마녀 동아리에서 운명의 반쪽, 타라를 만난다. 둘은 첫 만남에서 서로가 같은 것(마법 배우기)를 원한다는 걸 직감적으로 감지한다. 타라가 처음 등장하는 시즌 4의 10화 '허쉬'는 목소리를 뺏는 괴물 젠틀맨이 나타나 벌어지는 이야기를 담고 있는데, 윌로우와 타라가 함께 위기 상황을 맞이하는 장면이 나온다. 윌로우가 마법을 쓰려고 하지만 그 힘이 충분치 않아 당황하는 그때, 타라가 윌로우의 손을 잡고 힘을 불어넣자 마법처럼 마법이 작동한다. 둘은 그렇게 각자의 잠재적 능력, 그리고 서로 간의 어떤 연결을 감지한다. 이후 둘은 친구이자 마녀 동료, 그리고 연인이 되어간다.

〈뱀파이어 해결사〉를 처음 알게 된 건 대학생 때였고

영어를 배우겠다고 미국에 있을 때이기도 하다. 버피에 퀴어 서사가 나온다는 걸 어떻게 알게 됐는지는 정확히 기억나지 않지만, 그걸 알게 된 이상 무조건 찾아봐야 했다(퀴어 서사는 그때나 지금이나 언제나 소중하다). 이미 방영이 끝난 드라마라 아마존에서 중고 DVD를 샀다. 아마 처음부터 정주행하지도 않고 시즌 4부터 보기 시작했을 거다. 나중에 앞 시즌도 다 보긴 했지만 나한테 중요한 건 윌로우와 타라였으니까. 그렇게 난 두 마녀와 사랑에 빠졌다.

그 시절, 난 드디어 나 자신과 마주할 준비, 벽장에서 나갈 준비를 하고 있었다. 마침 나를 아는 사람이 없는 곳, 그러니까 내가 신경쓸 사람이 없는 낯선 사람들에게 둘러싸인 낯선 공간에 있었고, 그때가 적절한 시기 같았다. 벽장에서 나가겠다 결심했지만 낯선 곳이다보니 딱히 누군가에게 커밍아웃할 일은 없었다. 그곳에서 내가 할 수 있는 건 '이쪽' 사람들을 만날 수 있는, 그들이 정말 존재한다는 걸 직접 볼 수 있는 곳에 가서 나를 드러내는 거였다. 이제 찾아가야 할 때였다. 퀴어 콘텐츠의 '클래식' 중 하나인 드라마 〈엘 워드〉(이 이야기는 좀 있다 할 테니까 책을 계속 읽으면 된다)에서 보던 '레즈비언 클럽/바'*라는 곳들을!

처음 클럽에 가던 날 얼마나 긴장했는지 모른다. 그도

그럴 것이 다른 퀴어를 직접 보는 건 처음이었으니까(내 삶에 존재했던 많은 이들 중에도 분명 퀴어가 있었겠지만, 드러낸 사람은 없었으므로). 단번에 들어갈 용기가 안 나서 그 근처를 몇 번이나 빙글빙글 돌았다. 누가 보면 굉장히 수상한 사람처럼 보였을 거다. 겨우겨우 떨리는 마음을 진정시키고 용기를 내 입구로 갔다. 데뷔 직전의 순간! 동안이라 여겨지는 아시안의 특성(?) 탓에 청소년으로 오해받았지만, 잊지 않고 잘 챙겨간 여권을 보여주고 안으로 들어갔다. 이제 나에게도 새로운 세계가 열리는 거야!

　하지만 기대가 너무 높으면 실망할 가능성도 높다는 말처럼, 나의 기대는 잠시 아름답다가 비눗방울처럼 팡 터졌다. '아니, 이렇게 사람이 없다고? 〈엘 워드〉에서 본 건 이런 게 아니었단 말야. 영화나 드라마는 다 거짓말이었어'라며 속으로 욕하느라 바빴던 난 정말 몰랐다. 사람들이 클럽에 오는 시간이 따로 있다는 걸. 내가 너무 이른 저녁 그곳에 들어갔다는 사실을(클럽 한번 가본 적 없는 성실한 '일반

* 　성소수자 커뮤니티 내에서 '레즈 클럽', '레즈 바'라고 하긴 하지만, 딱 레즈비언만 출입이 가능한 건 아니다. 양성애자든 범성애자든, 동성에게 로맨틱 끌림이나 성적 끌림을 느끼는 성적 지향을 가진 퀴어 여성이 모이는 곳이라 생각하면 된다. 공간에 따라 무척 폐쇄적으로 운영하기도 하며 조금 더 다양한 퀴어가 함께할 수 있도록 운영하는 곳도 있다.

인'의 삶은 여러모로 도움이 되지 않았다). 그런 시행착오가 있었지만 다행히 이후엔 아주 약간 마음이 편해졌다. 물론 극내향인으로서 클럽이라는 공간은 무척 뻘쭘했고 신경이 곤두설 수밖에 없었지만 그 공간에 있다는 것 자체만으로 뭔지 모를 안정감이 느껴졌다. 무엇보다 너무 기뻤다. 세상에 없다고 여겨지거나, 미신이거나 불경한 것으로 배척되는 마법을 가진 마녀들이 거기 있었으니까. 아주 오랫동안 나 혼자만 마법에 걸려 있다고 생각했는데, 그게 아니었다는 사실에 정말 얼마나 안도했는지 모른다. 그래서 무척 기뻤다. 나도 드디어 마법 동아리에 들어가게 된 것이다.

〈뱀파이어 해결사〉에 윌로우와 타라 이야기가 등장한 건 1999년 12월로, 벌써 25년도 전이다. 물론 윌로우와 타라가 미국 텔레비전 역사상 처음으로 등장한 여여 커플은 아니고, 처음으로 키스한 여여 커플도 아니지만* 여전히 퀴어 서사가 대중에게 쉽게 수용되는 시대는 아니었다. 미국 군대에서 성소수자 군인들을 무시·배제하고 강제로 전

---

* 참고로 미국 텔레비전에서 최초로 여여 키스가 방송된 건 1990년, 드라마 〈21 점프 스트리트(21 Jump Street)〉에서다. Riese, "Lesbian Kisses On American TV: The Definitive History Of Everybody Freaking Out Over Nothing", *AUTOSTRADDLE*, 2015.10.26. https://www.autostraddle.com/lesbian-kisses-on-american-television-the-definitive-history-198308/

역시키는 데 쓰였던 '묻지도 답하지도 말라Don't ask, Don't tell' 제도가 폐지된 게 2011년, 미국 연방 차원에서 동성혼이 법제화된 게 2015년이라는 걸 생각해보면, 2000년대 초반 사회 분위기를 대략 짐작할 수 있을 테다. 그런 상황에서 공중파 채널의 저녁 시간 방영 드라마에 퀴어 캐릭터가 등장한 거다. 타라는 매회 등장하는 주요 캐릭터는 아니었지만, 월로우는 주인공 버피의 가장 친한 친구로 주요 캐릭터 중 한 명이었다. 심지어 월로우는 마법을 배우고 마녀가 되면서, '그냥 똑똑한 친구'에서 강력한 능력을 지닌 캐릭터로 발전한다(나중에 흑화한 월로우는 버피조차도 말릴 수 없는 엄청난 힘을 내뿜는다). 그런 월로우가 타라와 사랑에 빠지고, "나 약간 게이인 것 같아I think I kinda gay"라고 말했을 때, 어떤 일이 벌어졌을까? 게이 빠워!POWER는 기대만큼(?) 세상을 망하게 하지 못했다. 그저 나처럼 숨어 있던 마녀들에게 세상 밖으로 나갈 수 있는 길을 보여줄 뿐이었다.

월로우가 버피와 친구들에게 커밍아웃하고, 타라와 '보통의' 연애를 해나가는 모습을 지켜보는 건 행복 그 자체였다. 그 덕분에 나도 사랑을 꿈꿀 수 있었고, 세상으로 나아가는 용기를 얻었다. 월로우와 타라는 시즌 6까지 등장하면서 키스신도 보여줬고, (역사적인!) 베드신도 보여줬

다. 시즌 6의 7화 '원스 모어, 위드 필링Once more, with feeling'
은 뮤지컬 에피소드였는데, 타라와 윌로우의 노래였던 〈너
의 마법 안에서Under Your Spell〉와 둘의 로맨틱한 러브신, 그
리고 오르가슴을 암시하는 장면은 지금까지도 잊지 못하
는 장면이다. 그 노래의 멜로디는 지금도 가끔 생각나 혼자
흥얼거리곤 한다.

그리고 10여 년 후, 미국 라스베이거스에서 열린 퀴어
여성들의 코믹콘 클렉사콘Clexacon*에 갔다가 타라를 연기
한 배우 앰버 벤슨을 실제로 보는 호사를 누렸다. 더 감격
스러웠던 건 앰버 벤슨과 백여 명이 훌쩍 넘는 〈뱀파이어
해결사〉 퀴어 여성 팬들이 함께 〈너의 마법 안에서〉를 부
르는 현장이었다. 노래 부르며 손뼉 치고 환호하는 사람들
의 표정과 몸짓에서, 이 노래 그리고 윌로우와 타라의 러브
스토리가 우리 모두에게 얼마나 큰 마법이었는지 느낄 수
있었다. 그 덕분에 지금 여기 우리가 함께 있을 수 있다는

---

* 클렉사콘은 〈원 헌드레드(The 100)〉(2014~2020)라는 미국 드라마 시
리즈에서 렉사가 (타라가 죽는 과정의 서사 방식과 매우 유사하게) 죽은 일을
계기로 만들어진, 퀴어 여성들을 위한 코믹콘이다. 더 자세히 알고 싶다면 다음
의 글을 참고할 것. 박주연, 〈미국의 '퀴어. 여성. 미디어. 팬덤' 축제가 남긴 것들:
변화를 이끄는 퀴어 여성들의 팬덤, '클렉사콘'에 가다 下〉, 《일다》, 2019.5.24.
https://www.ildaro.com/8470

것도. 지금도 그때를 생각하면 울컥할 정도로 잊을 수 없는 순간이다. 그곳에 내가 있었다는 건 인생에서 손꼽는 자랑스러운 '성덕' 모먼트다.

이렇게 많은 이들로부터 큰 사랑을 받은 윌로우와 타라였건만 이들은 해피엔딩을 맞이하지 못했다. (스포일러 경고!) 정말 너무 어이없는 사고로 타라가 죽기 때문이다. 이 죽음에 분노한 윌로우는 흑화하게 되고, 세상을 거의 멸망시킬 뻔했다. 끝내 세상은 멸망하지 않았지만, 내 가슴은 무너져내렸다. 마구 화내고 싶은데 (이미 종영된 후 본 거라) 화를 낼 곳도 없었다. 나중에 알게 된 건 이 죽음에 분노하고 슬퍼한 게 나만이 아니었다는 거다.

〈사랑에 당당한 여자〉에서 잠시 언급했지만, 2010년대 이전 시기의 퀴어 서사는 주로 우울하고 불행했다. 당시 미디어는 '결국 퀴어는 행복한 결말을 맞이하지 못한다'는 메시지를 자주 반복해서 보여줬다. 퀴어가 자살하거나 죽임당하는 이야기들. 불행한 모습을 보여줘야 동성애자/성소수자가 '되지 않을 것'이라 생각한 탓이었다. 누군가 '넌 앞으로 불행하고 외롭고 우울한 사람이 될 것'이라고 반복해서 말한다면 당연히 두려워질 수밖에 없으니까. 성소수자를 당사자에게도 두려운 존재로 만들려는 사회의 악랄

한 계략이었던 거다. 성소수자의 다수가 디나이얼 시기를 거치고 그 시간 동안 자기부정, 자기혐오, 두려움으로 고통을 겪는다는 걸 생각하면 정말 악랄하다는 말밖에 나오지 않는다.

그렇기에 타라의 죽음은 많은 퀴어를 분노케 했다. 이후에도 계속된 퀴어 캐릭터들의 죽음은, 2016년 〈원 헌드레드〉에서 렉사의 죽음까지도 계속됐다.* 1976년부터 2016년까지 미국에서 방송된 텔레비전 시리즈 중 레즈비언/바이 캐릭터가 나온 경우는 11퍼센트였는데, 그중 35퍼센트가 죽음을 맞이했다는 분석도 있다. 픽션에서 죽는 일이 뭐 그리 별일이냐고? 어느 집단의 3분의 1이 반복적으로 죽는 게 미디어에서 계속 보여진다면 그건 상당히 이상하지 않은가? 이에 대한 분노는 'LGBT_팬들은_더_나은_대접을_받아야_한다LGBTFansDeserveBetter' 운동으로 이어졌고, 클렉사콘도 탄생했다.

---

* 퀴어들을 위한 미국의 온라인 저널 사이트인 오토스트래들 (AUTOSTRADDLE)에서는 반복되는 퀴어 캐릭터들의 죽음을 다룬 바 있다. 다음의 기사를 참고할 것. Heather Hogan, "Autostraddle's Ultimate Infographic Guide to Dead Lesbian Characters on TV", *AUTOSTRADDLE*, 2016년 3월 25일. https://www.autostraddle.com/autostraddles-ultimate-infographic-guide-to-dead-lesbian-tv-characters-332920

월로우와 타라의 결말은 분명 비극이었다. 하지만 이들이 보여준 마법은 죽지도, 사라지지도 않았다. 그 마법이 준 힘으로 살아가는 사람들이 있다는 걸 봤으니까 확신할 수 있다. 사실 나 또한 그중 한 사람이고.

역시 난 마법에 걸린 사람이 맞았던 거다.

키스하는 여자

〈갭: 더 시리즈〉 쿤쌈과 몬

여자들의 사랑이라고 하면 숭고하고 아름다운 무언가를 떠올리는 일이 많은 것 같다. 특히 2015년의 '#나는_페미니스트입니다' 운동부터 강남역 여성혐오 살인 사건을 거쳐, '#○○계_내_성폭력' 고발과 '#Metoo'(미투운동)으로 이어지는 과정 이후, '여성 연대'가 중요해진 영향도 있을 거다. 이성애 중심 가부장제 사회 아래 주입되어온 '남자 사랑'이 아니라, '여자를 사랑하자, 여자를 응원하고 지지하자, 여자들 간의 관계를 소중히 하자'는 목소리가 나오기 시작했으니까. 물론 굉장히 중요한 이야기이고 나 또한 당연히 동의하는 부분이지만 때때로 그 사랑을 생각할 때 난 좀 더 찐득한 걸 떠올린다. 서로의 숨결이 너무 가까워 숨막힐 정도로 찐득한, 결국 그 숨결이 서로의 입술을 통해 뒤섞이는 장면을. 이러면 또 '역시 퀴어는 하나같이 변태구먼'이라고 할지 모르겠다. 사실 그렇게 생각해도 상관없긴 하다. 그렇지만 내가 봐온 이성애자들이야말로 허구한 날 남자와 여자가 나오면 엮어먹으려고 난리던데…… 하여튼 내가 이렇게 (말마따나) 변태가 된 이유엔 슬픈 사연이 있다(슬픈 사연 없는 퀴어의 삶, 언제 가능한가).

흔히 게이, 호모, 퀴어라고 하면 변태스러운 무언가를 떠올리는 이들이 많은 것 같지만 난 종종 의문이 든다. 대체 그런 변태스러운 걸 어디서 본 걸까? 난 아주 오랫동안 동성끼리 키스하는 걸 본 적도 없었는데 말이다(치사하게 자기들끼리 봤던 걸까). 심지어 한국은 여전히 방송에서 동성 키스를 금기와 논란으로 여기는 '놀라운' 나라다. JTBC에서 방영된 드라마 〈선암여고 탐정단〉(2014~2015)은 여고생 둘의 키스신이 방송된 후 방송통신심의위원회로부터 중징계인 '경고' 제재를 받았다. '그땐 2015년이니까, 한국 사회가 좀 더딘 면이 있어서 그래'라고 넘어가보자 했지만, 2021년 SBS는 영화 〈보헤미안 랩소디〉를 방영하면서 남성 둘의 키스신을 삭제하고 내보냈다. 심지어 이미 15세 이상 관람 등급으로 편성된 방송이었다. 동성 키스는 비청소년이 봐도 모방하고 싶은 마음이 들 정도로 엄청난 위력이 있는 걸까? 아니 나도 종종 동성 키스 한번 해보라고 추천하곤 하지만(농담), 그걸 그렇게 높게 평가하는 줄 몰랐네?

한국이 굉장히 뒤처진 상황이긴 하지만, 내가 주로 봤던 서구권 콘텐츠들도 퀴어의 성애적인 친밀성을 보여주는 데 꽤 소극적이긴 마찬가지였다. 쉽게 말해서, 이성애자 커플이라면 분명! 100프로! 키스할 장면인데 동성애자/퀴어 커플은 그냥 포옹하거나 뜨거운 눈빛만 주고받고 넘어가거나 아니면 키스할 것처럼 서로 얼굴이 가까워지다가 갑자기 화면 전환!(아아아아아악!) 많은 퀴어 콘텐츠(퀴어 캐릭터가 조금이라도 등장하는 콘텐츠 포함)에서 그런 일을 많이 당해 억울함이 쌓였던 난 어느새 변태처럼 그런 장면에 집착하게 된 것이다. "퀴어끼리 키스하는 게, 섹스하는 게 뭐 어때서!"라고 소리 지르며.

그런 나에게 어느 날 어떤 여자들이 다가왔다. 〈갭: 더 시리즈Gap: The Series〉의 쿤쌈과 몬이었다.

〈갭: 더 시리즈〉는 태국의 GL* 드라마로, 2022년 11월부터 태국 채널3와 유튜브를 통해 공개됐다. 늘 퀴어 콘텐츠를 찾아 헤매는 나에게 〈갭: 더 시리즈〉 방영은 구미가 당기는 소식이었지만 바로 볼 생각은 하지 않았다. 정확하게 고백하자면, 유튜브에서 1화를 재생해보긴 했는데 조금 올드하게 느껴지는 연출과 어색한 연기에 오글거림을 이기지 못하고 몇 분 만에 껐다. 하지만 그 뒤로 몇 번 SNS에 올라오는 짤들을 보며 다시 흥미가 스멀스멀 생기던 즈음 친구가 영업을 시작했다. 1화부터 보는 게 재미없으면 "5화부터 보라"고 강력하게 추천하는 말이 심상치 않았다. 아, 뭔가 있구나. 5화부터 뭔가가 있구나! (퀴어가 이렇게 영업할 땐 정말 뭔가가 있는 거다. 믿어야 한다.) 다행히 난 어떤 콘텐츠를 꼭 정주행해서 봐야 하는 스타일은 아니다. 아니, 사실 이것도 퀴어 서사를 찾아다니면서 생긴 버릇(?) 같은 거다. 어떤 드라마에 갑자기 퀴어 캐릭터가 등장했다는 소식을 들었다? 근데 그게 시즌 5의 12화다? 그럼 그냥 거기서부터 본다. 퀴어가 안 나오는 앞 시즌을 볼 여유와 아량

---

* GL은 Girl's Love의 줄임말로, 말 그대로 소녀/여자들 간의 사랑을 말한다. GL 콘텐츠는 이름에 '사랑'이 들어가 있는 만큼 캐릭터 간의 사랑/로맨스에 초점이 맞춰져 있다. 그러면 GL 콘텐츠는 레즈비언/퀴어 콘텐츠와 다른가? 네 그리고 아니오, 양쪽 다. 사실 이것의 구분은 정확한 답이 있다기보다 창작자와 소비자/향유자가 콘텐츠를 어떻게 정체화하느냐의 차이라고 생각한다. 〈갭: 더 시리즈〉의 경우 퀴어 콘텐츠가 아니라 GL 콘텐츠로 명명되고 있는데, 이는 이미 태국에서 BL(Boy's Love) 드라마가 크나큰 인기를 얻으며 하나의 문화로 자리잡은 영향도 있다.

을 갖출 정도로 내 삶은 여유롭지 않다. 그렇게 단련된 나였기에 냅다 5화부터 봤다. 오, 세상에. 친구여, 감사합니다. 쿤쌈과 몬의 케미는 정말 남달랐다.

〈갭: 더 시리즈〉는 GL 웹소설이 원작으로, 오피스 연애물이다. 주인공 쿤쌈*은 (태국에 여전히 존재하는) 왕족 계급이자 '다이버시티'라는 회사의 대표다. 그리고 겁나 싸가지 없는 냉혈한으로, 자기 멋대로 사내 연애 금지 규칙을 세워 그걸 어기는 이들을 가차 없이 해고한다. 어디 그뿐이랴, 직설적인 말들을 마구 내뱉어 사람들에게 상처 주면서도(사실 노동청에 신고할 만한 갑질들이다) 이에 아랑곳하지 않는다. 왕족이라는 명예와 위치, 재산을 유지하기 위해 정략적으로 맺어진 약혼남이 있지만 그에게도 관심이 없다. 모든 걸 다 가졌지만 외로운 늑대처럼 싸늘한 사람(이성애 연애물에서 자주 보던 남주 같은…… 그녀)이다. 이런 쿤쌈과 달리 몬은 귀족도 아니고 대표도 아닌, 그냥 평범한 20대다. 다만 조금 특이한 점이 있다면 어렸을 때부터 일편단심 쿤쌈을 동경해왔다는 것. 그런 몬이 마침내 꿈에 그리던 쿤

* 쿤쌈의 이름은 사실 '쌈'이지만 몬 입장에선 항상 존칭을 써야 하는 대상인지라 둘의 관계에선 늘 '쿤쌈'으로 불린다.

쌈이 운영하는 회사 인턴으로 취직한다. 꿈을 이뤘다는 기쁨도 잠시, 몬은 어렸을 때 자기가 봤던 따뜻한 쿤쌈이 아니라 냉혈한이 된 쿤쌈을 마주하게 되고, 두 사람의 관계는 꼬이기 시작한다.

이것이 〈갭: 더 시리즈〉의 시작 스토리지만, 말했다시피 난 5화부터 봤기에 허겁지겁 쿤쌈과 몬의 관계를 파악해야 했다. 다행히 크게 관심 없고 공감도 안 됐지만 그냥 봐야 했던 많은 K-이성애 로맨스물을 경험한 탓에 〈갭: 더 시리즈〉의 내용도 금세 파악할 수 있었다. 일단 둘의 관계는 회사 대표와 인턴, 하지만 이상할 정도로 굉장한 긴장감이 있었다. 쿤쌈은 몬에게 까칠하게 굴면서도 집착한다. 그게 일종의 관심 표현인 거다. 하지만 몬은 그런 사실을 알리 없고 둘의 관계는 계속 꼬인다. 어쩌다 데이트 같은 식사를 하게 되는데, 뜬금없이 쿤쌈은 몬에게 "네가 내 코를 깨물면, 난 네 입술을 깨물게"라고 참신한 제안을 전한다. 저기요, 갑자기 뭘 깨문다고요?

처음엔 솔직히 조금 웃겼다. 아니, 너무 수작 부리는 게 보이잖아요! 허허. 저 친구 귀엽구먼 너스레를 떨었지만, 정작 '코 깨물기 입술 깨물기' 장면이 등장했을 때는 '헙' 하고 숨을 멈췄다. 그 뒤로도 그 장면이 머릿속에서 자꾸 반복됐다. 아니, 이렇게 유치한 장면을 좋다고 할 일인 가? 자존심이 상했지만, 좋은 걸 어떡해. 이래서 이성애자 들이 그렇게 말도 안 되는 로맨틱 코미디를 좋아하는구나, 그런 거였구나. 이성애자들아, 그동안 놀려서 미안했다.

이후 쿤쌈과 몬이 서로 좋아한다는 걸 인지하고, 고백 하고, 사귀기 시작하면서 난 이들의 관계에 더 빠져들기 시 작했다. 쿤쌈과 몬의 뽀뽀/키스는 정말 현실의 연인처럼 자 연스러웠고 또 열정적이었다. 그동안 정말 많은 퀴어 콘텐 츠를 봐왔지만 이렇게 동성 커플의 친밀함을 잘 그리고 또 자주 보여주는 콘텐츠는 정말 드물었기에 몇 번이고 돌려 봤다. 베드신도 마찬가지였다. 과하지 않으면서도 굉장히 에로틱한 긴장감! 내가 보고 싶었던 그것이었다. 심지어 베드신 전엔 둘이 함께 네일샵에 가서 붙인 손톱도 다 떼고 손톱을 정리하는 장면까지 나왔다. 이 얼마나 성교육 측면 에서도 유익한가. 우리에겐 이런 이야기가 필요했다고!

성교육 이야기가 나온 김에 한번 이야기해보자면, 사 실 미디어에서 등장하는 성적인 장면은 여전히 대다수가 잘못됐다. 이성애 섹스만 해도 콘돔을 사용하는 등의 피임 장면을 보여주는 일은 극히 드물고, 심지어 잘 씻지도 않 는다. (사람들아 청결·위생을 중시합시다!) 레즈비언 섹스는 어떤가? 국내 콘텐츠든 해외 콘텐츠든 시스-이성애자 남성이 만든 경우는 대체로 최악이다. 남성 시선에서의 이상하고 망측한 판타지를 잔뜩 넣은 불쾌한 장면들이 가득하다. 2013년 칸영화제에서 황금종려상을 받았으며 퀴어 영화로 유명한 〈가장 따뜻한 색, 블루Blue is the Warmest Colour〉(2013)의 경우만 해도 그렇다. 이 영화는 아델과 엠마라는 두 여성의 사랑과 이별을 담아낸 만화 원작을 영화로 잘 구현해낸 걸로 많은 이들의 사랑을 받았지만, 영화를 처음 봤을 때부터 '저 베드신은 좀 과한 거 아닌가? 저렇게 오래 보여줄 일인가?' 하는 생각에 조금 당황스러웠다. 거기다 이들의 베드신은 불필요하다 싶을 정도로 너무 적나라했다(내가 아무리 키스 좀 하라고 외쳤다지만 이건 좀……). 그 장면은 퀴어 여성인 나를 설레게 했다거나 공감을 불러일으켰다기보다 마치 내가 성적 대상화되는 것 같은 불편한 마음을 가지게 했다. 거기다 알고 보니 그 베드신은 실제로 배우들을 착취해서 만든 것이었다.* 영화가 공개된 이후 엠

---

*   Kaleem Aftab, "Blue is the Warmest Colour actresses on their lesbian sex scenes: 'We felt like prostitutes'", *INDEPENDENT*, 2013.10.4. https://www.independent.co.uk/arts-entertainment/films/features/blue-is-the-warmest-colour-actresses-on-their-lesbian-sex-scenes-we-felt-like-prostitutes-8856909.html

마를 연기했던 배우 레아 세이두는 압델라티프 케시시 감독이 베드신 촬영에서 무려 10시간 동안 백 번의 테이크를 진행했다며 그 과정이 무척 고통스러웠다고 밝혔다. 이후 다시는 이 감독과 작업하고 싶지 않다며, 그 베드신은 확실히 남성의 시선에서 만들어진 것이라고 했다. 아델 역을 연기한 배우 아델 에그자르코풀로스 또한 당시 경험이 끔찍했고 감독이 자신을 고문하는 것 같았다고 했다.* 관객만 불편하게 한 게 아니라 배우들을 그렇게 괴롭혔다니 정말 최악일 수밖에 없다. 이 작품 외에도 내가 참 좋아하는 영화 〈아가씨〉(박찬욱 감독, 2016)의 베드신 또한 시스-이성애자 남성 시선이 명확하게 보이는 한계가 있다. 그러니 제발 퀴어 여성들을 멋대로 자신의 판타지로 재현하지 말았으면 한다. 우리는 판타지가 아니라 현실에서 살아가는 사람이다.

그래도 다행인 건 전 세계적으로 진행된 미투운동 덕분에 미국, 캐나다, 유럽 그리고 일본에서도 이제 성적인

---

* 　James Mottram, "Adèle Exarchopoulos on Blue Is the Warmest Colour: 'It was hard. It was intense. But I chose to do it'", *inews*, 2023.3.21. https://inews.co.uk/culture/film/adele-exarchopoulos-interview-blue-is-the-warmest-colour-sex-scenes-2220526?ITO=newsnow

장면을 찍을 때 인티머시 코디네이터Intimacy Coordinator를 고용한다는 것이다. 인티머시 코디네이터는 성적인 장면을 현실적이고 안전하게 재현하기 위해 제작진을 교육하고 함께 촬영을 준비하며, 제작진과 배우 간 합의를 조율하는 전문가다.** 하지만 불행히도 한국엔 아직 인티머시 코디네이터가 없는 상황이다. K-영화, K-드라마의 선전과 인기를 이야기하지만 안전한 제작 환경을 위한 노력은 이렇게 더디다는 현실이 좀 부끄럽다. 한국에서도 얼른 시스템이 마련되길, 정말 내가 사랑할 수 있는 '러브신'도 만날 수 있기를 간절히 바란다.

〈갭: 더 시리즈〉는 사실 정말 잘 만든 작품은 아니다. 이야기는 유치하고, 클리셰 덩어리에다, 반복해서 보다보면 '분명 NG 장면 같은데, 이걸 썼어?' 하는 장면도 있을 정도로 허술하다. 하지만 이런 허술함 뒤엔 제작비가 넉넉지 않았다는 슬픈 사연이 있다. 사실 〈갭: 더 시리즈〉는 태

** 인티머시 코디네이터에 대해 더 알고 싶다면 다음의 인터뷰를 꼭 읽어보길 바란다. 박주연, 〈촬영 현장에서 NO라고 말하기 어렵잖아요-일본 인티머시 코디네이터로 활동 중인 니시야마 모모코 인터뷰(상)〉, 《일다》, 2023.6.5. https://www.ildaro.com/9644 박주연, 〈'러브신'을 방해하는 사람이 아닙니다-일본 인티머시 코디네이터로 활동 중인 니시야마 모모코 인터뷰 (하)〉, 《일다》, 2023.6.6. https://www.ildaro.com/9645

국에서 처음 만들어진 GL 드라마로, BL 드라마가 많은 인기를 얻으며 여러 작품이 쏟아진 지 10년 만에 등장했다.* 그렇게 뒤늦게 만들어진 것도 서글픈데 투자자도 별로 없어서 제작사 대표가 사비를 털어, 심지어 엄마한테 돈까지 빌려가며 만들었다는 더 서글픈 비하인드 스토리도 있다. 그래서 그냥 응원하게 됐다. 좀 부족한 부분이 있어도, 아무도 안 하던 GL 드라마를 만들어냈으니까. 무엇보다도 쿤쌈과 몬의 케미가 끝내주니까.

가끔 일할 때 모니터 한쪽에 〈갭: 더 시리즈〉를 틀어놓곤 한다. 태국어 공부를 아주 잠시 도전했다 재빠르게 포기한 탓에 여전히 대사는 하나도 못 알아듣지만 일하다 지친 마음이 쿤쌈과 몬을 보는 것만으로 훈훈해질 때가 있다. 그들이 서로 사랑하는 모습을 보면 '아, 세상은 따뜻한 곳이구나' 싶은 생각이 든달까? 쿤쌈과 몬의 키스가 나라를 구할

---

*   BL이 왜 GL보다 인기가 많은가? 매우 납작하게 말하자면, 여전히 남자가 더 잘 팔려서. 하지만 당연히 그것만이 이유는 아니다. BL은 전통적으로(?) 성'다수자'인 이성애자 여성이 즐겨보는 장르인데 반해 GL은…… 그렇지 않다. 그럼 여자가 BL 보는 건 그저 남자가 좋아서야? 여기에도 조금 더 복잡한 이유가 있다. BL과 여성 욕망의 관계가 궁금하다면 미조구치 아키코의 책 《BL진화론》을 추천한다. 그리고 태국의 GL, BL 드라마 인기에 관해선 다음 기사를 참고하길. 박주연, 〈이제 음지에서 안 봐요, 태국 GL/BL 드라마의 인기〉, 《일다》, 2023.4.10. https://www.ildaro.com/9604

순 없을지 몰라도, 때때로 나를 구하는 것만큼은 분명하다.

빼놓을 수 없는 케미 장인 커플이 또 있다. 바로 캐나다/미국 드라마 시리즈 〈와이노나 어프Wynonna Earp〉(2016~2021)의 웨이블리와 니콜이다. 이 드라마 주인공 와이노나의 여동생 웨이블리가 니콜 핫이라는 정말 핫한 경찰과 사랑에 빠지면서, '웨이핫'(커플명)은 미국(그리고 글로벌) 퀴어 팬덤에 바람을 일으켰다. 둘의 케미가 정말 '찐' 커플처럼 너무 좋아서 이들을 보는 사람들조차 두근거리게 했기 때문이다. 나도 웨이핫의 열렬한 신봉자였다. 넷플릭스에서 공개된 적 있으나 지금은 한국에서 볼 수 없다는 게 너무 통탄스럽다. 혹시라도 다시 한국에서 볼 수 있게 된다면 여여 커플 로맨스의 정수를 보여주는 이 작품을 놓치지 말라고 전하고 싶다. 일단 몇 가지만 말해두자면, 웨이핫은 둘의 첫 만남부터 '아, 이거 됐다' 싶은 감이 빡 온다. 둘의 첫키스도 너무 귀엽고, 베드신은 또 말해 뭐해. 치어리더였던 웨이블리가 니콜을 위해 춤추는 장면은 팬들 사이에서 두고두고 회자된 명장면이기도 하다. 아, 웨이핫. 이 둘은 한동안 나를 가장 뜨겁게 해준 도파민이었다.

퀴어들 좀 그만 죽입시다

퀴어/성소수자가 아무리 유별나다고 한들 영생을 사는 건 아니다. 다른 이들은 모르겠지만 일단 나는 영생을 바라지도 않는다. 사회가 변한다면 모를까, 소수자를 향한 혐오가 넘쳐나는 이 사회에서 영생은 정말 '아, 됐습니다'다. 그러면 왜 퀴어 캐릭터 죽는 거에 그렇게 호들갑이냐고 묻는 사람도 있을 테다. 텔레비전 드라마나 영화에 나오는 캐릭터는 그냥 가짜인데 왜 그러냐 혹은 퀴어도 사람 아니냐 그럼 죽을 수도 있고 좀 불행할 수도 있는 거지 왜 그러냐고 말이다.

　드라마나 영화 속 캐릭터는 분명 만들어진 존재다. 하지만 '드라마나 영화 속 이야기가 현실과 무관한가?'라는 질문에 '아니오'라고 답하기는 쉽지 않을 거다. 드라마나 영화가 현실의 거울이라는 말은 절대 그냥 나온 게 아니다. 이미 많은 이들이 미디어에 누가, 어떻게 재현되는지 주목해왔고 특히 소수자가 재현되는 방식의 문제점을 계속해서 지적해왔다. 성소수자의 재현과 관련된 문제는 크게 두 가지로, 첫째는 "과소재현"이고 둘째는 "왜곡된 재현이나 정형화"다.* 과소재현은 말 그대로 "미디어에 등장하는 소수자의 비율이 실제 사회에 존재하는 소수자 비율보다 작을 때"를 말하며, "미디어에서 성소수자를 다루지 않게 되면 성소수자의 존재가 인정되지 않고 관련 의제가 다루어지지 않으므로 성소수자의 자유와 인권에 관한 사회적 담론을 형성하기 어렵게 된다"는 문제가 발생한다. 왜곡된 재현이나 정형화 또한 "성소수자를 타자화시키고 이성애규범주의Heteronormativity를 재생하는 역할을 수행"하게 하는 문제를 반복한다. 사실 이는 성소수자만의 문제도 아니다. 이 사회에서 '기본값'으로 여겨지는 남성/비장애인/원주민/시스젠더/이성애자/백인/비청소년 등에 해당하지 않는 사람들도 마찬가지다.

멀리 갈 것도 없이 근래의 일들을 살펴보자면, 일단 2015년을 전후로 하는 '페미니즘 리부트' 이후 영화 내 여성 재현

---

* 박지훈·이진, 〈성소수자에 대한 미디어의 시선: 텔레비전에 나타난 홍석천과 하리수의 이미지 유형을 중심으로〉, 《미디어, 젠더&문화》 28호, 한국여성커뮤니케이션학회, 2013.

부재가 쟁점이 된 바 있다. 예를 들어 2017년, 국내 영화 흥행작 열 편 중 포스터에 여성의 얼굴이 들어간 작품은 딱 하나, 〈아이 캔 스피크〉(김현석 감독, 2017)뿐이었다.[*] 이런 여성 캐릭터의 부재는 "한국 영화계가 여성혐오적이라는 말을 듣는 이유"[**]라 언급되기도 했다. 이후에도 크게 달라지지 않았다. 2020년 기준 국내 박스오피스 상위 100편의 영화를 대상으로 조사한 결과에 따르면, 주인공 성별이 여성인 경우는 36.95퍼센트였고 국내 영화로만 따지면 31.31퍼센트로 더 낮았다.[***] 한국 인구의 여성 비율이 50.1퍼센트인 걸 감안하면, 영화에서 여성은 과소재현되고 있는 것이다. 덧붙여 성소수자 캐릭터가 등장한 국내 영화는 2.44퍼센트, 해외 영화는 27.12퍼센트였다. (국내와 해외의 차이, 이렇게 극명해도 괜찮을 것일까?)

참고로 한국의 성소수자 인구는 대략 전체 인구의 5~10퍼센트로 추정되는데 정부에서 공식적으로 집계한 적은 없다. 2023년 글로벌 마케팅 리서치 기업 입소스Ipsos에서 조사

---

[*] 박주연, 〈2017년 여성영화인들의 안부를 묻다〉, 《일다》, 2017.12.16. https://ildaro.com/8077

[**] 이은지, 〈[한국영화의 여성혐오③] 가능성-관객 모두 준비됐는데, 작품만 없다〉, 《쿠키뉴스》, 2017.10.8.

[***] 서영택·전범수·유홍식·홍원식·박혜성·김두이, 〈2021년 문화콘텐츠 다양성 조사연구〉, 한국방송광고진흥공사, 2022.

한 결과에 따르면, 한국의 성소수자 비율은 7퍼센트로 글로벌 평균인 9퍼센트보다 낮은 수치였다.**** 이 조사에서 일본의 성소수자 비율은 5퍼센트로 나와 있지만, 일본 기업 덴쓰 Dentsu의 2020년 조사에선 8.9퍼센트로 나타났다.***** 미국은 2023년 갤럽 조사에 따르면 7.2퍼센트, 연령별로 봤을 땐 밀레니얼세대(1980년대 초반에서 1990년대 중반 출생)에서 11.2퍼센트, Z세대(1990년대 중반에서 2010년대 초반 출생)에선 무려 19.7퍼센트(다섯 명 중 한 명이라는 이야기)다.******

매번 모든 콘텐츠가 현실과 같거나 유사한 비율을 반영해야 한다는 건 아니다. 콘텐츠에 따라서 특정 부류의 사람이 많이 등장할 수 있다는 걸 모르지 않는다. 그런 경우까지 걸고넘어지겠다는 게 아니라 누군가가 과대재현되고 누군가는 과소재현되는 현상이 오랫동안 지속되는 문제를 이야기하는 거다. 미디어는 한 사람이 현실에서 만나고 경험하는 일을 뛰어넘어 더 넓고 다양한 세상을 만나게 할 수 있는 엄청난 힘

**** 〈한국의 성소수자 비율과 이를 바라보는 시민들의 생각〉, 입소스, 2023. https://www.ipsos.com/ko-kr/한국-성소수자-비율-이를-바라보는-시민들의-생각

***** Dentsu Conducts 2020 LGBTQ+ Survey, *dentsu*, 2021. https://www.dentsu.co.jp/en/news/release/2021/0408-010371.html

****** Jeffrey M. Jones, "U.S. LGBT Identification Steady at 7.2%", *GALLUP*, 2023. https://news.gallup.com/poll/470708/lgbt-identification-steady.aspx

을 가지고 있는데, 그 미디어마저 제한된 세상을 보여준다면 어떻게 될까? 그 결과로 대다수 사람은 (소수자 위치에 놓인) 다른 이의 삶이 어떠한지, 아니 존재하는지조차 상상할 수 없게 된다. 특히 성소수자의 존재에 대해서, 여전히 다수의 사람은 자기 주변에 성소수자가 없다고 생각하거나 일평생 한 번도 본 적 없다고 생각한다. 입소스 조사 결과에서도 한국인 응답자 중 성소수자인 친척, 친구 및 직장 동료가 있다고 답한 비율은 10퍼센트도 되지 않았다. 정체성별로 보자면, 동성애자인 친척, 친구 및 직장 동료가 있다고 답한 비율은 7퍼센트, 양성애자 5퍼센트, 트랜스젠더 2퍼센트, 논바이너리/젠더비순응/젠더플루이드 3퍼센트에 불과했다. 이는 조사에 포함된 세계 30개국 중 일본과 더불어 가장 낮은 수치다. (미국이나 유럽이랑 비교하면 거긴 좀 아무래도 상황이 다르지 않냐고 할 테니) 같은 질문에 대해 태국에선 동성애자인 친척, 친구 및 직장 동료가 있다고 답한 비율이 43퍼센트, 양성애자 23퍼센트, 트랜스젠더 43퍼센트, 논바이너리/젠더비순응/젠더플루이드 29퍼센트라는 결과가, 싱가포르에선 동성애자 41퍼센트, 양성애자 26퍼센트, 트랜스젠더 15퍼센트, 논바이너리/젠더비순응/젠더플루이드 16퍼센트라는 결과가, 남아프리카에선 동성애자 59퍼센트, 양성애자 38퍼센트, 트랜스젠더 13퍼센트, 논바이너리/젠더비순응/젠더플루이드 17퍼센트라는 결과가 나왔다는 사실을 덧붙인다. 이 나라들 또한 성소수자 인구 비율은 10퍼센트도 안 된다. 주변에 성소수자가 있다고 인지하는 비율이 한국에 비해 상당히 높을 뿐이다.

이러한 차이는 한국사회가 성소수자를 인지하지 못하며, 성소수자가 커밍아웃할 수 있는 환경이 못 된다는 사실을 방증한다. 이런 현실을 바꿀 수 있는 게 미디어(라고 나는 믿)지만, 미디어에서도 어떤 존재들은 보이지 않는다. 그러니 사람들은 그들을 알지 못하게 되고, 그 '알지 못함'은 어떤 이들이 환대받기 어렵게 만든다. 환대받지 못하는 이들이 차별과 혐오, 편견과 배제로 내몰리기 쉽다는 건 자명한 사실이다.

이렇게 사람들이 본 적도 만난 적도 없(다고 믿)는 성소수자가 미디어에서 재현이 안 되는 것도 문제지만 또 다른 문제는 소수자의 삶이 왜곡되거나 정형화되는 것, 소수자들의 삶이 함부로 재단되고 타자화되어 보여지는 것이다. 이런 문제는 2017년 개봉한 영화 〈청년경찰〉에서 여실히 드러났다. 영화는 서울 대림동 일대에 사는 조선족을 범죄자로 묘사하며 편견을 조장하는 장면으로 공분을 샀다. 재한 조선족 60여 명은 조선족에 대한 부정적 묘사와 객관적 사실을 고의적으로 왜곡했다는 이유로 영화 제작사를 상대로 민사소송을 제기했고, 2심 판결에서 법원은 영화 일부 내용에 조선족을 부정적으로 묘사하는 허구의 사실이 포함돼 재한 조선족이 불편함과 소외감을 느낄 수 있다며 제작사가 사과해야 한다고 판결했다. 창작된 콘텐츠일 뿐인데 왜 그렇게 빡빡하게 구냐고 말하기 전에, 한국사회에서 조선족을 비롯한 이주민이 어떤 대우를 받고 있는지 한번 진심으로 생각해보자. 조선족이라고 했을 때 가장 먼저 떠오르는 단어나 이미지는 무엇인가? 왜 많은 이들이 실제로 관계 맺은 적도 없는 조선족에 대해 부정적 이미지를 갖게 됐을까? 그동안 미디어에서 조선족이 어떤 장면으로 묘사되었는지도 생각해보자. 그 장면들이 늘 유사하진 않았던가?

　성소수자가 미디어에서 드러나는 방식도 오랫동안 유사하게 반복됐다. 불행한 결말을 맞이하는 비운의 캐릭터. 그것이 성소수자에게 주어진 역할이었다. 미국 할리우드에선 1930년 일종의 도덕적 규제였던 헤이스 규약Hays Code이 만들어졌는데 이 규약은 '성적 도착', '변태적 행위' 묘사를 엄격히 금지했다. 여기에는 (명시적이진 않았지만) 동성애도 포함됐다. 헤이스 규약은 1968년까지 유지되다 이후 등급 시스템으로 변경됐다. 헤이스 규약이 있던 시대엔 당연히 동성애나 성소수자 묘사가 어려웠고 성소수자처럼 보이는 캐릭터가 등장했을 경우 그 캐릭터는 악역이거나 희화화되거나 처벌받거나 불행한 결말을 맞이하는 걸로 그려졌다. 성소수자는 '금지된 이들'이었기에 행복한 결말을 맞이해선 안 된다는 인식이

팽배했던 탓이다. 헤이스 규약의 효력이 사라진 이후에도 인식은 쉽게 바뀌지 않았다. 예를 들어 디즈니 애니메이션 영화 〈인어공주〉의 악역인 우르슬라가 드랙퀸drag queen에서 영감 받은 캐릭터라는 건 널리 알려진 사실이다.

퀴어 콘텐츠라 불리거나 퀴어 캐릭터가 주인공인 서사 속에서도 '슬픈/비극 결말'은 계속됐다. 이 이야기들은 나에게도 꽤 영향을 미쳤는데, 영화 〈상실의 시대Lost and Delirious〉(레아 풀 감독, 2001)와 영화 〈식물학자의 딸The Chinese Botanist's Daughters〉(다이 시지에 감독, 2006)을 봤을 때도 그랬다. 영화 자체가 별로였던 건 아니지만 불행과 죽음이라는 이미지가 크게 다가왔다. 〈상실의 시대〉는 주인공 폴리가 자살하는 결말이고 〈식물학자의 딸〉은 주인공 리밍과 안안이 사형당하는 결말이다(아버지를 죽였다는 죄명이었지만, 그 아버지는 동성애를 이유로 리밍과 안안을 경찰에 고발한 사람이었다. 그들의 동성애가 '죄'였던 것이다). 영화 내용이 어땠는지 세세하게 기억나지 않음에도 결말만큼은 여전히 선명하게 남아 있다. 아니, 더 정확하게 말하자면 그 결말을 보며 느꼈던 감정, 충격과 슬픔, 절망을 기억한다. 그것이 그때의 나를 얼마나 두렵게 했는지를. 이런 경험은 한두 번이 아니었다. 그럴 때마다 난 내 삶이 미래를 상상하기 어려운, 아주 깜깜한 터널 같다고 생각하곤 했다. 퀴어 캐릭터가 나온다는 콘텐츠를 있는 대로 뒤져가며 찾아본 건 '행복한 이야기도 있지 않을까?'라는 희망 때문이었다. 하지만 희망을 보기는 어려웠고, 그럼에도 계속 본 건 없는 것보다 뭐라도 있는 게 낫다는 생각과 내 이야기를 계속 찾고 싶다는 욕망을 버릴 수 없었기 때문이다.

퀴어/성소수자는 결국 불행한 결말을 맞이한다는 이야기의 반복은 현실의 성소수자에게 분명 영향을 미친다. 그걸 너무 잘 알기에 (앞서 〈마녀인 여자〉에서 언급한) 미국의 'LGBT_팬들은_더_나은_대접을_받아야_한다' 운동 당시 퀴어 팬덤은 청소년 성소수자 자살예방 활동 단체인 더트레버프로젝트 The Trevor Project에 기부하는 캠페인을 벌이며, 미디어에서의 재현이 실제 성소수자에게 미치는 영향을 재차 강조했다. 사실 이런 영향을 퀴어/성소수자만 아는 것도 아니다. 대중 미디어가 왜 오랫동안 퀴어/성소수자를 부정적인 방식으로 묘사했겠는가?

2018년 케냐 영화로는 최초로 칸영화제에서 공식 초청작으로 상영되고 부산국제영화제에서도 상영된 퀴어 영화 〈라피키Rafiki〉(와누리 카히우 감독, 2018)는 케냐에선 상영 금지 처분을 받았다.* 와누리 카히우 감독에 따르면, 케냐의 영화

---

* 박주연, 〈누가 '덜 희망적인 엔딩'을 원하는가?〉, 《일다》, 2018.10.14. https://ildaro.com/8326

등급위원회는 상영 금지 처분을 내리기 전 영화의 엔딩을 수정하라고 요구했다. 동성애를 한 두 주인공이 불행해지지 않았고, 그들이 "(동성애 행위를 했다는 걸) 충분히 후회하지 않기 때문"이라는 이유였다. 미디어에서 어떤 집단이 어떤 방식으로 비슷하게 반복적으로 재현되는 건 절대 우연이 아니다. 그것은 때때로 매우 의도적이며, 의도적이지 않을 때도 차별과 편견에 기인했을 확률이 높다.

그러니까 퀴어/성소수자 캐릭터를 죽이지 말라고, 불행하게 만들지 말라고 이야기하는 건 퀴어가 불사조여서도, 현실의 모든 퀴어가 행복해서도 아니다. 퀴어도 죽을 수 있고 불행할 수 있다는 걸 부정하는 게 아니라 미디어에서 어떤 재현이 반복되고 있으며 왜 그러한지 의문을 품고 같이 질문을 던지자는 거다. 기존의 방식을 답습하는 대신 새로운 길을 좀 찾자고. 오늘도 난 그 길을 만들어나갈 이들을 기다린다.

2부

여자들이 보여준 세계

이 여자들이 없었다면 난 어떻게 됐을까?
이들이 보여준 세상이 없었다면 말이다. 이들이
없었다면 여전히 길을 찾지 못해서 어리둥절하고
있을지도 모른다. 이들은 감히 내가 가보지 못한 세상,
심지어 내가 꿈조차 꾸지 못했던 세상을 보여줬다.
그 세상을 봤기에, 난 앞뒤 좌우를 겁내지 않고
걸음을 내디딜 수 있었다.

나를 부정하는 세상에 맞서다

〈하지만 나는 치어리더예요〉 메건

초등학생 때였을까, 중학생 때였을까. 정확히 기억나진 않지만 한번은 엄마한테 이렇게 말한 적이 있다. "나, 정신병원에 가봐야 할 것 같아." 무슨 생각으로 그런 얘길 툭 내던졌는지 모르겠지만, 나의 '이상함'과 '다름'이 '문제'라고 생각했던 것 같다. 심각한 정도는 아니었지만 난 약간의 자해를 하고 있었고, 우울이라고 해야 할지 모르겠지만 종종 사라짐을 생각했다. 내가 이 세상에 어울리지 않는다고 생각했고, 여기엔 내가 속할 데가 없을지 모른다는 불안이 엄습해오곤 했다.

하지만 어린 나는 정신과에 간다는 게 무슨 의미이며

어떤 의도를 가지고 있어야 하는 건지 몰랐다. '이상한' 사람들은 곧 '정신 나간' 사람들이었고, 그들이 향해야 하는 곳은 정신병원이라는 게 일반적인 인식이었으니까. 어렴풋이 그런 공식을 따라야 한다고 생각했던 것 같다. 천만다행으로(?) 엄마는 내 얘길 심각하게 받아들이지 않았다. 사춘기 소녀의 투정쯤으로 여겼던 것 같다. 이유가 뭐가 됐든 결과적으로 무척 다행이라 생각한다. 지금(도 가야 할 길은 멀지만)과 달리 세상은 훨씬 덜 퀴어 친화적이었으니까. 자칫 '잘못된' 병원에 갔다면 병원에서 나의 '동성애적 성향'을 질환으로 진단해 '치료'하려고 했을 수도 있다.* 지금도

*   오랫동안 의학계는 성소수자를 '이해'하지 못했고 '이상한' 이들로 분류했다. 그 말인즉슨 성소수자가 '치료'의 대상이었다는 거다. 하지만 성소수자됨은 질병이 아니었고, 관련 인식도 점차 확대됐다. 1973년 미국정신의학협회는 "동성애가 그 자체로 판단력, 안정성, 신뢰성, 또는 직업 능력에 결함이 있음을 의미하지 않는다"라며 동성애에 대한 진단명을 삭제했다. 이후 세계보건기구(WHO)는 국제질병분류표(ICD)에서 1990년 '동성애'를, 2018년 '트랜스젠더'를 삭제했다. 2016년 세계정신의학협회는 성명을 통해 "선천적인 성적 지향이 바뀔 수 있다는 어떠한 타당한 과학적 근거도 없다"고 밝히며 "이른바 동성애 치료라는 건 편견과 차별이 확산되는 환경을 조성할 수 있으며 잠재적으로 해로울 수 있다"고 설명했다. 또한 "질환이 아닌 것을 '치료'한다고 주장하면서 제공하는 모든 개입은 전적으로 비윤리적"이라고 강조했다. https://www.ncbi.nlm.nih.gov/pmc/articles/PMC5032493 이젠 정말 '전문가'라면 그 누구도 성소수자를 '치료'의 대상으로 여기지 않는다. 한국 의학계도 마찬가지다. 그럼에도 여전히 '동성애는 질병'이라는 혐오 발언을 발화하는 일부 정치인, 의료인, 종교인들이 있다. 이 얼마나 부끄러운 일인가.

그런 생각을 하면 뒷골이 서늘하다.

1999년 공개된 제이미 바빗 감독의 〈하지만 나는 치어리더예요But I'm a Cheerleader〉의 메건은 어느 날 갑자기 부모에 의해 '전환치료conversion therapy'** 캠프에 가게 된다. 메건은 나와 달리 자신의 '이상함'을 크게 인지하고 있지 않았다. 그냥 남자친구와의 키스가 전혀 흥미롭지 않았을 뿐이고, 키스할 때 치어리더 친구들이 생각났을 뿐이고, 학교 사물함에 여자들 사진이 잔뜩 붙어 있었을 뿐이고, 방에 멜리사 에더리지Melissa Etheridge*** 포스터가 붙어 있었을 뿐이다. 아, 그리고 채식****에도 관심이 있었고. 메건의 이런 '이상함'을 눈치챈 건 양육자와 남자친구, 친구들이었다.

** '전환치료'는 동성애자 등 동성에 대한 성적 지향을 가진 이들을 이성애자로, 트랜스젠더를 시스젠더로 '전환'하려는 의도에서 행해지는 각종 시도들로, 이는 곧 폭력, 학대, 고문이다. 따라서 '전환치료'를 법적으로 금지하고 있는 나라들도 있지만 여전히 성소수자 혐오가 심한 곳에서는 자행되고 있는 실정이다. 한국에서도 '전환치료' 및 그와 유사한 행위들이 자행되고 있다. 2018년, 국내 전환치료근절운동네트워크는 전환치료는 과학적 근거가 없는 사이비 치료 행위일 뿐만 아니라 치료 대상자의 우울, 불안을 강화하고 자살시도를 증가시키는 등 그 치료가 오히려 당사자의 정신건강을 악화할 위험이 있어서 정신의학계, 심리학계 전반에서 비윤리적, 비전문적 치료 행위로 규정하고 있다며, 성소수자를 위한다는 명분으로 이루어지는 인권침해 행위인 전환치료의 중단을 촉구했다.

*** 미국의 유명 락 가수이자 싱어송라이터로, 1993년 1월 커밍아웃을 기점으로 성소수자 인권운동을 위해 목소리를 내며 활동해왔다. 1990년대 미국의 레즈비언 아이콘 중 한 명이다.

이들은 메건을 레즈비언이라 단정하고 메건의 의지와 상관없이 '치료'가 필요하다며 그를 캠프로 보내버린다. 얼떨결에 캠프에 가게 된 메건은 동성애자에서 이성애자로 '전환'하기 위한 '치료' 과정을 시작한다. 그리고 모순적이게도 메건은 이 캠프에서 자신이 레즈비언임을 깨닫게 된다.

여기서 잠깐. 메건을 레즈비언이라 단정한 친구/가족들은 나쁜가, 아닌가? 주변의 어떤 친구(여자)가 유독 여자 아이돌만 좋아한다, 남자친구 얘기를 거의 안 한다, 고양이랑 산다고 하면 '혹시 퀴어/성소수자인 건 아닐까?' 하는 생각이 들 수 있다. 그 자체가 나쁜 건 아니다. '내 주변에 성소수자가 있을 리 없다'는 허무맹랑한 생각을 하는 것보다 훨씬 낫다고 본다. 문제는 그런 생각이 들었을 때 어떻게 하느냐다. 최악은 다른 사람들한테 '쟤 맨날 여자 얘기만 하고 이상하잖아. 혹시 그런 거 아닐까?'라며 '가십'으로 이용하는 거다. 나아가 '쟤, 역시 그런 거 같아'라며, 성소수자인지 아닌지도 모르면서 상대를 아웃팅하는 건 더

**** '채식하면 레즈비언'이라거나 '레즈비언이면 채식을 한다'는 퀴어 커뮤니티 내의 오랜 '공식' 중 하나다. 밈이나 농담으로 쓰이지만, 완전히 틀린 말이라고 하기도 어렵다. 퀴어가 소수자로서 겪는 다양한 경험은 종종 세상을 바라보는 관점을 바꾸게 하고, 페미니즘, 비거니즘, 장애운동, 이주민운동 등에 관심 갖게 한다.

최악이다. 그렇다면 반대로 다른 누군가가 '쟤 맨날 여자 얘기만 하고 이상하잖아. 혹시 그런 거 아닐까?'라고 했을 땐? '타인을 함부로 판단하면 안 돼. 그리고 그런 가십을 퍼트리면 안 돼' 하는 건 물론 오케이다. 하지만 '걔 그런 애 아니거든! 걔가 얼마나 바르고 착한데, 그런 소리 하면 못 써!'라며 그 사람이 성소수자가 아닐 거라고 적극 주장하는 것도 최악이다. 아니, 성소수자면 또 어때서? 그게 무슨 대단히 나쁜 일이라도 되는 것처럼 '우리 ○○이는 그런 애 아니거든요!!'라고 말하는 걸 보면 화가 치밀어오른다. 성소수자를 아웃팅하지 말라는 건 커밍아웃이 전적으로 당사자의 의지에 달려 있어야 하는 일이기 때문이기도 하지만, 당사자가 준비되지 않은 상태에서의 강제적 커밍아웃이 차별과 혐오를 겪을 가능성을 무척 높이기도 하기 때문이다. 그리고 '우리 ○○이는 그런 애 아니거든요!!'류의 말들은 정확하게 차별과 혐오에 기반한 반응이며, 차별과 혐오 문화가 유지되는 데 일조한다. 그러니 성소수자로 '의심되는' 누군가를 '보호'하고 싶다면, 제발 그런 말들은 접어두길 바란다. 그렇다면 뭘 해야 하냐고? 그냥 성소수자의 편이 되면 된다. 성소수자의 가족, 친구, 이웃이 되는 방법을 찾아보고, 성소수자 친화적인 환경이 무엇인지 배우는 거다. 다른 거 할 필요 없다. 그렇게 성소수자의 앨라이 ally(지지자)가 되는 걸로 충분하다. 그러면 '혹시 퀴어/성소수자인 건 아닐까?' 했던 사람이 커밍아웃을 해올 수도 있고, 전혀 예상치 못한 또 다른 누군가의 커밍아웃을 마주할 수도 있다. 세상엔 생각보다 많은, 또 다양한 성소수자가 있다. 앨라이가 되는 순간 당신도 다채로운 세상에 초대받을 것이다. 비성소수자들, 파이팅!

다시 〈하지만 나는 치어리더예요〉로 돌아가자. 이 영화를 처음 본 게 언제였더라? 한참 퀴어 콘텐츠를 찾아 몰아보던 시기였을 거다. 그리고 이 영화가 많은 이들이 추천하는 고전 퀴어 영화 중 하나였다는 것, 영화의 시작과 동시에 '쏟아지는' 치어리더 소녀들의 몸과 움직임에 아찔했던 것도('남성 시선male gaze'이라고 오지게 욕먹을 수도 있는 장면이지만, 이것은 여성의 시선이자 레즈비언의 시선이다. 카메라 안에선 메건의 시선, 카메라 밖에선 레즈비언인 제이미 바빗 감독의 시선이니까) 기억한다. 그렇게 보게 된 〈하지만 나는 치어리더예요〉는 정말 골 때리는 영화였다. 지금 봐도 골 때리게 좋은 영화이기도 하다. 영화 속 메건과 그레이엄, 캠프 속 인물들은 나의 '이상함'이 이상할 순 있어도 틀린 건 아니라고 말해준 사람들이었다. 특히 메건은 짧은 치마와

탑을 입고 다른 사람들을 응원하기만 하는 수동적인 치어리더에 대한 편견을 깨는 용기 있고 멋진 소녀였다. 메건의 성장은 두말할 나위 없이 나에게도 큰 힘이 됐다.

영화 초반만 해도 메건은 자기 의견이 없는, 수동적이고 '착한' 사람으로 보인다. 주변에서 하는 얘기에 쉽게 순응해 '전환치료' 캠프까지 갔으니 말 다했다. 하지만 메건은 점점 변화하고 성장한다. 첫 번째 변화는 바로 자신이 누구인지 받아들이는 것인데, 모순적이게도 메건은 그걸 '전환치료' 캠프에서 한다. 캠프에서 진행하는 이성애자 되기 5단계 중 1단계인 '동성애자임을 인정하기'를 통해서 말이다. 메건은 처음에는 '난 아니야. 난 너네랑 달라. 난 여기 있으면 안 되는 사람'이라고 부정한다. 그렇다, 메건은 디나이얼이었다.

디나이얼은 말 그대로 거부, 부정, 부인의 의미로, 퀴어 커뮤니티에선 자신이 퀴어임을 받아들이지 못하는 상태, 즉 내재적 동성애/퀴어 혐오를 가진 상태를 말한다. 나 또한 이 디나이얼 시기를 오래 겪었다. 내가 느끼는 감정에 대한 혼란을 어느 정도 경험하고 나면, 정확히는 모르더라도 대략 나의 '이상함'이 어디서 비롯된 건지 눈치채게 된다. 하지만 그렇다 하더라도 내가 접하고 살아가는 세상이

'동성애자/성소수자/퀴어는 나쁘다, 괴물이다, 지옥 간다, 병 걸려 죽는다' 같은 말만 하는 곳이라면 어떤 기분일까? 이런 상황에서 '난 괜찮아. 그래도 난 나를 사랑해'라고 생각할 수 있다면 그 사람은 인간계가 아니라 천상계에 있어야 하지 않을까? 난 하찮은 인간이었던 탓에 꼼짝없이 디나이얼 시기에 놓이고 말았다. 세상 사람들이 하는 말대로 '이런 건 어렸을 때, 청소년 때, 사춘기 때 겪는 일'이라 생각하기도 했고, (정말 최악이지만) '제대로 된 사람을 못 만나서 그렇다'는 생각도 했다. 그래서 이성애 연애도 해보려고 '노오력'했다. 심지어 한 번이 아니라 여러 번. (이성애자 여러분 한번 생각해봐라. 억지로 동성과 여러 번 연애해야 한다면 어떤 기분일지.) 지금 생각하면 왜 그렇게 '착하게' 살려고 했나 싶어서 마음이 쓰라리지만 그 또한 내 삶의 어떤 교훈이 되었을 것이라 최대한 좋게 생각하려고 한다. 이런 말도 그 시기가 지났으니 할 수 있는 거지 사실 디나이얼이라는 건 나 자신을 갉아먹는 시간이었다. 엄연히 존재하는 나의 무언가를 스스로 지워야만 하는 그 시간은 그 어떤 것과 비교되지 않을 정도로 슬프고 외롭다. 정말 이 과정은 그 누구도 겪지 않아야만 마땅하다고 생각한다. (내가 그 시기를 통과하고 이렇게 살아갈 수 있는 건 이 책에서 이야기하고 있는 여자들 덕분이다.)

메건은 캠프 '덕분에' 마침내 자신이 레즈비언이라는 걸 깨닫는다. 처음으로 "난 동성애자야I'm a homosexual"를 외친 메건은 충격에 휩싸이지만 조금씩 자신이 누구인지, 어떤 욕망을 가졌는지 깨달아간다. 자기 말대로 성적도 좋고, 착한 기독교인이고, 여성스러운* 치어리더인 메건은 착실히 프로그램에 맞춰 이성애자가 되고자 노력하지만 아무리 가사노동을 열심히 배우고 여성성을 수행해도 캠프 동료인 그레이엄을 향한 마음이 사라지지 않는다. 그건 그레이엄도 마찬가지였다. 둘은 겉으론 서로 마음에 안 드는 척하고 티격태격하지만 사실 서로에 대한 끌림을 가지고 있었다. 그러다 몰래 캠프를 탈출해 퀴어가 모이는 술집에 놀러 간 밤, 둘은 키스와 함께 서로를 향한 마음을 확인한다. 애꿎게도 '전환치료' 캠프에서 만난 두 사람, 이들의 사랑이 어떤 결말을 맞이하게 될지 궁금한 분들은 꼭 영화를 보시라.

---

*   레즈비언에 대한 오랜 편견과 오해 중 하나는, (게이들은 모두 여성스러울 것이라는 것처럼) 남성스러울 것이라는 거다. 이것은 물론 당연히 사실이 아니다. 잰이라는 이 영화의 또 다른 캐릭터는 스포츠머리 모양에 남성스러운 외형이라는 이유로 레즈비언일 것이라고 여겨져 캠프에 왔지만, 사실 그는 남자를 좋아하는 이성애자다. 영화는 그 편견을 완전히 비꼰다.

내가 〈하지만 나는 치어리더예요〉를 좋아하는 이유는 여러 가지이지만 그중에서도 가장 좋은 한 가지를 꼽자면 이 영화가 해피엔딩이라는 거다. 무려 1999년에, 비극적으로 헤어지거나 죽지 않고 '해피엔딩'을 맞이하는 주인공들을 본다는 건 정말 드문 일이었다. 심지어 메건은 마지막에 가장 멋있고 당당하다. 퀴어로 의심된다는 이유만으로 '전환치료' 캠프에 끌려가야 하는 시궁창 같은 현실 속에서도 메건은 오히려 자기 자신을 찾고 사랑도 찾는다. 메건은 끝까지 자신의 또 다른 정체성인 치어리더 또한 잃지 않았다. 동성애자가 '됐다'고 해서 치어리더인 자신이 사라지는 것도 아니니까. 메건은 치어리더여도 퀴어일 수 있다는 걸 보여준 여자였다.

〈하지만 나는 치어리더예요〉는 볼 때마다 매번 사랑에 빠지는 그런 영화다. 심지어 이 영화는 시간이 지나면서 더 퀴어해졌다. 무슨 말이냐고? 메건을 연기한 배우 나타샤 리온은 '어째서 저 언니가 헤녀지?' 싶을 정도로 화려한 퀴어 캐릭터 필모그래피를 자랑하는 배우가 됐고, 그레이엄을 연기한 클리어 듀발은 커밍아웃하고 이제 배우뿐만 아니라 감독으로서도 활동한다. 그가 만든 작품 중 하나가 '그' 크리스틴 스튜어트*가 나오는 퀴어 영화, 〈크리스마스에는 행복이Happiest Season〉(클리어 듀발 감독, 2020)다. 픽션과 현실의 경계가 뒤죽박죽되는 이야기이긴 하지만, 〈하지만 나는 치어리더예요〉의 '전환치료' 캠프에 있던 캐릭터/배우들은 이렇게 퀴어하게 잘 살아가고 있다. 메건과 그레이엄도 마찬가지일 거다. '전환치료' 캠프에서도 꺾이지 않은 여자들이니까.

그렇다면 이제 '주인공들은 행복하게 잘 살았습니다'로 마침표를 찍을 차례다. 하지만 '전환치료'가 여전히 한국을 포함한 세계 곳곳에서 벌어지고 있다는 걸 알기에 좀처럼 마침표를 찍기가 어렵다. 모두가 말도 안 되는 '전환치료' 따위에 꺾이지 않고 자신다운 삶을 살아갔으면 좋겠지만 누군가는 꺾이기도 한다는 걸 안다. 그건 그들의 잘못이 아니다. 그들을 꺾으려는 이들이 때때로 너무 강압적이기 때문이니까. 그러니까 우린 꺾이지 않은 여자들의 멋짐

---

* 크리스틴 스튜어트는 영화 〈트와일라잇〉 시리즈의 주인공으로 유명해진 배우다. 한동안 이성애 스캔들이 있기도 했지만 언제부터인가 여자들을 만난다는 소식이 들리더니, 지금은 약혼녀가 있다. 워낙 유명한 데다 파급력이 있는 배우이다보니 '크리스틴 스튜어트의 커밍아웃'은 한때 전 세계 수많은 퀴어들의 염원이기도 했을 정도다. 그는 나날이 '잘생뿜'을 갱신해 많은 여자를 홀리며 '레즈비언 아이콘'으로 등극했다. 그의 이런 매력을 탁월하게 표현한 작품이 바로 전설의 SNL 크리스틴 스튜어트 편 토티노(Totino) 영상이다. 아직 못 봤다면 지금 당장 유튜브 검색창으로!

과 강함에 박수를 보내는 동시에 꺾인 이들을 잊어선 안 된다. 더 이상 그런 일이 일어나선 안 된다는 사실도 꼭 기억했으면 한다.

넌 혼자가 아니야

〈엘 워드〉 벳

"퀴어나 레즈인 걸 어떻게 알아요? 감별할 수 있어요?"라고 묻는 이성애자/비퀴어가 있다면 "아니, 그런 게 어딨어요. 소수자에 대한 편견 발언은 접어두시죠"라며 근엄한 톤으로 이야기할 테다. 하지만 몰래 마음속으론 '게이다가 있긴 한데……'라고 중얼거린다. '게이다'는 게이gay와 레이다radar의 합성어로, 쉽게 말하자면 게이를 감지하는 레이다다. 실제로 상표 등록된 물건은 아니고 그냥 '감'이다. 좋게 포장하자면 게이를 알아보는 능력이라고 할 수도 있다.* 하여튼 게이다 이야기가 나와서 말이지만 나로 말할 것 같으면(에헴), 꽤 상급 게이다를 보유한 (걸로 철석같이 믿고 있는) 퀴어다. 당연히 처음부터 게이다를 타고난 건 아니었다. (헤녀들을 짝사랑하며 애먼 시간을 보내고 피, 땀, 눈물 흘리는 일을 반복하다보면 게이다를 체득할 수밖에 없다.) 내가 게이다라는 말을 처음 알게 된 건 이쪽에선 거의 '바이블'급 콘텐츠로 여겨지는 미국 드라마 시리즈 〈엘 워드The L word〉(2004~2009)에서였다.

〈엘 워드〉 이야기를 시작하려면 경건한 마음부터 가져야 할 것 같다. 퀴어로서의 날 키운 건 〈엘 워드〉라 해도 과언이 아니니까(물론 그로 인한 부작용도 있었지만). 〈엘 워드〉는 내가 벽장에 꼭꼭 숨어 있던 시절, 여전히 나조차 나를 받아들이지 못해 외롭게 고군분투하던 때 때마침 내게 와준, 정말 단 하나의 퀴어 친구였다. 그 친구는 온갖 무용담을 늘어놓으며 나에게 여자를 사랑하는 여자들에 대한 각종 환상과 판타지를 마구 심어줬다. 그 (환상) 덕분에 난 조금씩 용기를 얻을 수 있었다. '세상에 나 같은 사람이 또

있구나, 저렇게 그냥 살 수 있구나.' 너무 당연함에도 그땐 그게 나를 구하는 이야기였다. 이후 이쪽 커뮤니티 모임에 나갔을 때도 〈엘 워드〉는 무척 유용했다. 거기서 만난 낯선 사람들과도 〈엘 워드〉 이야기가 나오면 열띤 대화를 이어 갈 수 있었다. 그렇다. 라떼는 말야, 이쪽 사람들이 모이면 〈엘 워드〉만으로도 한참 얘기할 수 있었단다. 〈엘 워드〉 인물들 중 누가 이상형이냐는 말로 서로의 취향이 정리될 수도 있었단다. 정말 그런 때가 있었다. (아련한 눈빛)

〈엘 워드〉는 미국 케이블 채널인 쇼타임SHOWTIME에서 제작, 방영한 드라마 시리즈로 미국 캘리포니아 웨스트할리우드에서 살아가는 '이쪽' 여자들의 이야기를 담고 있다. 주인공 모두가 퀴어고, 그들이 속한 커뮤니티/공동체 이야기를 담았기에 시작부터 주목받는 작품이었다.[**] 그런 〈엘 워드〉를 처음 접했을 때 기분을 아직도 잊지 못한다. 컴퓨터 모니터 앞에서 얼마나 두근두근했던지. 〈엘 워드〉가 보

[**] 퀴어를 전면에 내세운 최초의 드라마 시리즈가 〈엘 워드〉는 아니다. 영국 맨체스터에 사는 세 명의 게이 남성의 이야기를 담은 〈퀴어 애즈 포크(Queer As Folk)〉가 있고, 미국 펜실베이니아 피츠버그에 사는 다섯 명의 게이 남성, 그리고 레즈비언 커플인 멜라니와 린지의 이야기를 담은 미국 버전 〈퀴어 애즈 포크〉가 2000년부터 2005년까지 〈엘 워드〉가 방영된 채널과 같은 채널인 쇼타임에서 방영됐다.

여준 세계가 얼마나 신세계였는지. 그 세계 속 여자들이 얼마나 멋있고, 멋있고, 멋있었는지.

〈엘 워드〉의 시작은 이렇다. 작가 지망생 이성애자 여성 제니가 남자친구가 사는 로스앤젤레스로 이사 온다. 근데 하필 그 남친 옆집에 7년 된 레즈비언 커플 벳과 티나가 살고 있고, 알고 보니 그 동네는 이쪽 사람들의 사랑방 같은 '더 플래닛'이라는 카페도 있는 퀴어들의 공간이었다. 인생 처음 퀴어들을 직접 (심지어 벳과 티나 집 수영장에서 셰인이 어떤 여자와 키스 등등을 하는 것도) 보게 된 제니는 동공 지진과 혼란에 빠지지만, 시대가 요구하는 문명인답게 행동하려고 한다. 제니는 그렇게 벳과 티나, 그들의 친구인 셰인, 앨리스, 데이나를 만나게 되고, 이후 더 플래닛을 운영하는 사장 마리나에게 피할 수 없는 성적 끌림을 느끼며 새로운 인생을 맞이하게 된다. 이후 시즌을 거듭해갈수록 제니는 아무것도 모르던 이성애자에서 〈엘 워드〉 내 '미친년'을 담당하게 되며 〈엘 워드〉 막장의 큰 축을 이루게 된다.

〈엘 워드〉는 개인적으로 엄청난 의미가 있는 작품이지만 그렇다고 이 작품이 완벽하다거나 굉장히 훌륭하다는 건 아니다. 많은 인기를 얻으며 시즌 6까지 오면서 〈엘 워드〉 세계관 내 등장인물들이 서로 돌아가면서 사귀었다

헤어지는 '환승연애'(보다 더한) 이야기를 만들어낸다. 이런 롤러코스터 같은 전개 때문에 팬들의 불만도 많았다. 하지만 그럼에도 〈엘 워드〉 속 캐릭터들을 사랑하지 않을 순 없었다. 이쯤 되면 '그래서 네 최애가 누구냐'고 궁금해하는 사람이 있을 텐데, 이 질문에 선뜻 답을 하긴 쉽지 않다. 벽장 안에서 고민하던 데이나는 나였고, 롤모델은 벳이었고, 이상형은 라라였다가 카르멘이었고, 친구가 되고 싶었던 건 앨리스였고, 쉐인은 미웠지만 결국 미워할 수 없었다. 우리 아픈 손가락인 제니도 빼놓을 수 없다. 이들 모두 그 시절 나의 한 부분을 차지했으니까. 그래도, 그래도 굳이 누군갈 뽑아야 한다면, 아마도 벳일 테다.

벳 포터. 〈엘 워드〉의 중심인 그녀는 〈엘 워드〉를 본 많은 이들의 '워너비'일 것이다. 아름답고 우아한 배우 제니퍼 빌즈가 연기한 벳은 예일대에서 미술사를 전공한 후 미술관에서 디렉터로 일하며 시즌 1 시작부터 멋진 커리어를 자랑한다. 티나라는 안정적인 파트너도 있고, 심지어 이 둘은 임신을 준비하며 가족 만들기도 진행 중이다. 이제 막 20대로 접어든 당시의 나에게 30대 커리어우먼 벳은 세상 모든 걸 다 가진 사람 같았다. 심지어 레즈비언인데도!!!! 그때만 하더라도 가끔 뉴스나 방송 등에서 나오는 동성애자에 대한 정보는 비극적이거나 부정적인 것이 대다수였다. 특히 한국에선 더 그랬다. 아니, 동성애자/성소수자는 그냥 언급조차 안 되는, 지워진 존재였다. 아주 가끔 신문에 등장하는 뉴스는 우울하기 그지없었다. 동성애자라는 글씨를 발견하고 두근거리다가 곧바로 상처받는 일의 반복이었다. 그러다 벳을 봤으니 얼마나 신선한 충격이었겠는가? 내 세상은 크게 요동칠 수밖에 없었다. 동성애자인데 저렇게 '잘' 사는 사람이 있다고? 저게 가능한 거였어? 벳은 금세 나의 희망, 나의 롤모델이 됐다.

물론 벳이라고 해서 모든 게 완벽, 순탄한 건 아니다. 벳 또한 자신의 정체성을 받아들이는 데 우여곡절이 있었고, 자신이 동성애자임을 받아들이지 않는 호모포비아 homophobia 아빠도 있다(퀴어에게 '가족 드라마'가 생기지 않는 날은 언제 올까). 하지만 벳 본인의 문제도 있었다. 바로, 바람이었다. 맞다, 그 바람. 벳과 티나가 출산을 준비하는 과정에서 티나가 자연 임신중지를 경험하게 되면서 둘은 힘든 시간을 맞이한다. 특히 벳은 일에서도 위기를 맞이하고, 흑인으로서의 정체성에 대해서도 고찰해야 하는 복잡한 상황에 놓인다. 여러모로 혼란에 빠진 벳은 잘못된 선택을 하고 만다. (아, 벳 너마저.) 그렇게 벳은 캔디스와 바람이

나고, 그 사실을 알게 된 티나는 벳을 떠난다. 이후 여섯 시즌 동안 벳과 티나는 서로를 원하고 사랑하면서도 그만큼 서로에게 상처 주는 일을 반복한다. 이들의 러브 스토리는 〈엘 워드〉가 끝날 때까지 온갖 드라마를 만들어낸다(벳과 티나의 행복한 모습을 바라는 사람들에겐 지난한 고통의 시간일 수도 있다는 걸 미리 경고한다).

하지만 그 모든 일에도 불구하고, 벳은 멋있다. (제길) 그게 벳의 매력, 아니 마력이다. 벳은 고집 세고, 자기가 원하는 대로 밀고 나가는 이기적인 성격도 가졌다. 하지만 동시에 강단 있고 자신의 신념을 굽히지 않는다. 특히 일에 대해선 자신감을 드러내고 열정과 욕심도 숨기지 않는다. 시즌 1엔 벳이 일하는 미술관 CAC California Arts Center에서 이름부터 도발 그 자체인 '도발' 전시를 열기 위해 고군분투하는 이야기가 나온다. 굉장히 논쟁적인 전시지만, 그 전시 속 작품들이 가진 가치와 의미, 작가들의 의도에 끌린 벳은 CAC에서 전시를 열기 위해 뛰어다니고, 결국 전시를 따낸다. 하지만 전시가 확정되자 그건 예술이 아니라 포르노그래피라고 주장하며 벳을 변태 레즈비언이라 부르는 극우 보수주의자들(=혐오 세력)이 날뛰고, 벳을 위기로 몰아간다. 그런 상황 속에서도 벳은 주눅 들거나 피하지 않고 오히려 그들과 정면 승부에 나선다(혐오 세력에 굴하지 않고 맞서는 여자를 사랑하지 않기란 어렵다). 물론 그 정면 승부로 상처를 입기도 하지만, 벳은 자신이 할 수 있는 일, 해야 하는 일을 아는 사람이었다. 누가 뭐래도 자기의 길을 가는 사람. 벳이 그럴 수 있었던 건 그의 똘끼와 능력 덕분이기도 하지만, 혼자가 아니기 때문이기도 했다.

벳이 혐오 세력에게 공격당할 때 그의 회사 동료와 상사는 매우 적극적인 자세는 아닐지라도 벳이 투쟁할 수 있도록 함께한다. 미술관을 지켜야 한다는 공동의 이해관계 때문이라고 볼 수 있겠지만 적어도 그들에게 벳이 레즈비언인 것은 문제가 아니었다. 벳이 극우 보수주의자와 텔레비전 공개 토론에 나섰을 때, 응원차 방청석에 자리한 티나와 벳의 직장 동료들은 아무렇지 않게 함께한다. 티나가 벳의 파트너라는 사실을 이미 알고 있고, 그것이 전혀 문제가 되지 않는다는 걸 보여주는 장면이었다. 전시를 앞두고 미술관에서 전시품이 들어오던 때, 소란을 피우던 혐오 세력에 함께 맞선 벳의 친구들은 또 어떤가. 벳은 혼자가 아니었다. 그 사실이 나에게 얼마나 중요했는지 모른다.

내 생애 처음 나간 '벙개'는 〈엘 워드〉 팬카페 벙개였다. 〈엘 워드〉 팬카페는 말 그대로 팬카페였고 동성애자,

성소수자 모임이 아니었기에 상대적으로 (심적인) 진입 장벽이 낮았다. 대놓고 이쪽 카페에 가기 무서운/힘든/어려운 사람들에게 〈엘 워드〉 팬카페는 딱 좋은 대안이었던 거다. 나 또한 마찬가지였다. 〈엘 워드〉를 좋아하는 사람이 전부 이쪽인 건 아니겠지만 사람들이 쓴 글이나 댓글들을 보면 뭔가 다들 '비슷한' 사람일 거라는 느낌이 있었다. 그러다 오프라인 벙개가 열린다는 소식을 접했다. 미국에서 어학연수로 두 학기를 보내고 한국에 돌아와 '이제 벽장 밖으로 나가보겠다' 결심했던 나에게 그 소식은 어떤 신호 같았다. 난 그렇게 벽장 밖 세상으로 첫발을 내디뎠다. 혼자가 아니기 위해서.

그래서 '〈엘 워드〉는 진짜였냐' '현실에서 〈엘 워드〉 속 여자들을 만났냐' 묻는다면 예스와 노를 동시에 말할 수밖에 없겠다. 현실에도 분명 그 여자들은 있었다. 멋지고, 아름답고, 이상하고, 실수하고, 실패하고, 이기적이고, 싸우고, 열정적으로 사랑하는 여자들. 하지만 현실은 더, 더 다양하고 다이내믹했다. 벽장 밖의 세상은 훨씬 재미있었다.

벽장을 박차고 나가기

〈글리〉 산타나

퀴어로 살아가기 위해선 숙명적으로 몇 가지 관문을 마주하게 되는데 그중 하나가 바로 커밍아웃이다. 커밍아웃은 '(밖으로) 나간다'는 의미로, 성소수자 커뮤니티에선 벽장 밖으로 나가는 것을 뜻한다. 즉, 내가 퀴어/성소수자임을 밝히는 거다. 이렇게 의미를 쓰고 보면 간단한 일 같지만 실제론 전혀 그렇지 않다. 커밍아웃은 매번 고달프고 피곤하며, 다양한 기술과 함께 담대한 마음까지 준비되어야 할 수 있는 일이다. 커밍아웃을 잘못했다간 마음의 상처를 크게 입을 수 있고, 때로는 폭력적인 상황을 마주하게 될 수도 있다. 상대의 반응을 예측하기 어렵다는 점에서 상당히 무서운 일이기도 하다. '그럼 안 하면 되는 거 아니냐?' 하겠지만 그 질문은 틀렸다. 말했듯이 커밍아웃은 숙명 같은 일이다. 원하든 원하지 않든 커밍아웃해야 하는 때가 온다. 어떨 땐 의도치 않아도 커밍아웃해야 하는 순간이 코앞에 닥쳐와 있어서 그냥 해내야 한다. 그러니까 질문은, 커밍아웃을 하고 안 하고가 아니라 '커밍아웃은 왜 이렇게 힘든가?'여야 한다.

나 또한 여러 번의 커밍아웃을 했다. 친구들에게도 했고, 직장 동료나 상사에게 한 적도 있다. 정말 다행히도 '망한 커밍아웃 썰'이 될 만한 일은 없었다. 운이 좋았다고 할 수도 있겠지만 사실 망할 기미가 조금이라도 보이면 안 했기 때문에 '망할 확률을 만들지 않았다'가 더 맞는 말이다. 커밍아웃할 상대를 무척 신중히 골랐다고 할 수 있다. 그 상대가 성적 지향, 성별정체성 등으로 사람을 차별하면 안 된다는 기본적인 상식을 가졌는지, 편견에 사로잡혀 있지 않고 열린 사고로 세상을 바라보는지, 개인적인 이야기를 함부로 제3자에게 전달하지 않는지 등의 '조건'을 따졌다 (그러니까 한 번도 커밍아웃을 받아본 적이 없다면 자신의 삶을 한 번쯤 되돌아볼 필요도 있다). 그렇게 신중히 선택했던 탓인지 커밍아웃을 받은 사람들의 반응은 대체로 양호했다. 이런 커밍아웃 성공(이라고 하기엔 약간 부족하지만 실패는 아닌) 경험을 가지게 된 건 역시 여러 여자의 사례를 본 덕분이고, 그중에서도 산타나를 빼놓을 수 없다.

산타나는 2009년부터 2015년까지 미국 공중파 채널 폭스FOX에서 방영된 뮤지컬 드라마 시리즈 〈글리Glee〉의 등장인물이다. 고등학교를 배경으로 한 이 드라마에서 산타나는 조연의 조연이었다. 출연 분량이 많지 않은 산타나가 하는 일은 주인공 레이철을 괴롭히고 사람들에게 아무렇지 않게 (상처가 될 확률이 높은) 직설 발언을 던지는 거였다. 한마디로 싸가지. 얼굴 예쁘고 춤 잘 추는 치어리더인 산타나는 '여적여' 캐릭터를 생각했을 때 떠오르는 이미지를 모두 갖춘 인물이라고도 할 수 있다. 그런 산타나에게도 단짝이 있으니 같은 치어리더팀 소속 브리트니다. 브리트니는 산타나와 전혀 다른 성격의 캐릭터로, 금발의 미인이지만 조금 멍청하고 해맑은 여고생이다. 둘은 가끔 등장할 때마다 거의 함께인데, 이 둘의 '케미'가 좋았다. 전혀 어울리지 않을 것 같은 둘의 티키타카는 금세 사람들의 눈길을 사로잡았고 그런 두 사람을 커플로 엮는 팬들이 늘어난 것도 자연스러운 일이었다. 그러다 시즌 1 13화에서 브리트니의 대사를 통해 산타나와 브리트니의 관계에 성적인 행동이 있었다는 게 암시된다.

> 산타나: (글리 멤버들과 이야기하다가) 섹스한다고
> 데이트한다는 건 아냐.
> 브리트니: 맞아. 그런 거면 나랑 산타나도 데이트하는
> 걸걸?

당시 〈글리〉를 1화부터 챙겨보고 있던 (그리고 당연히 산타나와 브리트니를 주시하고 있던) 난 정말 소스라치게 놀랐다. '지금 내가 들은 게 그 말이 맞는 건가?' 싶어 그 부분만 몇 번을 돌려봤다. 산타나랑 브리트니의 관계가 팬들의 망상이나 '허위 매물'이 아니라 '찐'이라는 거지? 내 가슴은 경주마처럼 뛰기 시작했다. 산타나에게도 점점 빠져들어 갔다.

산타나는 누가 봐도 '정치적으로 올바른' 캐릭터는 아니다. 말했듯이 산타나는 솔직하다못해 너무 직설적이다. 가끔은 '대문자 T'도 이러면 안 된다 싶을 정도로 막말을 내뱉는다. 자기중심적인 데다 고집도 세고 욕심도 많다. 화도 잘 낸다. 하지만 그 산타나가 브리트니에게만큼은 부드러운 면을 드러낸다. 그것이 산타나의 반전 매력이었다. 브

리트니는 종종 멍청하다는 이유로 친구들에게 무시당하거나 놀림을 받았는데, 이럴 때 산타나는 브리트니의 든든한 지지자가 되어주었다. 난 이런 산타나를 볼 때마다 왠지 짠한 기분이 들었다. 겉으로 엄청 큰 가시를 세우는 사람들에겐 숨기고 싶은 무언가가 있다는 걸 아니까. 산타나의 상황에 공감되는 부분도 많았다. 산타나는 라틴계 미국인으로, 라틴계 커뮤니티도 꽤 보수적인 탓에 자신감 넘치고 당당한 산타나도 자신의 성정체성을 받아들이는 데 어려움을 겪는다. 시즌 3에서 산타나는 핀의 아웃팅으로 학교에서 레즈비언임이 알려지는 상황에 놓이는데, 이때 산타나는 아직 가족에게도 커밍아웃하지 못한 상태였다. 급작스럽게 부모에게 커밍아웃을 하고 다행히 부모는 수월하게 받아들였지만 문제는 할머니였다. 산타나가 이 세상에서 가장 사랑하는 사람.

'커밍아웃 이야기가 나와서 말인데…… 네 가족들은?'이라고 내심 궁금한 사람들도 있을 거다. 커밍아웃 중에 가장 어려운 커밍아웃은 뭐니 뭐니 해도 가족에게 하는 커밍아웃이다. 게임에서 아무리 여러 던전을 통과해도 최종 보스와 맞붙는 던전은 남다른 것처럼, 아무리 커밍아웃을 여러 번 해봤다 하더라도 가족에게 하는 건 차원이 다르다.

정말 많은 준비와 여러 번의 시뮬레이션이 필요한 고난도의 작업이라고 해도 무방하다.

그런 점에서 나의 가족 커밍아웃은 대참사였다. 사실 커밍아웃이라고 하기에도 뭣하다. 나에게 애인이 있다는 걸 눈치챈 엄마가 "너, 그런 거냐?"라고 물었고, "그렇다"라고 답한 게 다였으니까. 그 후 사실 어느 정도 눈치채고 있던 동생이 알게 됐고, 아마 한참 후에 아빠도 알게 된 것 같다. 그러니까 엄밀히 따지면 가족 그 누구에게도 제대로 커밍아웃을 못 한 거다. 그나마 엄마한텐 얘기라도 했으니까 커밍아웃한 거 아닌가 싶기도 한데, 그렇다 하더라도 그 커밍아웃은 수치스러울 정도로 최악이었다.

일단 난 전혀 준비가 안 된 상태였다. '언젠가 해야지'라는 생각은 하고 있었지만 그때 그렇게 하게 될 줄은 꿈에도 몰랐다. 계획된 커밍아웃이 아니다보니 어떤 말을 어떻게 해야 할지도 몰랐다. 엄마의 질문에 거짓말할 순 없어서 그렇다고 대답은 했지만 머릿속은 새하얬다. 엄마의 말이나 반응을 받아들일 준비도 안 되어 있었다. 내가 "그렇다"고 한 이후의 엄마 반응은 흔한 (퀴어/성소수자 지식이나 정보가 전무하며, 우리 애는 '그런 거'일 리 없다고 굳게 믿는) K-엄마였다. 한참 퀴어 영화나 미드 등에서 자식의 커밍아웃을 무척 잘 받아들이는 '쿨한' 부모들 모습을 봤을 때라 현실 속 엄마의 모진 말들은 큰 상처였다. 내가 준비가 안 되어 있었던 것처럼 엄마도 전혀 준비가 안 된 상황이었으니 어쩔 수 없는 일이었지만, 그렇다고 해서 슬프지 않은 건 아니었다. 그때의 일은 내 마음 깊숙이 박혀서 엄마가 무척 미웠다. 짐작건대 엄마도 마찬가지였을 거다. 우린 너무 무방비 상태에서 커밍아웃을 주고받았고 힘든 시간을 보냈다.

정말 다행인 건 '시간이 약'이라는 말처럼 정말로 시간이 우리 관계를 적당히 봉합해줬다는 거다. 물론 동생이 중간에서 노력한 점도 무시할 수 없다. 그리고 아주 조금이나마 세상이 퀴어 친화적으로 변화하고 있다는 것 또한 우리 관계에 영향을 미쳤을 거다. 나 또한 성소수자부모모임*이 등장하고 그들의 이야기를 듣게 되면서 커밍아웃을 받는 부모의 마음을 이해하게 됐다. 그 이야기들이 없었더라

---

* 성소수자의 부모와 가족 그리고 지지자들의 모임으로, 2015년부터 퀴어문화축제 퀴어 퍼레이드에 참여해 참여자들을 안아주는 '프리허그'를 진행하는 등 굉장히 활발한 활동을 해오고 있다. 2021년엔 모임 멤버 중 나비와 비비안을 주인공으로 한 다큐멘터리 영화 〈너에게 가는 길〉(변규리 감독)이 개봉했고, 2023년엔 《웰컴 투 레인보우: 퀴어의 세계에 초대받은 부모들과 이웃을 위한 안내서》(한티재)도 출판했다.

면 지금까지도 원망과 상처를 끌어안고 있었을지도 모른다. 그럼에도 가족에게 하는 커밍아웃은 여전한 숙제다. 언젠가 다시 제대로 해야 할 것 같달까.

산타나가 할머니에게 한 커밍아웃은 나보다 훨씬 나았다. 솔직한 마음을 꾹꾹 눌러 담아 할머니에게 진심을 전하는 산타나의 커밍아웃은 사실 내가 말하고 싶던 모든 것이었다.

할머니, 난 남자한테 느껴야 한다고 하는 감정을 여자한테 느껴요. 이건 아주 오랫동안 내가 갖고 있던 감정이었고, 할머니한테 이 얘길 하고 싶었어요. 할머니를 너무 사랑하니까요. 그래서 할머니가 내가 누구인지 알았으면 좋겠어요. 전 브리트니랑 있을 때 비로소 사람들이 말하는 사랑이 뭔지 알 수 있어요. 난 이 감정을 지워내고, 마음속에 묻어두려고 정말 많이 노력했어요. 하지만 그건 전쟁 같은 일이었어요. 내가 늘 화나 있었던 것도 사실 나 자신과 싸우고 있었기 때문이에요. 이제 그만 싸우고 싶어요. 난 너무 지쳤어요. 그냥 나이고 싶어요.

하지만 이 커밍아웃은 받아들여지지 않는다. 산타나

의 할머니는 비밀은 비밀인 이유가 있는 거라며, 산타나에게 계속 벽장인 상태로 지내라고 강요한다. 그러곤 내 집에서 나가라는 말로 산타나를 쫓아낸다. 산타나도 울고, 그걸 보는 나도 울었다. 이 장면은 제작진 중 한 명이자 퀴어 당사자인 앨리슨 애들러가 할머니에게 커밍아웃한 후 거부당한 실제 경험을 기반으로 쓴 것이라고 한다.* 앨리슨은 열여덟 살에 할머니에게 커밍아웃했는데 할머니는 그 후 다시는 그를 보지 않았다는 무척 잔인하고 슬픈 이야기. 하지만 〈글리〉 제작진은 그런 슬픈 이야기 대신 산타나에게 행복한 결말을 안겨줬다. 마지막 시즌 산타나와 브리트니의 결혼식에서 우리는 할머니의 모습을 볼 수 있다. 할머니는 산타나의 행복한 모습을 보며 웃는다. 산타나의 커밍아웃은, 어떤 커밍아웃은 시간이 한참 걸리더라도 결국 성공한다는 걸 보여줬다.

산타나는 커밍아웃 이후 더 멋있고 당당해진다. 밸런타인데이, 다른 이성애 커플과 달리 학교에서 브리트니와 키스한 일로 교장실에 불려 갔을 때, 산타나는 내가 원하는

* Thea Glassman, "Big Songs, Big Emotions: On Glee, Santana's Coming Out Scene, and Naya Rivera", *Literary Hub*, 2023.6.29. https://lithub.com/big-songs-big-emotions-on-glee-santanas-coming-out-scene-and-naya-rivera/

건 여자친구한테 키스하는 것뿐이라며 교장의 편견과 차별을 꼬집는다. 또 기독교 동아리가 이성애 커플을 위해 사랑 노래를 불러주는 이벤트를 하자 브리트니를 향한 내 마음을 담은 사랑 노래도 해달라고 요구한다. 산타나는 더 이상 자신을 숨기는 일도, 자신의 사랑을 숨기는 일도 하지 않았다. 산타나가 브리트니에게 엄청난 인기를 자랑하는 팝가수 테일러 스위프트의 대표적인 러브송 〈마인Mine〉을 불러주는 장면은 내가 봤던 세레나데 중 최고였다. 지금도 여전히 그 세레나데가 나에겐 가장 아름다운 노래다.

산타나를 연기한 배우 나야 리베라는 2020년 7월 불의의 사고로 사망했다. 이 소식을 들었을 때 얼마나 놀랐는지 모른다. 산타나는 나야 리베라 덕분에 존재할 수 있었기에, 나야 리베라의 죽음은 나에게도 큰 상실이었다. 하지만 나야 리베라가 남긴 산타나는 영원할 거라는 걸 안다. 산타나가 내게 보여준 세상 덕분에 용기를 얻었던 날들을 결코 잊지 못할 것도. 앞으로도 언제나 당당한 산타나로 기억될 나야 리베라의 명복을 빈다.

세레나데와 커밍아웃 하면 또 떠오르는 여자가 있다. 미국 드라마 시리즈 〈NCIS: 하와이NCIS: Hawai'i〉(2021~)의 케이트다. 오래전부터 범죄 드라마를 좋아했던 난 〈CSI〉, 〈NCIS〉, 〈로앤오더Law & Order〉, 〈크리미널 마인즈Criminal Minds〉 등 온갖 시리즈와 그 스핀오프까지 챙겨 보는 사람이었다. 하지만 경찰이나 정부 요원이 등장해 범죄자를 잡는 드라마엔 좀처럼 퀴어 캐릭터가 나오질 않았다(종종 죽임당한 피해자로 나오긴 했어도). 그런 나의 불만을 종식해준 작품이 〈NCIS: 하와이〉다. 〈NCIS: 하와이〉엔 NCIS 요원인 루시 타라와 DIA 요원이었다가 FBI 요원으로 NCIS 하와이팀과 함께 일하는 케이트 위슬러가 나오는데, 둘의 관계는 시즌 1 1화부터 '무언가 있는' 걸로 그려진다(둘이 키스하는 장면이 나오니 상당히 무언가 있긴 하다). 알고 보니 둘은 약간의(?) 과거가 있는 사이지만 이후 예상치 못하게 직장에서 만나게 되면서 그때의 일은 접어두려고 한다. 그럼에도 서로를 향한 끌림을 멈출 수 없던 둘은 결국 사귀기로 하지만 케이트는 여전히 직장에서 둘의 관계를 숨기길 원한다. 물론 이런 케이트의 마음은 충분히 이해한다. 직장에서의 커밍아웃은 가족에게 커밍아웃하는 일만큼이나(혹은 직장 상황에 따라선 더……) 어렵다. 루시는 둘 사이를 비밀로 해야 한다는 사실이 썩 마음에 들지 않았지만 케이트에게 맞춰주려고 하고 둘은 그렇게 잘 지내나 싶었지만 또 다른 일이 밝혀지며 결국 헤어진다. 이 일로 루시는 크게 상처받고, 케이트는 루시에게 용서를 구하고 다시 관계를 회복해보려고 계속 노력한다. 하지만 루시의 마음은 좀처럼 열리지 않는데, 이런 상황에서 마지막으로 케이트가 한 선택이 모두의 앞에서 세레나데를 부르며 루시를 향한 마음을 고백하는 것이었다. NCIS팀이 모두 모여 함께 파티하는 자리에 세레나데를 부르며 등장하는 케이트는 다시 한번 진심을 담아 루시에게 고백하고, 둘은 모두가 보는 앞에서 키스한다. 동료들의 환호를 받으며.

세레나데 고백에 대한 환상을 만들어준, 멋진 커밍아웃으로 날 울고 웃게 한 이 여자들. 어찌 사랑하지 않으리.

결혼 안 한다, 못 한다?
그래도 한다!

〈그레이 아나토미〉 켈리와 애리조나

난 어렸을 때부터 이상하리만큼 결혼에 관심이 없었다. 그때부터 결혼하지 않을 것이라고 주장했지만, 다들 "그렇게 말하는 사람이 제일 빨리 가더라"라며 웃어넘겼다. '비혼'이라는 말도 없을 때라 더 그랬다. 여자애들은 결혼식이니 웨딩드레스니 하는 것들을 어렸을 때부터 꿈꾼다고 하는데 난 뭐가 문제였을까? 여자애들의 웨딩 판타지가 거짓말이거나 내가 이상한 것이었을 텐데, 그땐 역시 후자라고 생각할 수밖에 없었다. (이 사회의 가스라이팅 규탄한다!) 근데 또 '이상한' 게 맞는 거 같기도 하다. 그때 접했던 동화, 전래동화, 디즈니 만화, 소설, 드라마 등 온갖 콘텐츠에서 이성애 결혼만을 이야기했고, 현모양처가 되는 게 모든 여자가 품어야 할 꿈인 양 세뇌했는데도 '그건 뭔가 나랑 안 맞는 것'이라고 생각하며 "결혼 안 할 거야"를 외쳤으니 말이다. 역시 '난년'이었던 걸까? (알고 보니 이런 '난년'들은 생각보다 많았다! 예이!) 그리고 한참 뒤 퀴어로 정체화하고 나니 결혼은 다른 의미로 걸림돌이 됐다. 안 할 수 있는 게 아니라 할 수 없는 게 돼서. 그러자 결혼에 대한 내 관심도 달라졌다. 청개구리 심보라고 해도 어쩔 수 없다.

내가 처음 본 레즈비언 결혼식은 미국 시트콤 〈프렌즈 Friends〉에서다. 영어 배운다는 핑계로 너도나도 〈프렌즈〉를 보던 때라 별생각 없이 보고 있었는데 시즌 2에 로스의 전 부인 캐롤이 동성 파트너 수잔과 결혼하는 장면이 나왔다. 사실 그걸 봤을 때만 해도 '저게 뭐지? 무슨 일이 일어나고 있는 거지?' 약간 혼란스럽고 놀랐다. 디나이얼 시기였으니 일종의 거리 두기였달까? 콩닥콩닥 설레는 마음이 분명히 있었음에도 놀라는 척했다(디나이얼의 큰 슬픔 중 하나는 자신의 감정마저도 속이려 한다는 거다). 이후 〈퀴어 애즈 포크〉에서 마주한 멜라니와 린지의 결혼식 장면은 조금 더 자연스럽게 다가왔다. 그리고 〈그레이 아나토미 Grey's Anatomy〉의 켈리와 애리조나 결혼식을 볼 땐 벽장에서 나와 커뮤니티 활동도 하고 연애도 하고 있을 때라 감정적으로 몰입해 볼 수밖에 없었다.

미국 드라마 좀 본다는 사람들에겐 익숙한 작품인 〈그레이 아나토미〉는 2005년부터 2024년인 지금까지 제작·방영되고 있는 의학 드라마 시리즈다. 한 드라마가 거의 20년 가까이 계속되고 있다는 게 놀랍겠지만, 〈그레이 아나토미〉에는 그것 말고도 대단한 점이 많다. 그중에서 몇 가지만 짚고 넘어가자면, 할리우드의 백인 남성 중심 문화의 견고한 벽을 깨고 흑인 여성 숀다 라임스에 의해서 만들어졌다는 것, 그리고 그레이라는 여성 캐릭터를 주인공으로 내세울 뿐만 아니라 다양한 인종이 주연으로 등장한다는 점이다. 지금이야 '다양성과 포용성'*을 갖추는 게 기

---

* 　다양성과 포용성(Diversity & Inclusion)은 최근 몇 년간 미국 할리우드의 주요 이슈다. 할리우드 콘텐츠 대다수가 오랫동안 백인/남성/비퀴어/비장애인 등 '정상성'을 중심으로 만들어져온 점에 대해 비판과 반성의 목소리가 커지면서 다양성과 포용성은 중요한 과제로 등장했다. 이는 기존의 캐릭터나 서사가 아니라 현실에 맞게 다양한 캐릭터와 이야기를 콘텐츠에 담아내야 하며, 단지 다양한 캐릭터를 꺼주거나 타자화하는 방식이 아니라 이해하고 포용해야 한다는 의미다. 이러한 다양성과 포용성은 시청자가 보는 콘텐츠의 내용뿐만 아니라 콘텐츠가 만들어지는 과정에서도 확보되어야 하기에, 콘텐츠 제작진 중 비백인/여성/퀴어/장애인 등이 얼마나 포함되어 있는지도 중요한 부분이다. 글로벌 OTT 플랫폼인 넷플릭스의 경우 다양성과 포용성 보고서를 발표한 바 있으며(https://about.netflix.com/ko/inclusion) 이 문제가 자신들의 주요 과제라고 밝히기도 했다.

본이지만, 여성 주인공 및 다인종 주연 캐릭터가 다소 '낯선' 2005년의 시대적 상황을 감안하면 숀다 라임스의 도전은 보통 일이 아니었다.

〈그레이 아나토미〉는 이제 막 인턴으로 병원에서 일하게 된 주인공 그레이와 그의 동기들 이야기를 중심으로, 그들과 함께 일하는 다양한 의사들의 이야기를 다룬다. 시즌이 워낙 오래되다보니 〈그레이 아나토미〉에 등장한 캐릭터도 참 많다. 그중 누군가는 잠시 등장했다 사라지기도 했고 또 누군가는 오랫동안 얼굴을 내밀며 〈그레이 아나토미〉 이야기의 주축이 되기도 했다. 여기서 이야기할 여자 켈리는 시즌 2부터 12까지 〈그레이 아나토미〉를 이끈 캐릭터 중 하나다.

켈리는 라틴계 정형외과 전문의로, 처음부터 관심을 끄는 캐릭터는 아니었다(이성애자/비퀴어 캐릭터가 내 관심을 끄는 일 자체가 그리 많지 않긴 하다). 켈리에게 흥미를 느낀 건 바이섹슈얼이라는 점이 드러나기 시작했을 때부터다. 시즌 4에서 (이지와 바람난) 남편 조지와 헤어진 뒤 흉부외과장으로 부임하며 등장한 에리카와 켈리는 미묘한 썸을 탄다. 그러다 둘이 키스했을 때 내 눈은 휘둥그레졌다. 켈리가 바이였다니, 생각지 못한 일이었고 그래서 더 기뻤다.

퀴어 캐릭터 등장! 하지만 안타깝게도 켈리와 에리카의 관계는 오래가지 못했다. 켈리가 자신의 바이 정체성을 받아들이지 못하는 디나이얼 상태였고, 결국 남자 의사인 마크와 자버렸기 때문이다. (띠링띠링. 네, 어김없이 나왔습니다. 지겨운 '배반하는 바이' 묘사. 이런 거 자꾸 보여주니까 바이에 대한 편견이 강화되는 거 아니냐고요. 이마를 짚을 수밖에 없다. 하여튼 바이 이야기는 이후 〈문란하다는 말이 불편하다고요?〉에서 계속합니다.) 그리고 에리카는 갑자기 병원을 그만두고 사라진다. 에리카의 하차는 논란이 될 수밖에 없었는데, 이런 식의 퀴어 캐릭터 사용이 미디어에서 꽤 반복되어오던 행태였기 때문이다.* 천만다행으로 켈리의 바이섹슈얼리티는 잠시의 '이야깃거리'로 그치지 않았다. 켈리는 시즌 5부

---

*   오랫동안 미디어에서 퀴어는 제대로 묘사되지 않았다. 앞서 〈마녀인 여자〉에서도 언급했지만 불행하고, 우울하고, 죽는 퀴어를 보여주는 일이 허다했고, 어쩌다 등장한 퀴어 캐릭터는 서사 만들기에 이용되기 일쑤였다. 특히 트랜스젠더의 경우 "여자인 줄 알았는데 알고 보니 남자였다!"는 식의 '반전' 도구로 이용되는 일이 많았다(이런 올드하고 무지한 설정 좀 제발 그만……!). 레즈비언 키스는 게이 키스에 비해 (여전히 이 세상의 기본값으로 여겨지는) 남성들에게 덜 혐오적인 것으로 받아들여지고 오히려 자극적이기도 하다는 이유로 시청률이나 화제성을 끌기 위한 홍보 포인트로 이용되기도 했다. 〈그레이 아나토미〉에서 에리카 하차의 경우 (이후 배우의 인터뷰에 따르면) 제작진의 결정이었다기보다 방송국의 압박 탓이었던 것 같다. 채널을 대표하는 인기 드라마였던 〈그레이 아나토미〉에 레즈비언과 바이섹슈얼 커플의 등장은 조금 무리라고 여겨졌던 걸까? 누군지 모르겠지만 그때 그런 결정을 한 사람 엉덩이에 뿔이라도 났음 좋겠다.

터 등장한 소아과 전문의 애리조나와 사랑에 빠지고, 둘은 〈그레이 아나토미〉 내 여러 이성애 커플 사이에서 첫 동성애 커플로 자리잡는다. 이후 켈리와 애리조나는 정말 생사를 넘나드는 여러 사건 사고를 겪은 후, 마침내 시즌 7에서 결혼식을 올린다.

켈리와 애리조나의 결혼식이 나에게 조금 특별했던 이유는 여러 가지다. 일단 이들은 게스트로 출연했던 〈프렌즈〉의 캐롤·수잔 커플과 달리 극 중 주요 캐릭터였다. 캐롤과 수잔의 결혼식은 〈프렌즈〉 시청자들에게 일종의 (뜬금없는 혹은 생경하고 이상한) '이벤트'처럼 느껴질 수 있었겠지만, 켈리와 애리조나는 첫 만남부터 결혼까지 둘이 지지고 볶은 서사가 있었기에 시청자가 공감할 요소가 많았다. 나 또한 그랬다. 딸이 여자와 연애한다는 걸 알게 된 켈리 아빠가 가톨릭 신부를 대동해 병원에 찾아오고 켈리가 "동성애는 기도로 쫓아낼 수 있는 게 아니에요!You can't pray away the gay"라고 외치며 혐오에 지지 않았을 때부터 비행기가 추락하고 교통사고가 나는 등 (말도 안 되는) 우여곡절을 거쳐 결국 애리조나와 함께하기로 한 결정에 이르기까지 그 모든 과정을 지켜봤기에 이들의 결혼은 뭔가 당연한 결론처럼 보였다. 결혼을 연애 관계의 종착점이라고 하는 이유를 알 것 같았달까?

켈리와 애리조나의 결혼식 장면이 담긴 시즌 7 20화는 미국에서 동성혼이 법제화되기 전인 2011년에 방영됐다. 두 사람의 결혼은 축하 파티일 뿐 아무런 법적 효력이 없는 상태였다. 그럼에도 둘은 각자의 부모님, 친구와 동료들을 초대해 결혼식을 올린다. 결혼식 전 도착한 가족 중 무언가 불편한 기색을 보이던 켈리의 엄마는 결국 "아무런 의미도 없는 이런 결혼식을 왜 하니?"라며 켈리의 결혼을 부정하는 막말을 내뱉고 만다. 상처받은 켈리는 엄마는 물론이고 (처음엔 가톨릭 신부까지 대동했었지만 이젠 앨라이/지지자가 된) 아빠까지 돌려보내고 결혼식을 취소하려고 한다. 엄마 말대로 이 결혼은 진짜 결혼이 아니라며 눈물 흘리는 켈리에게, 동료이자 친구, 이혼 경험이 있는 싱글맘 베일리는 이렇게 말한다.

진짜 결혼을 만드는 건 법도, 성직자도, 네 엄마도 아니야. 교회는 신의 뜻을 몰라. 네 엄마도 마찬가지고. 어머닌 아직 신의 마음을 헤아리지 못하시는 거야. 평생 그러실 수도 있어. 그렇지만 괜찮아. 괜찮다고. 네가 당당한 모습으로 친구들과 가족, 신 앞에서 파트너에게 헌신하고 두 사람의 관계에 평생토록 충실하겠다고 맹세하는 게 중요하지. 어떤 상황에서도 변함없이 말이야. 그게 결혼이야. 그게 진짜 결혼이라고. 합법적인 게 뭐가 중요해? 교회에서 합법적으로 결혼한 나도 이렇게 됐는데, 뭐.

켈리는 눈물을 털어내고 결혼식을 진행한다. 예쁜 꽃들로 장식된 야외 식장에서 아름다운 드레스를 입고 켈리와 애리조나는 주례 앞에 선다. 결혼 서약을 하고 반지를 건넨 후 사랑한다고 말한다. 주례는 두 사람을 아내와 아내로 선언하고 둘은 키스를 나눈다. 결혼식 피로연에서 둘은 춤을 추고, 결혼식에 참가한 모든 사람이 함께 파티를 즐긴다.

특별할 것 없는 이 결혼식, 이성애자들이 하는 결혼식과 다를 게 없는 결혼식이지만 누군가에겐 여전히 '진짜 결혼'은 아니었다. 켈리와 애리조나의 결혼식은 그 이상한 모순을 철저하게 느낄 수 있는 순간이었다. 이들의 결혼식이 인상적이었던 건 어떤 판타지를 심어주거나 나에게 아직 도래하지 않은 아름다운 미래를 꿈꿀 수 있게 해줘서가 아니라 사랑하는 두 사람에게 결혼할 권리가 주어지지 않는 게 얼마나 이상한 일인지 깨닫게 해주었기 때문이다(우리 켈리랑 애리조나가 이렇게 사랑하는데, 너희들이 뭔데!!!). 그런 깨달음은 종종 사람을 변화시킨다. 결혼에 시큰둥했던 난 그렇게 결혼에 크나큰 관심을 가지는 사람이 됐다. 조금 웃기고 이상한 일처럼 보일지 모르지만 그제야 결혼, 결혼식에 대한 상상의 나래를 펴기 시작했다. 어쩌면, 결혼 한번 해볼 만하겠는데?

시간은 또 흐르고 흘러, 이제 동성혼이 법제화된 나라도 더 많아지고 동성혼을 다루는 콘텐츠도 더 많아졌다. 어디 결혼만 있나. 벌써 이혼과 재혼, 양육권 분쟁 등 오만 이야기가 등장하고 있다. 그리고 한국에서도 드.디.어 결혼을 이성 간의 것으로 한정하는 민법을 개정하기 위한 개정안이 국회에서 발의됐다.* 「혼인평등법」이라고도 불리는 이 개정안은 민법 812조 '혼인의 성립'을 '혼인은 이성 또는 동성의 당사자 쌍방의 신고에 따라 성립하는 것'으로 개정하고, 767조 '친족의 정의'를 '친족, 부부, 부모의 정의'로 바꾸고 새로운 항을 신설하는 내용으로 구성되어 있다. 그

---

* 　2023년 5월 31일, 「혼인평등법」을 포함한 「가족구성권 3법」(혼인평등법, 비혼출산지원법, 생활동반자법)이 발의됐다. 장혜영 정의당 의원이 대표 발의했고, 총 열두 명의 의원이 참여했다.

뿐만 아니다. 결혼 관계만을 보호하는 낡디낡은 제도의 한계를 넘어 조금 더 다양한 관계를 보장하기 위한 「생활동반자법」도 발의됐다.** 이 법에서의 생활동반자는 "대한민국 국적 또는 영주권을 가진 성년이 된 두 사람이 상호 합의에 따라 일상생활, 가사 등을 공유하고 서로 돌보고 부양하는 관계"를 말하며, 생활동반자가 된 이들은 "국민건강보험, 국민연금 등의 사회보험, 공공부조의 혜택을 받을 수 있고, 주택임대차보호법과 주거기본법 등에 의해 주거권도 보호받을 수 있으며, 위급한 상황에 의사 결정을 할 권리, 애도할 권리, 유족으로서의 권리 등"을 갖는다. 결혼 아님 비혼인 줄 알았더니, 알고 보니 선택지가 더 있었다는 충격적인 사실(이래서 오래 살고 볼 일이라고들 하는 걸까?). 물론 실제로 법이 제정되기까진 시간이 걸리기야 하겠지만 결혼에 집착하지 않아도 될 세상이 올 것이라고 생각하면 참 재밌다.

** 2023년 4월 26일, 국회에서 처음으로 「생활동반자관계에 관한 법률안」이 발의됐다. 용혜인 기본소득당 의원이 대표 발의했으며, 열한 명의 의원이 참여했다. 이후 「가족구성권 3법」(혼인평등법, 비혼출산지원법, 생활동반자법)까지 무려 두 개의 생활동반자법이 연이어 발의된 거다. 이런 역사적 발의에도 불구하고 한동훈 법무부 장관은 "사회적 합의" 타령만 했다는 슬프고 화나는 사실을 기록으로 남겨둔다.

그래서 난 결국 결혼을 선택할까, 아닐까? (이쯤 되면 다들 궁금해진 거 다 알거든? 그러니까 동성혼 법제화와 생활동반자법 제정운동 둘 다 함께하는 거야. 알았지?) 다만 결혼식이든 뭐든 켈리와 애리조나가 결혼식 파티에서 췄던 것처럼 사랑하는 사람을 바라보며 아름다운 음악에 맞춰 춤 한번 추고 싶다. 우리를 축하해주는 사람들 앞에서.

끝까지 싸운다!

〈프리헬드〉와 〈로렐〉의 로렐

지금은 이렇게(?) 책까지 쓰고 있지만 나라고 처음부터 퀴어 페미니스트로 태어난 건 아니었다(본 디스 웨이는 맞는데, 본 디스 웨이만으로 또 다는 아니더라). 여잘 그렇게 좋아했으면서도 여성 인권이 뭔지 몰랐고, 대학에서 '꿘'(운동권)들이 많다는 사회과학부에 있었지만 부끄럽게도 페미니즘의 'ㅍ'에도 관심을 가지지 못했다. 사실 퀴어라는 정체성도 나 스스로에게 커밍아웃하고 한참 뒤에야 갖게 된 거다. 무슨 말이냐 싶겠지만 내가 처음 정체화했던 건 '이쪽' 사람 혹은 성소수자로서였지, 퀴어로서는 아니었단 말이다.

그 차이를 어떻게 설명해야 할까? 사실 설명하기 어렵

다. 당사자들 사이에서도 의견이 각기 다를 테고, '땅땅' 하고 확정된 의미가 있지도 않다. 다만 내가 경험하고 배운 것들을 토대로 터득한, 나 나름대로 정의하고 있는 바를 간단히 말하자면 이렇다. 일단 언어적인 면에서, '이쪽/이반'이라는 말은 주로 동성애자를 의미하는 말, '성소수자'는 말 그대로 시스젠더나 이성애자인 성다수자가 아닌 사람들을 의미하는 말로 쓰이는 반면, '퀴어'는 조금 더 범위가 넓다. '이상한', '괴팍한', '괴짜', '별종'이라는 의미가 있기에 오직 성소수자만을 의미한다고 하기엔 약간 애매하다. 물론 그런 의미로 통용되고 있지만, '비정상'으로 여겨지는 이들을 포괄하는 조금 더 폭넓은 의미로도 사용될 수 있다. 이런 점에서, 퀴어라는 말을 적극적으로 사용하는 건 단지 '성소수자로 정체화했다'와는 조금 결이 다르다. 나에게 퀴어는 뭐랄까, '소수자'라는 정체성을 가지는 것에서 더 나아가, 소수자 정체성을 통해 경험하고 배운 것들을 기반으로 자신의 세계를 조금 더 확장하고자 목소리 내고 투쟁하는 사람이다.

그러니까 나의 시작은 퀴어가 아니었다. 나의 첫 정체화는 이쪽/이반이었다. 물론 그 정체화까지도 무척 어려웠지만(다들 나의 고난과 역경이 담긴 앞의 이야기들을 잊지 말라구!), 커뮤니티로 나가고 나선 재미있는 일들이 많았다. 많은 여자를 만날 수 있었으니 즐겁지 않았을 리가. 모두 각기 다른 사람들이었고 당연히 차이도 있었지만, 여자와 연애하고 싶어 하는 여자들이라는 (명료하고도 지독한) 공통점은 우릴 하나로 느끼게 해줬고, 정말 한동안 고삐 풀린 망아지처럼 열심히 놀아재꼈다. 비록 세상에 대놓고 공개할 수 없는 숨겨진 공간이지만 우리끼리 이렇게 놀 수 있다면 앞으로 그럭저럭 살아갈 수 있지 않을까 싶은 생각이 들기도 했다.

하지만 그렇게 놀아재끼는 시간이 지나고 나니 점점 현실이 보였다. 극히 한정된 공간에서만 자유로울 수 있다는 건 결코 자유가 아니었다. 그 공간에서 벗어나면 어디서든 사람들의 시선이 신경쓰였다. 할 수 있는 것보다 할 수 없는 게 더 많았다. 잠시 잊었던(아니, 잊으려고 했던) 나의 '다름'은 여전히 견고하게 자리를 지키고 있었다. 본격적으로 연애도 시작하고 나니 즐거운 만큼 암울한 생각도 많아졌다. 우리에게, 나에게 현실적인 미래는 있는 걸까? 그런 심란함을 겪고 있을 때 단편 다큐멘터리 영화 〈프리헬드Freeheld〉(신시아 웨이드 감독, 2007)를 보게 됐다.

영화를 본 건 2008년 무렵이었다. 15년이 지난 지금까지도 영화 속 몇몇 장면을 생생하게 기억하고 있을 정도로 나에겐 잊지 못할 인상을 남긴 영화다. 이 다큐멘터리는 줄리앤 무어와 엘리엇 페이지 주연의 영화 〈로렐Freeheld〉(피터 솔레트 감독, 2015)로도 만들어졌다. 이 두 영화에 담긴 이야기, 특히 주인공 로렐이 얻고자 했던 정의는 내가 애써 무시하고 있었지만 내 안에 잠재되어 있던 어떤 분노와 억울함을 건드렸다. 보호막이라고 할 수 없을 정도로 얇은 막이었지만 날 감싸고 있던 껍데기에 금이 가기 시작했고, 내 안의 무언가가 꿈틀거리기 시작했다.

로렐은 1956년생으로 미국 뉴저지주 오렌지카운티 경찰서에서 25년 근무했다. 그리고 벽장 레즈비언이었다. 보수적이고 남성 중심적인 경찰 조직에서 여성으로 살아간다는 것만으로도 벅찼을 테니 벽장이라는 선택은 슬프긴 해도 충분히 이해되는 부분이다. 그런 로렐은 1999년 어느 날, 필라델피아에서 열린 배구 대회에 참가했다가 스테이시를 만난다. 두 사람은 열아홉 살의 나이 차이가 있음에도 불구하고 곧바로 사랑에 빠졌고 뉴저지에 집을 마련해 함께 살기 시작한다. 이후 둘은 2004년 10월 뉴저지주의 파트너십제도Domestic Partnership*에도 등록한다. 강아지도 입양하고, 직접 집을 고치고 가꾸면서 새로운 인생을 살아가던 로렐은 지속되는 옆구리 통증으로 병원을 찾았다가 폐암 4기 진단을 받는다. 바로 항암 치료를 시작했지만 암은 여기저기 전이된 상태였다. 자신에게 남은 시간이 얼마 안 된다는 걸 인지한 로렐은 자신의 경찰공무원 연금을 스테이시에게 상속하고자 한다. 로렐의 정당한 이 요구는 그의 마지막 싸움이 된다.

당시 뉴저지주엔 파트너십제도가 있었고, 이 제도에 기반해 공무원 연금 수령자로 파트너를 지정하는 것도 가능했다. 하지만 뉴저지 오렌지카운티 의회의 프리홀더freeholder(선출직 의원)들은 로렐의 청원을 거부한다. 당연히 그 거부를 받아들일 수 없었던 로렐은 재차 의회에 자신의 요구를 피력한다. 의회는 로렐의 요구가 정당하다는 사실을 알고 있음에도, 결혼한 이성애 부부가 아닌 관계에서 파트너에게 연금 상속이 가능한 선례를 남기면 너도나도 연금을 달라고 할 거라는 등 말도 안 되는 핑계를 대며 로렐의 요구를 거부한다. 일이 이렇게 되자 언론의 주목을 받게

---

*   함께 살면서 가정을 꾸리고 있지만 결혼하지 않는 커플 관계에서 동거인이 보호자로서의 권리 등을 가질 수 있도록 하는 제도다. 이 제도는 나라마다, 미국의 경우 주마다 보장하는 내용이 다르기도 하다. 뉴저지의 파트너십제도는 2004년 7월부터 시행되었다.

되고, 동성혼 법제화를 위해 목소리를 내던 성소수자 인권 단체도 연대에 나선다.

국가와 지역을 위해 성실한 공직자로 살아왔으며 그 것이 충분히 증명되는 한 사람이 죽음을 코앞에 두고 사랑 하는 사람을 위한 마지막 소원을 위해 투쟁하는 이야기. "동성 파트너가 내 연금을 받을 수 있게 해달라"는 로렐의 이야기는 많은 '보통' 사람들의 심금을 울리기에 충분했다. 또한 로렐의 이야기는 이성애 결혼만 가능한 사회에서 일 어나는 부정의와 차별, 배제를 정확하게 보여주는 사건이 기도 했다. 영화 〈로렐〉에서 로렐의 오랜 경찰 파트너이자 동료인 데인은 의회에서 "선례가 없다"는 등 "결혼은 신성 한 것"이라는 둥 되도 않는 핑계를 대는 의원들을 향해 이 렇게 말한다.

사실 이렇게 요구 안 해도 됩니다. 제가 지금 당장 로렐과 혼인신고 하고, 제 앞으로 연금이 나오면 그걸 스테이시한테 주면 되는 일입니다. 하지만 이게 정당하다고 생각하십니까? 이상하지 않은가요?

사실 정말, 너무 이상하다. 결혼은 영원한 사랑을 맹세

하는 신성한 것이고 어쩌고 하지만, 사실 지정성별 여성인 이와 지정성별 남성인 이라면 불과 몇 분 만에 혼인신고를 마치고 결혼이라는 제도가 제공하는 혜택을 누린다. 하지만 그것이 동성 커플이라면 불가능한 일이 된다. 〈로렐〉에서도 그렇지만 다큐멘터리인 〈프리헬드〉엔 시민들이 참석하는 공개회의 장면이 자주 나온다. 로렐을 지지하는 그의 경찰 동료 및 지역 주민들은 로렐이 레즈비언이고 그의 파트너가 여성이라는 이유만으로 다른 이들이 당연히 받는 제도적 혜택을 누릴 수 없다는 것이 얼마나 문제적인지 반복해서 지적한다. 정치적으로 보수적일 거라고 예상되는 백인 남성 경찰 동료들조차 "로렐의 '라이프 스타일'(취향)은 이해하지 못하더라도 로렐의 요구가 거부당하는 건 부당하다"고 말한다.

로렐과 함께 싸우는 이들은 점점 늘어나고, 로렐 또한 끝까지 포기하지 않는다. 직접 공개회의에 참석하지 못할 만큼 몸 상태가 나빠지고 있었지만, 로렐은 자신의 증언을 녹화해 대리 출석할 정도로 의지를 보인다. 자신의 요구가 거부당하는 건 부당하고 부정의하며 불공평한 것이라는 로렐의 이야기엔 점점 더 힘이 실리고, 여론의 눈치를 볼 수밖에 없었던 의원들은 마침내 로렐의 요구를 승인한다. 로렐의 요구가 승인되던 날 직접 회의에 참석한 로렐은 모두가 기뻐하는 그 순간에도 담담하게 말한다. "우린 그저 당신들과 같은 평범한 사람들"이라고. 그로부터 머지않아 로렐은 사랑하는 스테이시를 포함한 가족이 지켜보는 가운데 세상을 떠난다. 하지만 세상을 떠난 후로도 로렐은 세상을 바꿨다. 로렐이 자신의 사랑, 정의, 평등을 위해 목소리를 내고 투쟁한 덕분에 동성 커플의 파트너도 공무원 연금을 받을 수 있게 된 것이다. 그리고 7년 뒤인 2013년 10월, 뉴저지주 대법원은 동성혼을 법제화한다. 로렐이 피운 불꽃은 오래오래 활활 타올랐다.

〈프리헬드〉를 처음 봤을 때 정말 눈물 콧물 빼며 엉엉 울었다. 죽음을 앞둔 이의 마지막 소원이라는 영향도 없진 않았겠지만, 나에게 이 이야기는 '아, 그냥 슬프네'가 아닌 냉정한 현실 그 자체였다. 로렐은 경력을 충분히 쌓은 경찰 공무원인 자신과 달리 이제 막 자동차 정비사로 일하기 시작한 스테이시가 자신의 죽음 이후 집 대출금을 갚기 힘들 것이고 그래서 집을 유지하지 못할 수도 있다는 걸 걱정했다. 자신이 죽고 나서 함께 마련하고 꾸민 집마저 사라진다면 스테이시에게 너무 벅찬 일이 될 거라는 걸 잘 알고 있는 로렐의 애절한 마음이 남 일 같지 않았다. 로렐과 스테이시 이야기 전부 내 마음 어딘가에 콕콕 박히는 기분이었다. 그놈의 '보통' 사람들과 달리 기본적인 권리를 얻는 게 왜 이렇게 어려워야 하는지 답답해서 울었고, 계속 거부당하면서도 지치지 않고 청원을 이어가는 로렐의 용기와, 로렐과 함께하는 사람들의 의리와 연대에 뜨거운 감정이 올라와 울었다. 슬프고 화났지만, 또 그만큼 희망차고 부러웠다. 로렐의 당당함, 함께하는 가족과 동료, 이웃들의 응원이 내 미래일 수 있다면 좋겠다고 생각할 수밖에 없었다. 그러려면 나도 로렐처럼 목소리를 내고 나서야 한다는 생각이 들기 시작했다. 로렐은 나에게 왜 세상과 싸워야 하는지 보여줬다. 나도 그 싸움에 나서야 할 때가 온 것이었다.

하지만 바로 투쟁에 뛰어들 용기는 없었다. 나름대로 조금씩, 천천히 세상과 맞서 싸울 준비를 시작했다. 직접 나서서 하긴 좀 무서워서 일단 성소수자 인권단체 후원을 시작했다. 그리고 술집이나 클럽이 아닌 공간, 밤이 아닌 낮에 사람들을 보고 싶어서 서울에서 열린 퀴어 퍼레이드도 나가봤다. 그냥 슬쩍 (여기 참여하는 사람 아닌 척) 구경만 한번 해보려고 했는데, 생각보다 많은 사람을 보고 기분이 좋아져서 퍼레이드까지 참여해버렸다.

그 이후 어느 날, 성소수자와 연대자들이 서울시청을

점거하고 있단 소식을 들었다. 당시 서울시장이었던 故 박원순 전 시장이 성소수자 인권 등을 명시한 서울시민 권리헌장을 일방적으로 폐기하고, 한국장로교총연합회와의 간담회에서 "동성애를 지지하지 않는다"라고 말했기 때문이다. 나 또한 '이건 잘못됐다. 부당하다'는 생각이 들었다. 마음속 깊은 곳에서 분노가 이글이글 올라왔다. 가만히 있을수 없다는 생각에 생전 처음으로 시위라는 걸 나갔다.

시위는 정말 과격한 사람들이 하는 건 줄 알았는데, 떨리는 마음으로 도착한 시위 현장은 생각보다 얌전(?)했다. 뭐라도 때려 부수는 줄 알았는데 모여서 노래 부르고 발언하며 서로 이야기를 나누는 식이었다. 전혀 모르는 낯선 사람들이 옆에 있었지만 무언가 따뜻한 기운이 우릴 감싸고 있다는 기분이 들었다. 많은 게 생경하고 신기한 한편 내자리를 찾은 것 같은 편안함도 있었다. 가장 신기했던 건주변 사람들의 얼굴이었다. 시위 현장에 나오는 사람들은다 화난 사람들인 줄 알았는데 (물론 기본적으로 다들 분노를탑재하고 있지만) 화만 내고 있진 않아서 의외였다. 그들의얼굴엔 다양한 표정이 있었다. 그때 알았다. 희망과 변화를위해 싸우는 사람들이 가진 행복과 즐거움, 기쁨과 용기, 편안함과 자유로움을. 그날 혼자 집으로 돌아가던 길, 몰랐던 세상을 발견했다는 사실에 무척 들떴던 기억이 난다.

그렇게 싸움에 재미들인(이라고 할 만큼 열심히 한 게 없어서 부끄럽지만) 덕분에 감사하게도 그전엔 몰랐던 세상에 접근할 많은 기회를 얻었다. 다양한 소수자 이야기를 보고 들으며 세상에 어떤 변화가 필요한지 생각하게 됐고, 이 사회와 불화하며 세상을 뒤흔드는 퀴어한 삶을 동경하게 됐다. 퀴어라는 정체성은 그렇게 나에게 왔다. 함께해야 하는 싸움은 더 많아졌고, 즐거운 싸움도 있었지만 처절하고 절박한 싸움도 겪었다. 그래서 이젠 예전만큼 싸움을 재미있는 일로 생각하지 않는다. (사실 겁나 피곤하고 지친다!) 그럼에도 계속 싸우는 이유는 뭘까? 이대로 뒀다간 망할 게 뻔한 세상을 구하고 싶다는 심리도 아주 없진 않지만(사실 영웅 서사를 굉장히 좋아한다. 특히 슈퍼히어로 여자들을 그렇게 좋아했다) 그저 사랑하는 이들을 지키고 싶은 마음이다. 로렐이 스테이시를 위해 그랬던 것처럼. 다만 나한텐 어쩌다보니 스테이시가 좀 많아졌을 뿐(세상에 이상하고 괴팍하고 '비정상'인, 퀴어한 존재가 너무 많더라. 하하). 로렐만큼 싸울 수 있을진 모르겠지만 최대한 가늘고 길게 가보려고 한다. 그러니까 오늘도 외쳐본다. 투쟁!

노래하고 춤추며 길을 열자

〈포즈〉블랑카

퀴어로 살면서 겪는 어려움은 손에 꼽을 수 없을 정도로 여럿이고, 그걸 나열하자면 또 한참이지만 정말 생각지 못한 어려움이 하나 있었다. 바로 '클럽 문화'였다. 음치, 박치에다 몸치까지 알차게 골고루 갖춘 내가 이쪽 커뮤니티에 입문한 후 알게 된 건, 오프에서 벙개를 하고 나면 사람들이 클럽에 간다는 거였다. 매번 꼭 그런 건 아니지만 오프에서 벙개를 할 땐 주로 이쪽 술집 등에서 술을 마시고 클럽 혹은 가끔 노래방에 가는 게 수순이었다. 누군가는 '역시 방탕한 성소수자들!'이라 생각할지 모르겠다. 하지만 우리 좀 솔직해지자. 고작 술 마시고 클럽 가는 걸로 방탕하다고 할 일인지. 더구나 지금껏 한국사회를 견디고 살아오면서 목격한 비성소수자들의 '방탕함'은 차원을 뛰어넘는 일이었다는 걸 강조하고 싶다. 그리고 사실 이쪽 커뮤니티에서 클럽 문화가 중요한 요소로 작동하는 건 '방탕함' 때문이 아니라(아니 그리고 좀 방탕하면 어때서!) 고립과 외로움, 숨어야 함, 드러낼 수 없다는 것 등과 더 연관이 있다.

퀴어가 모일 수 있는 공간은 예나 지금이나 여전히 많지 않다. 특히 연애 목적으로 누군갈 만나 편하게 이야기하고 놀 수 있는 공간은 더 찾기 힘들다. 여자 둘이 혹은 여럿이서 소개팅/미팅을 한다고 생각해보라. 이성애자들이 가는 헌팅포차 같은 데 갈 수도 없고, 그냥 카페, 레스토랑이나 술집에 가도 주변이 신경쓰여 제대로 이야기하기 어렵다. 나도 오래전 카페에서 소개팅을 한 적이 있는데 우리의 성정체성이 드러날 수도 있는 단어들, 단적으로 '레즈비언', '성소수자', '동성애자', '팸/부치' '여친' 등이란 말을 내뱉을 수 없어서(그래서 '이쪽', '이반'이라는 말을 선호하게 된다) 암호처럼 말하거나 조용히 속삭이며 대화한 경험이 있다. (말과 몸의 언어로 드러날 수밖에 없는) 호감 표시라든가 플러팅을 적극적으로 하기도 힘들었다. 주변 사람들이 우리 얘기 듣고 있을 것 같아 괜히 신경쓰여서 너무 답답한 동시에 이렇게까지 숨겨야 하나 싶은 맘에 약간 자괴감도 들었다. 그런 경험을 하고 나니 담배 연기 때문에 너구리 소굴 같고 음악이 구리고 안주가 비싸다고 욕을 하는 한이 있더라도 우리끼리 편하게 있을 수 있는 이쪽 술집이나 클럽을 선호하게 됐다. 물론 술을 못 마시는 경우 등 여러 이유로 오히려 이런 공간에서의 만남을 좋아하지 않는 사람도 있다. 다들 각자의 사정이 있으니까.

하지만 그런 공간이 주는 편안함과 별개로, 음치+박치+몸치 쓰리 콤보인 내 상황은 달라지지 않았다. 술집이나 클럽에 가는 건 좋으면서도 싫고, 싫으면서도 또 좋았다. 쭉정이처럼 멀뚱하게 있거나 뚝딱거리는 내 모습이 싫었지만, 그곳에 가면 있는 아름답고 멋진 '언니들'(멋있으면 다 언니)을 놓치고 싶지도 않았다(결국 다 그놈의 욕망이 문제다). 아, 내가 춤만 잘 췄어도! 아니, 춤을 꼭 잘 추지 않아도 춤으로 느낄 수 있는 해방감을 접하고 즐길 수 있었더라면 내 삶이 조금은 달라지지 않았을까? (어쩌면 플러팅도 더 잘됐을……? 이런 말 하지 말까?) 역시 블랑카를 좀 더 일찍 만났어야 했다.

블랑카는 2018년부터 2021년까지 미국에서 방영된 드라마 〈포즈Pose〉의 주인공이다. 〈포즈〉는 1980년대 후반부터 1990년대 초반까지의 미국 뉴욕을 배경으로, 당시 흑인과 라틴 퀴어 커뮤니티의 '볼 문화Ball culture'를 다룬다. '볼', '볼룸'이라고도 불리는 볼 문화의 기원은 1800년대 후반까지 거슬러올라가지만, 현대 볼 문화의 시작은 1920년대다. 이때의 볼은 주로 백인 드랙 아티스트 위주였기에 당시의 인종차별로 흑인, 라틴 퀴어는 그곳에 낄 수 없었다. 그런 상황에 지친 이들이 1960년대부터 자신들만의 볼 문화를 만들게 됐다. 볼은 일종의 가장무도회로, 한껏 꾸민 참가자들이 트로피를 두고 경쟁하는 놀이 문화의 공간이었다. 참가자들이 '파티에 가는 여성', '대학생', '커리어우먼' 등 다양한 카테고리에 맞춰 화장하고 의상을 입은 채 멋진 워킹과 포즈를 선보이면 심사위원들은 참가자 중 누가 제일 아름답고 당당하며 멋있는지, 워킹과 포즈를 얼마나 잘하는지, 카테고리에 맞게 잘 표현했는지를 평가해 우승자를 뽑았다. 볼은 퀴어들이 자신을 마음껏 뽐낼 수 있는 유일한 공간이자 안식처였다. 볼의 워킹과 포즈는 이후 춤으로 발전해, 그 유명한 마돈나의 노래 〈보그Vogue〉로 널리 알려지기도 한 '보깅'이라는 춤의 한 장르가 됐다(보깅은 '마돈나 춤'이 아니라 명백하게 흑인/라틴 퀴어 문화의 산물이다). 볼은 다양한 재능이 넘치는 곳이었다.

볼의 또 다른 특징은 '하우스'다. 하우스는 일종의 대안가족으로, 그 가족을 만든 엄마의 성을 따서 '○○○(엄마 성)의 하우스The House of OOO'로 불리곤 했다. 볼에선 이하우스 중 누가 최고인지 겨뤘고, 하우스의 실력은 엄마의능력과 연결됐다. 엄마들은 자신의 하우스에 들어올 자녀들을 선택했고, 함께 살 공간 및 생활비를 관리하는 건 물론 볼에서 어떤 공연을 할지, 어떻게 명성을 얻을지 결정하는 등 다양한 역할을 해내야 했다. 그 엄마가 되는 데 성별은 무관했다. 책임감, 생활력, 결단력, 돌봄력 등 '보통의'엄마가 수행하는 여러 '슈퍼 능력'을 갖추면 됐다.

근데 왜 볼에 하우스/가족이 생겨야 했을까? 볼에 찾아오는 이들 중 많은 이가 원가족에게 버림받았거나 쫓겨났기 때문이다. 성소수자임을 커밍아웃하거나, 혹은 원치않았지만 가족이 알아챘을 때 일이 순조롭게 흘러가는 경우는 극히 드물다. 어떻게든 거짓말해서 다시 숨거나, '전환치료'에 보내지거나, 쫓겨나거나. 원가족, 친권자인 부모에게 버림받은 이들은 당연히 머물 곳이 없었고 이들 중 상당수는 청소년이라 돈 벌어 먹고살기도 힘들었다. 거기다흑인, 라틴 퀴어들은 인종차별 때문에 안정적인 일자리를구하는 데 더 많은 어려움을 겪었다. 트랜스젠더라면 '보통의' 일자리를 얻는 건 거의 불가능이었다. 고용하는 이가 없는데 어떻게 일할 수 있을까? 결국 많은 이들이 먹고살기 위해 성매매, 스트립바, 술집 등을 택했다. 이렇게 힘든 삶이다보니 서로 돌보는 체계가 만들어진 건 어찌 보면 자연스러운 일이다. 대안가족을 꾸려, 그나마 사정이 낫고 임금노동을 할 수 있으며 사회생활 경험이 있는 이가 엄마처럼 사람들을 돌보게 된 거다. 그게 함께 생존하는 방법이었을 테니까.

블랑카는 처음부터 엄마는 아니었다. 그는 엘렉트라가 이끄는 '하우스 오브 어번던스'의 딸이었다. 블랑카는 트랜스젠더로 커밍아웃했다가 원가족(엄마)에게 쫓겨나고 볼을 찾아갔다. 아름다운 외모도, 육체미 있는 몸매도, 춤에 큰 재능도 없던 블랑카는 볼에서 무시당했지만(볼은 나다움을 빛낼 수 있는 곳이었지만 그렇다고 미의 기준이 없는 곳은 또 아니었다) 그의 배짱과 꿈을 향한 열정이 마음에 든 엘렉트라가 블랑카를 하우스로 초대한다. 그렇게 블랑카는 '하우스 오브 어번던스'에서 생활하게 되지만 자신을 홀대하고 자기 아이디어를 홀라당 가져가버리는 엘렉트라에게 질려버린다. 〈포즈〉는 블랑카가 '하우스 오브 어번던스'를 떠나 자신의 하우스인 '하우스 오브 에반젤리스타'를 시작하는 이야기에서 출발한다.

게이인 걸 들켜서 집에서 쫓겨난 데이먼을 거리에서 발견한 블랑카는 데이먼을 하우스로 데리고 와 엄마로서 그를 돌본다. 춤에 재능을 가진 데이먼을 볼에 데뷔시킨 블랑카는 거기서 멈추지 않고 데이먼을 예술학교에도 입학시킨다. 돈이 있어서가 아니라 데이먼의 재능을 믿었기 때문에, 또한 데이먼이 춤을 통해 자신을 드러내고 기쁨을 찾는 건 물론 실질적인 꿈을 가질 수 있도록 하기 위해서였다. 데이먼에게 게이로서 필요한 성교육을 한 것도, 또 다른 하우스 멤버인 엔젤이 모델로서 꿈을 펼쳐나갈 수 있도록 지원한 것도 블랑카였다.

사실 블랑카는 볼에 잘 어울리는 사람은 아니었다. 춤을 잘 추는 것도, 전형적인 미모로 사람들의 시선을 사로잡는 것도, 타고난 카리스마가 있는 것도 아니기 때문이다. 하지만 블랑카에겐 지지 않는 마음이 있었다. 남들이 뭐라 해도 멈추거나 물러서지 않는 배짱. 그것이 볼에서 블랑카를 빛나게 했다. 볼 밖에서도 마찬가지였다.

시즌 1에서 블랑카는 게이 술집에 갔다가 모욕을 당한다. 백인 게이들의 공간이었던 술집에서 블랑카의 존재는 돋보일 수밖에 없었는데, 이런 블랑카를 쫓아내고 싶었던 이들이 블랑카에게 술조차 판매하지 않은 것이다. 흑인 트랜스젠더를 자신들의 공간에서 지우려 하는 이들 앞에서 블랑카는 쉽게 물러서지 않는다. 그는 또다시 그곳을 찾아가 자신의 존재를 모두에게 각인시킨다. 결국 경찰에 끌려나가는 신세가 되긴 하지만 블랑카는 끝까지 당당했다.

시즌 2에선 네일샵을 열기 위해 임대차 계약을 한 블랑카가 임대인으로부터 계약을 취소당하고 쫓겨날 위기에 몰린다. 임대인은 블랑카가 트랜스젠더인 걸 알고 "도둑이나 살인자랑은 거래해도 너랑은 못한다"는 혐오 발언을 내뱉으며 위협하지만, 블랑카는 지지 않고 "나한테는 점유자의 권리라는 게 있다"라며 끝까지 맞선다. 임대인은 마피아까지 들먹이며 협박의 수위를 높이지만, 블랑카는 "얻어맞는 건 이미 충분히 해봐서 무서운 거 없다"고 받아친다. 블랑카는 싸워야 할 때를 아는 사람이었고, 그 싸움을 두려워하지 않았다.

이제 와 생각하는 거지만 사실 춤이 문제는 아니었다. 물론 춤을 잘 췄더라면 클럽에서 좀 더 즐겁게 놀 순 있었을 거다. 하지만 나한테 정말 필요했던 건 춤보다 소속감과 자유로움, 당당함 등이었다. 그건 그냥 춤을 춘다거나 혹은 클럽에서 연애할 상대를 찾는다고 얻을 수 있는 건 아니었다. 결국 내가 나의 볼을 찾은 건 처음 서울 홍대에서 퀴어 퍼레이드를 본 2013년, 그때였다.

미국에 있을 때 인생 첫 프라이드 퍼레이드를 목격하긴 했지만, 당시엔 막 정체화하던 시기였기에 어떤 소속감을 느끼기엔 무리가 있었다. 그에 반해 서울에서 처음 퀴어 퍼레이드를 봤을 땐 완전히 다른 기분이었다. 한국에서도 대낮에, 탁 트인 장소에 이렇게 사람들이 모일 수 있다는 데 사실 많이 놀랐다. 거기다 거기 모여 있는 사람들은 움츠리고 있지 않았다. 오히려 신나고 행복한 표정이었다. 사실 처음엔 그냥 적당히 구경만 해볼 생각이었는데, 현장 분위기에 휩쓸려 나도 모르게 기세가 올라 퍼레이드까지 참여해버렸다. 그때 신나게 행진하면서 오랫동안 답답했던 마음이 시원하게 뚫리는 상쾌함을 느꼈다. 부산에서 서울로 이주한 지 얼마 안 되는 시점이어서 누군가 날 알아볼 수도 있다는 두려움이 상대적으로 크지 않기도 했지만, 이상하게 그때만큼은 누가 날 본다 해도 상관없다는 생각이 들었다. 갑자기 엄청난 용기가 샘솟았던 걸까? 사실 용기였다기보다는 이렇게 많은 사람과 함께 거리를 걷는 이 시간만큼은 두려워하지 않아도 될 것 같은 기분이었다. 그냥 그런 믿음이 있었고 그 믿음에 기댔더니 한껏 자유롭고 당당해질 수 있었다. 내가 나로 살아도 된다는 걸 다시 한번 깨닫는 시간이기도 했다.

그리고 그다음 해인 2014년, 서울 신촌에서 열린 퀴어 퍼레이드에 참여했을 때 나(와 거기 있던 수많은 우리)는 블랑카가 됐다. 2014년 퀴퍼는 (일부 보수 기독교 세력이기도 한) 혐오 세력이 축제를 적극적으로 방해하기 시작한 첫해로, 그들의 방해 때문에 밤까지 많은 참여자가 길바닥에 갇혀 있었다. 축제를 망치고 퍼레이드를 막으려는 혐오 세력의 의도는 분명했다. 성소수자들을 드러나지 않게 하는 것, 우리를 방해하고 협박하며 폭력을 행사해 우릴 겁먹게 만들어 다시 숨게 만드는 것, 차별과 혐오 속에서 좌절하게 하는 것. 하지만 말했듯이 우린 블랑카였다. "얻어맞는 건 이미 충분히 해봐서 무서운 거 없다"는 블랑카의 말처럼, 지긋지긋한 차별과 혐오는 정말 지겨웠지만 무섭진 않았다. 물론 직접적으로 혐오 세력과 대면해야 했던 서울퀴어문화축제 관계자들(기획단)의 마음은 또 달랐을 것이다(그때 그들의 지지 않은 마음에 다시 한번 감사를 전한다). 사실 약간 무섭기도 했지만 그런 마음보다 어이없음과 화남으로 전투력이 상승해 '어디 한번 해보자'는 심정이었다. 내 친구들, 많은 참여자도 비슷한 마음이었을까? 정말 많은 이들이 밤까지 길바닥에 앉아 우리가 여기 있음을 끝까지 보여줬다. 그리고 결국 우린 퍼레이드를 완주했다. 해냈다는 기쁨과 더불어 난 내가 여기 있음을 확인했다.

이제는 서울뿐만 아니라 여러 지역에서 퀴어문화축제가 열린다. 매번 모든 퍼레이드에 참여하는 건 아니지만 퍼레이드에 참여할 때면 신나게 걸으며 (물론 폭염이나 폭우일 땐 너무 힘들다. 날씨의 신이여, 제발 퀴어 편이 돼라!) 음악 소리에 맞춰 노래도 부르고 가볍게 춤도 춘다. 여전히 음치+박치+몸치 쓰리 콤보인 나의 상황은 변하지 않았지만, 이젠 그냥 즐기기로 했다. 남들이 뭐라 해도 내가 즐거우면 된 거니까. 춤 못 추는 나여도 괜찮으니까.

블랑카도 춤을 잘 추진 못하지만 하우스 꾸려서 멋진 애들도 키우고, 연애도 하고, HIV/AIDS 감염인 친구들을 위해서 활동도 하고, 멋진 퀴어로 잘만 살더라. 문제는 춤이 아니라, 마음가짐이었다. 지지 않는 당당한 마음. 〈포즈〉의 블랑카와 끝까지 길바닥을 채웠던 내 곁의 블랑카들에게서 그걸 배웠다.

난 네 옆에 있을 거야

〈인선지인: 웨이브 메이커스〉 웡원팡

2000년대 후반부터 방영한 어느 예능프로그램은 대중적으로 크나큰 인기를 얻었지만, 언젠가부터 그 예능을 볼 때마다 꺼림칙한 기분이 들었다(남자들만 나와서 그랬을 수도 있다). 처음엔 그냥 웃어넘겼던, 그들의 유행어인 "나만 아니면 돼!"가 강조되고 반복될 때마다 무서워졌던 탓이다. 정말 나만 아니면 될까? 나만 어떤 위기/위험을 벗어나면 행복할 수 있는 걸까? 나만 아니면, 편한 잠자리에서 자고 맛있는 식사를 하며 '아, 좋은 세상이네' 생각할 수 있는 걸까? 내 안의 의문은 점점 커졌다. 이 빡빡한 사회에서 이리저리 굴러본 경험에 비춰봤을 때, "나만 아니면 돼"를 외치려면 적어도 둘 중 하나여야 한다. 엄청나게 운이 좋거나, 사회적 자원이 넘치도록 충분해서(단지 돈이 많은 것뿐만 아니라 정보 접근성도 뛰어나야 하고 무언갈 하고자 했을 때 걸림돌도, 자신을 증명할 필요도 없어야 한다) 위기나 위험에 빠지더라도 금세 일어나 다시 뛸 수 있어야 한다. 지금 이 사회는 후자가 되라고, 그러니까 '노오력' 하라고 사방에서 외친다. 나라고 그런 '노오력'을 안 한 건 아니다. 하지만 그런 '노오력'은 내가 가진 어떤 정체성에 대한 사회의 관습, 편견, 차별, 배제, 혐오 앞에서 무력했다. 개인의 노력은 결코 사회제도나 시스템을 완전히 뛰어넘을 수 없다는 걸 깨우쳐가고 있을 때 페미니즘을 만났다.

이후 내 세상은 말 그대로 180도 뒤집혔다. 내가 알던 세상은 '정상성'이라는 이름 아래 옹기종기 모여든 것들로 이뤄진 정말 작은 세상에 불과했다는 걸 알았다. 내가 잘못된 게 아니라 세상이 잘못 돌아가고 있다는 걸 알았을 때의 쾌감은 그 어떤 말로도 설명할 수 없다. 내 안에 얽혀 있던 실타래가 하나둘 술술 풀려나가자 더 넓은 세상이 보이기 시작했다. 이전엔 보이지 않던 사람들도 볼 수 있게 됐다. 나만 아니면 괜찮은 세상이 아니라, 너와 내가 함께 살고 싶은 세상을 꿈꾸는 게 더 '힙한' 일인 것도 깨달았다. 아,

퀴어 페미인 걸로도 모자라 좌파까지 되고 싶진 않았는데, 결국 그렇게 됐다. 퀴어 페미는 어디서 '빨갱이' 되는 수업이라도 수강하냐 싶겠지만(앗, 들키면 안 되는데), 소수자로서의 경험과 소수자 시선에서 세상을 바라보는 관점을 배우다보면 연결과 연대의 중요성을 깨닫게 된다. 내가 나로 살아가기 위해선, 누군가가 혼자 위험에 빠지는/빠져야 하는 순간이 오지 않도록 혹은 그런 순간에 좌절하고 허우적거리다 결국 사라지지 않도록 함께 시스템을 바꾸는 것일 수밖에 없다는 걸. 물론 연대를 말하는 건 쉽다. 그러나 실제로 누군가의 편에 선다는 건 큰 용기가 있어야 하는 일이다. 특히 그 사람 옆에 아직 아무도 없어서 내가 처음이 되어야 할 땐.

대만 드라마 〈인선지인: 웨이브 메이커스〉(2023)의 주인공인 웡원팡은 기꺼이 누군가의 '첫 사람'이 된 정말 멋있는 여자다. 진보정당인 공정당(공평정의당) 홍보부 차장이자 정당 대변인, 선거에 출마한 적도 있는 정치인 원팡은 오픈리 레즈비언이다. 선거 출마 전에 커밍아웃했을 정도로 자신의 성정체성에 자긍심이 있는 그의 휴대폰엔 무지개 굿즈가 붙어 있다. 직장 상사나 동료들은 원팡의 파트너도 알고 있고, 그를 다른 이성애 커플의 파트너와 마찬가지로 대한다. 지역에서 오랜 기간 선출직 의원으로 활약해온 아버지, 그 아버지를 지원해온 어머니도 마찬가지다. 다만 아버지는 그저 마지못해 (적어도 동성애 혐오가 잘못된 거고 그걸 티 내면 안 된다는 것 정도는 알고 있기에) 받아들이고 있을 뿐 원팡의 성정체성을 제대로 이해하거나 포용하진 않는다.

직장에서 원팡은 '일잘알' 중간관리자로, 대통령 선거를 앞둔 공정당에서 중요한 역할들을 해낸다. 그런 그에게 어느 날 후배 장야징이 회사 내 성희롱을 당했다고 이야기한다. 알고 보니 가해 남성은 이전에도 회사 내 성희롱 가해자로 지목된 적 있는, 개 버릇 남 못 주는 인간이었다. 하지만 이전 사건에서 가해자의 상사인 중장년 남성은 "여자가 오버한다"며 가해자 편을 들었고 결국 피해 여성만 퇴사했다. 이런 과거가 있었다는 걸 알게 된 원팡은 야징에게 자신이 도와주겠다며 상부에 이 일을 고발하자고 한다. 하지만 야징은 이런 일이 결국 어떻게 처리되는지 안다며 그냥 넘어가겠다고 말한다. 이후 오히려 가해자의 상사가 원팡에게, 장야징의 (성희롱 당시 정당방위로 한) 가해자 손목 꺾기에 대해 따지러 온다. 원팡이 가해자의 성희롱에 장야징이 대응한 거라고 하자 가해자의 상사는 갑자기 가해자가 젊은 여직원과 잘 어울릴 줄 몰라서 그런 거라는 둥 변명 아닌 변명만 늘어놓는다. 하지만 원팡은 그런 변명을 단호히 거절하고, "이런 일은 처벌되는 게 마땅한 것"이라며, 팀 내에서 징계 처리를 안 하면 상부에 고발하겠다고 한다. 그러자 가해 남성의 상사는 "중요한 대선 기간인데 시끄럽게 하지 말자. 내가 밥 사면서 사과하겠다"며 사건을 무마하려고 한다. 원팡은 타협하지 않고 다시 한번 정확하게 말한다. "'큰일이 먼저'라는 말 나도 많이 들었다. 하지만 그렇게 이기는 게 무슨 소용이냐. 난 내 동료의 안전을 보장해주고 싶다"고. 이렇게까지 얘기했지만 가해 남성의 상사는 오히려 화를 내며 증거가 있을 때 다시 얘기하자고 가버린다. 이날 밤, 원팡은 야징에게 전화를 건다.

우리 그냥 이렇게 넘어가지 말아요. 나도 예전에 우리 시스템이 가진 문제들을 얘기했지만 아무도 도와주지 않았어요. 단 한 명도요. 하지만 야징의 일엔 내가 도와주고 싶어요. 그러니까 그냥 이렇게 넘어가지 말자고요. 세상엔 이렇게 그냥 넘어가면 안 될 일들이 많아요. 그냥 넘어간다면 사람들이 천천히 죽게 될 거예요. 죽을 거라고요. 야징씨, 울지 마요. 내가 옆에 있을 거예요.

원팡이 야징 옆에 서는 여자가 되기로 한 건 자기 경험과 관련이 있다. 과거 선거에 출마했을 때 크나큰 상처를 입었기 때문이다. 어느 날 선거 활동을 마치고 원팡이 건물 밖으로 나왔을 때, 원팡의 파트너가 차와 함께 대기 중이다가 원팡을 안아주고, 둘은 키스한다(사실 찐한 프렌치 키스도 아니고 그냥 입술 뽀뽀 정도였다⋯⋯). 그때 그 모습을 본 원팡 선거 캠프 내 활동가/지지자(하필 또 중장년 남성)가 동성애 혐오 발언을 내뱉는다. "네가 이러면 안 된다. 오빠도 죽어서 대를 이을 사람도 없는데, 아버지한테 불효하면 안 된다"라며 원팡에게 막말을 퍼붓고, 원팡의 파트너에게 "동성애자는 꺼져"라며 폭력을 휘두른다. 참다못한 원팡이 남성을 밀쳤는데, 하필 그때 그 남성의 자녀가 나타나 원팡에게 폭력을 행사하는 정치인이라며 비난을 쏟아낸다. 혐오 발언과 폭력 때문에 흥분한 원팡의 모습을 영상으로 찍기도 한다. 이후 원팡의 아버지는 가해자를 불러 사과에 위로금까지 전달하며 원팡의 '철없음'을 지적한다. 원팡은 사과할 순 있지만 나도 사과받아야겠다고 한다. 그 순간까지도 가해자는 "정말 대가 끊길까봐 걱정하는 거"라는 막말을 해대지만 원팡의 아버지는 그에 대해 전혀 반응하지 않고 원팡에게 "지금은 선거철이다. '큰일이 먼저'"라고 강조한다. 당선되고 싶으면 일단 사과하라고.

원팡은 그 일을 결코 잊을 수 없었다. 선거에서는 낙선하고 '폭력 의원'이라는 낙인까지 얻었다. 하지만 그것보다 아무도 자신의 편에 서지 않았던 것, 그놈의 '큰일이 먼저'라는 말이 반복되는 순간들이 더 괴로웠다. 원팡을 슬프게 한 건 혐오 발언이 아니라, 아무도 자신의 편이 되어주지 않는 것이었다. 슬픔과 분노, 억울함을 모두 혼자 삭여야 했던 원팡은 야징의 이야기를 들었을 때 그 감정들을 떠올렸다. 원팡은 혼자선 할 수 있는 게 없다고 포기하는 야징의 마음을 충분히 이해하고 있었다. 그렇기에 원팡은 야징에게 자신은 가지지 못했던, 옆에 서는 사람이 되어주기로 한다. 기꺼이 연대자가 되기로, 이 일에 연루되기로 한 것이다.

원팡은 "너만 참으면/가만히 있으면/그냥 넘어가면 돼"라는 말을 들었다. 너만 희생하면 다 괜찮을 거라고. 한편 또 누군가는 "나만 아니면 돼"라고 외친다. 나만 괜찮으면 너넨 다 희생해도 된다고. 이렇게 너와 나만 혹은 너와 같은 사람과 나와 같은 사람만을 이야기하면 '우리'는 사라진다. 서로 연결될 일이 사라지는 거다.

　하지만 곰곰이 생각해보자. 나라는 한 사람조차도 여러 정체성이 연결, 중첩되어 있다. 그냥 여성이기만 한 게 아니라 퀴어/성소수자 여성이기도 하고, 글쓰기 노동을 하는 여성 노동자이며 (이 기준은 늘 애매하지만) '청년' 여성이기도 하고, 비장애 여성, 대졸 여성이기도 하지만 지방대 출신 여성이기도 하고, 지역 출신 수도권 거주 여성이기도 하다. 또한 어떤 정체성은 고정적이지 않고 변하기도 한다. 예를 들어, 지역에 따라 최저시급을 다르게 하자는 법안을 통과시킨다고 할 때, 지금의 난 서울에 사니까 "나만 아니면 돼" 태도로 관심 갖지 않을 수 있다. 하지만 인생이 어디 내 뜻대로만 되는가. 특히 지금처럼 어마어마한 집값이 계속되거나 더 오르면 내 의지와 상관없이 서울을 떠나 다른 지역으로 가야 할 수도 있다. 그런데 어라? 지역에 가면 돈을 덜 벌 수밖에 없는 구조다? 그때 생각하겠지, ×됐다. 장애인 이동권도 그렇다. 지금의 나에겐 너무 무관한 일이라 여겨질 수 있지만, 보건복지부의 실태조사에 따르면 장애인 중 88.1퍼센트가 후천적 장애로, 그 원인의 56퍼센트가 질병, 32.1퍼센트가 사고다. 어느 날 갑자기 나도 휠체어 이용자가 될 수 있다. 이건 저주가 아니라 그냥 삶이다.

이걸 저주로 만드는 건 장애인 이동권을 보장하라고 외치는 이들에게 오히려 폭력을 행사하는 이 사회의 꼬락서니일 뿐.

쉽게 '너만, 나만'이라고 말하지만 사실 그 너만과 나만조차 무 자르듯이 깨끗하게 나눠지지 않는다. 이 사회는 복잡하고 다양한 연결들로 이뤄져 있고, 심지어 우린 그 안에서 고정되지 않고 이동하기도 한다. 피해자였던 원팡이 연대자가 되는 것처럼.

원팡은 야징의 일을 그냥 넘어갈 수 있었다. "나만 아니면 돼"라며, 소위 '시끄럽고 피곤한' 일이 될 일을 충분히 피할 수 있었지만 그러지 않았다. 오히려 '나 그거 뭔지 알아. 그러니까 내가 옆에 있어 줄게. 내가 함께해줄게'라고 나선다. 하아, 이 뽐 어쩜 좋은가. 정말 멋.짐. 그 자체다. 나도 크면 원팡이 되고 싶다는 말이 절로 나온다. 아니다, 이젠 '언젠가 저런 사람이 돼야지'가 아니라 원팡 같은 사람이 돼야 할 때다. 원팡에게 여자 사랑을 한 수 배웠다.

사랑, 없어도 되더라

〈사랑할 수 없는 두 사람〉 사쿠코

성소수자, 퀴어 어쩌고 등으로 자주 묶이는 '우리들'이지만, 그 안엔 정말 다양한 성별정체성과 성적 지향을 가진 사람들이 있다. 당연히 서로를 잘 모르기도 하고, 알고 난 후에도 잘 이해하지 못할 때도 있다. 나 또한 오랫동안 무성애자의 존재를 몰랐고 무성애자도 성소수자 안에 포함된다는 것도 몰랐다(말했죠? 본 디스 웨이지만, 또 본 디스 웨이가 다가 아니라고. 배워야 아는 것도 있답니다). '무성애자는 연애하지 않는 사람이라더라'라는 이야길 어디서 듣긴 했지만 크게 관심을 가지지 않았다. 이쪽 사람들이 모이는 자리엔 자연스럽게 애인 유무를 묻는 등 연애 이야기가 중심이 되는 일이 많았고, 그걸 당연하게 여겼다. 모두가 당연히, 누군갈 만나 로맨틱한 감정을 나누고, 스킨십을 하고, 키스하고, 섹스하고 싶어 한다고 생각했다. 내가 평생 봐온 많은 이야기에서 그랬으니까(물론 그 이야기에선 여자와 남자가 사랑에 빠지지만). 운명의 누군가와 달콤한 사랑에 빠지는 건 가장 큰 행복이라고 온 세상이 말해왔으니까 말이다. 난 그걸 의심하지 않고 신봉했다. 그리고 지지리 궁상맞은 실패담을 쌓아가면서도 연애에 매달리는 파워 유성애자로 성장했다. 그런 나에게 무성애자들의 '끌림 없음'은 다소 신기하게 느껴졌고, 그것에 대해 자세히 알려고 하지 않았으니 당연히 오해와 편견만 있었다.

다행인 건, 퀴어 커뮤니티에서 함께 살아가기 위해선 항상 열린 마음으로 나를 업데이트해야 한다는 걸 배웠다는 거다. 그러면서 무성애자에 관한 공부도 조금씩 하게 됐다. 에이섹슈얼Asexual과 에이로맨틱Aromantic의 차이도, 무성애자의 스펙트럼에 대해서도 알게 됐다. "나 연애 오래 쉬었는데 이 정도면 무성애자 아니냐?"라는 유해한 농담을 하는 사람이 되지 않기 위해서 머리에 힘 빡 주고자 노력했고, 무성애자로 커밍아웃하는 이들과 만나는 일도 늘어났다. 가까운 친구 또한 무성애 스펙트럼의 레즈비언으로 재차 커밍아웃하는 일도 있었다. 그런 즈음, 사쿠코도 만나게 됐다.

코다마 사쿠코는 일본 공영방송 NHK에서 2022년 1월부터 3월까지 방영된 일본 드라마 〈사랑할 수 없는 두 사람恋せぬふたり〉의 주인공이다. 사쿠코는 또 다른 주인공인 사토루를 만나 자신의 무성애자 정체성을 깨닫고, 사토루와 연애 관계 아닌 돌봄 관계를 맺으며 자신만의 삶을 개척해나간다. 성소수자, 무성애자가 뭔지도 모르던 사쿠코는 자기 자신이 누구인지 알게 된 후 또 다른 무성애자 동지와 함께, 세상이 아직 이름 붙일 준비가 안 된 가족을 만들어나간다. 사쿠코의 이야기는 무성애자가 아닌 나에게도 큰 자극이었다. 무엇보다 사쿠코를 통해, 이 사회 속에서 무성애자들이 경험하는 차별과 배제를 깨달을 수 있었고, 내가 갖고 있던 편견에 대해서도 반성하게 됐다. 나를 지배하고 있던 유성애 중심 사고에 대해서도.

사쿠코는 마루마루 슈퍼 영업기획부에서 일하는 20대 여성이다. 20대, 흔히 사람들이 말하는 '가장 좋을 청춘'. 여기서 '좋다'는 말에는 '연애하기 좋다'는 의미가 함축되어 있다. 아동·청소년일 땐 금기되던 연애가 20대가 되면 갑자기 '꼭 해야 하는 것'으로 변모한다. 20대나 됐는데 연애도 안 하고 있으면 '모쏠'(다들 알겠지만 더 심한 말들도 많다) 등의 꼬리표가 따라붙고, '비정상', '문제 있는 사람'으로 여겨지기 시작한다. 또래 집단과 많은 시간을 보내게 되는 대학과 같은 공간에 진입한 이들은 연애에 대해 또래로부터의 압박을 받는다.

나도 마찬가지였다. 대학에 갔을 때 디나이얼이었던 난 갈팡질팡 상태였다. 연애, 더 정확하게 말하자면 이성애 연애에 대한 압박은 점점 나를 도망갈 수 없는 코너로 몰아갔다. 세상이 이렇게 이성애 연애를 외치는데 한번 해봐야 하는 거 아닐까? 백마 탄 왕자를 만나면 인생이 행복으로 가득해진다는데 이성애라는 거 어쩌면 내 생각보다 괜찮을 수 있지 않을까? 그간 내가 생각하고 느꼈던 것들, 내 감정과 경험을 무시하고 의심하게 됐고 결국 백기를 들었다. 그 또한 내 결정이긴 했지만 오롯이 내 결정이라고만 할 순 없다고 생각한다. 사회의 기준이나 기대에 맞춰 어떤 걸 수행하지 않고 다른 길을 간다는 건 무척 어려운 일이니까. 지금 생각해보면 그렇게 백기를 든 것도 비참했지만 더 비참했던 건 애먼 시간과 감정들을 쏟아붓고 나서야 결국 내가 맞았다는 걸 깨달았다는 거다. 나 또한 나를 믿지 못했다는 것. 그게 참 슬프고 억울했다.

사랑이나 연애에 딱히 관심 없이 일에 열중하던 사쿠코는 후배가 기획한 캠페인 현장 상황을 확인하러 간 슈퍼에서 사토루를 처음 만나게 된다. 사랑을 주제로 한 기획 캠페인을 칭찬하던 부장이 "사랑하지 않는 사람 같은 건 없으니까 말이야"라고 말했을 때, 슈퍼에서 야채 판매 담당 직원으로 일하고 있던 사토루는 그냥 지나치지 않고 말을 보탠다. "있다고 생각해요. 사랑을 하지 않는 사람이요." 옆에서 그 말을 들은 사쿠코는 눈을 반짝인다. 사토루에게 관심을 갖게 된 거다. '이성적 호감'이 아닌 정말 그냥 관심. '그런 생각, 나만 하는 거 아니었어? 너도 혹시 나랑 비슷한 생각을 하는 거니?' 하는 생각에서 비롯된 들뜬 관심이었지만, 이를 옆에서 지켜보던 회사 후배는 별안간 사쿠코에게 화를 낸다. 어떻게 자기한테 이럴 수 있냐고, 선배도 나 좋아하는 거 아니었냐고 말이다. 사쿠코는 후배가 왜 그런 생각을 하게 됐는지 도통 알 수가 없다. 같이 학창 시절을 보낸 동성 친구인 치즈루에게 상담해보지만, 치즈루 또한 네가 그런 거에 좀 둔감해서 그렇다고 할 뿐이다. 이 사회는 자꾸 사쿠코에게 '네가 잘못된 것'이라고 한다.

기시감이 들 정도로 너무나 익숙한 장면이었다. 이성인 누군가에게 그저 인간으로서의 친절을 베푼 것뿐인데,

네가 나와 다른 성별이어서가 아니라 계속 낯선 사람으로 대할 수 없어서 조금 친한 척한 것뿐인데 그 모든 게 '이성적 호감'으로 받아들여지는 상황. 그리고 그 착각을 착각이라 인정하지 못해서 오히려 화를 내거나 이상한 사람으로 만드는 일 말이다. 난 계속 사쿠코의 이야기에 공감이 됐다.

원가족과의 삶에서 벗어나 친구 치즈루와 동거하려고 했던 일이 불발되고, 그 일로 다시 한번 연애에 관심 없는 자신의 '문제'를 자각하고 자기 탓을 하던 사쿠코는 인터넷에서 "연애하지 않는다, 모르겠다, 이상하다"를 검색한다. 그러다 '날개빛 양배추의 에이로 일기'라는 블로그에서 이런 글귀를 발견한다.

에이로(에이로맨틱) 에이섹(에이섹슈얼)의 지식과
관계없이, 연애하지 않으면 이상하다고 말하는 쪽이
이상하다. 연애하지 않는 것은 이상하지 않다.

사쿠코는 바로 이 블로그에 빠져든다. 마침내 자신의 이야기를 찾게 된 거다. 그러던 중 슈퍼에서 다시 사토루와 재회한 사쿠코는 자신이 탐독하는 블로그의 '날개빛 양배

추'가 사토루라는 걸 알아차리게 된다. 에이섹슈얼, 에이로 맨틱으로 이제 막 정체화하기 시작한 사쿠코와 에이섹슈얼, 에이로맨틱으로 정체화한 후 오랜 시간을 보내온 사토루는 함께 '(임시)가족'이 되어보기로 한다.

낯선 두 사람이 갑자기 가족이 된다는 게 황당할 순 있지만(사실 더 어이없는 이성애 이야기도 많으니 여기에 태클 걸지 말자) 둘에겐 서로가 필요한 이유가 있었다. 외롭고 싶지 않다는 것도 중요한 부분이었다. 무성애자에 대한 큰 오해 중 하나는 무성애자는 연애 혹은 섹스에 끌림이 없으니까 혼자 지내는 걸 선호할 것이라는 생각이다. 타인에 대해 성적 끌림, 로맨틱 끌림이 없거나 혹은 드물게 있다고 해서 외로움을 타지 않는다는 건 아니다. 사쿠코는 자신을 타인에게 성적 끌림이나 로맨틱 끌림이 없는 에이섹슈얼, 에이로맨틱으로 정체화하면서도 앞으로 외로워지는 것이 두려워 아직 이 삶을 살아갈 '각오'를 하지 못했다고 사토루에게 털어놓는다. 이런 사쿠코에게 사토루는 어떻게 살아가야 하는지는 자신도 답을 알지 못하지만, '외롭고 싶지 않다'는 생각이 잘못된 것은 아니라고, 그 감정에 솔직해도 된다고 전한다. 그렇게 서로의 생각과 감정을 보여주기 시작한 두 사람은 '(임시)가족'으로서의 삶을 시작한다.

물론 사쿠코와 사토루의 '(임시)가족'으로서의 삶은 생각대로 굴러가지 않는다. 지금 사회에서 혈연이 아닌 20대와 30대 이성이 한집에 산다는 건 '이성애 커플/부부'로밖에 해석되지 않는다. 사쿠코의 가족들도 사토루를 남자친구로 생각했고, 둘은 이들 앞에서 '이성애 커플'을 연기해야 했다. 적당히 연기하면 될 걸로 생각했지만 가족들은 집요하게, 결혼해서 행복해지는 '보통의' '평범한' 삶을 언급했고, 사쿠코는 결국 참지 못하고 커밍아웃한다. "왜 이렇게 거짓말을 해야 하나. 더 이상 소중한 사람들 앞에서 답답해지는 건 싫다"고. 가족들의 반응은 엉망이었다. 사쿠코의 동생은 "왜 그런 말을 해서 우릴 곤란하게 만드냐"라며 사쿠코를 탓했고, 엄마는 "그렇게 남녀 둘이 같이 살다 보면 연애 감정도 싹트고 그런 거 아니냐"라며 사쿠코의 성정체성을 전혀 이해하지 못하는 말들을 늘어놓았다. "연애 감정이 없는 남녀가 가족이 될 이유가 있냐"는 사쿠코 엄마의 말은 나에게도 비수로 꽂히는 기분이었다. '와, 이성애중심주의만 해로운 줄 알았더니 유성애중심주의도 지독하네.'

그래서 사쿠코의 '(임시)가족'은 성공하느냐고? 어떻게 보느냐에 따라 달라질 수 있겠지만, 질문 자체를 바꾸고 싶기도 하다. 왜 새로운 도전은 늘 성공해야 하느냐고. 사토루의 말처럼 '그냥 이런 사람이 있구나. 이런 삶이 있구나' 하고 생각하면 안 되는 걸까? 새로운 길이, 다른 길이 있다는 걸 보여준 것만으로도 충분히 가치 있는 일은 아닐까? 나 또한 사쿠코의 '(임시)가족'이 어떻게든 해피엔딩을 맞이하길 바랐지만, 사실 곰곰이 생각해보면 어떤 모습이 그들의 해피엔딩인지 상상하기 어려웠다. 그동안 내가 비틀어 상상해온 해피엔딩은 백마 탄 왕자와 하얀 드레스를 입은 공주의 키스가 아닌 멋진 수트 입은 두 공주 혹은 매혹적인 드레스를 입은 두 공주의 키스였을 뿐, 어쨌든 두 사람의 키스로 끝나는 형태였기 때문이다. 퀴어로 열심히 살아왔다고 생각했건만 나 또한 '정상성'의 껍질을 더 많이 벗겨내야 한다는 걸 깨닫는 순간이었다. (아, 자존심 상해. 하지만 이 스크래치로 나의 퀴어함은 더 넓어질 테다.)

사쿠코는 그렇게 나에게 새로운 길을 보여줬다. 그는 유성애자로서의 삶에 일말의 의심도 없던 나를 뒤흔들었고, 그의 이야기에 같이 흔들릴 수 있어 다행이라고 생각했다. 난 꼿꼿한straight(스트레이트, 이 단어엔 이성애자라는 의미도 있다) 사람은 아니니까. 새로운 길을 발견했다는 건 얼마나 즐거운 일인가! 아, 정말 퀴어라서 행복하다.

일본 GL 만화 《만들고 싶은 여자와 먹고 싶은 여자作りた
い女と食べたい女》는 동명의 드라마*로도 만들어질 만큼 인기
를 얻은 작품으로 2024년 4월 현재 일본에서는 5권, 한국
에서는 4권까지 발행됐다. 사랑 그거 꼭 해야 하느냐는 이
야길 하다 GL 만화 이야기라니 방향이 이상하게 튄다 싶
겠지만, 《만들고 싶은 여자와 먹고 싶은 여자》의 두 주인
공 카스가와 노모토는 모두 무성애자 스펙트럼에 있는 레
즈비언이다. 잠시만, 동성인 여성에게 끌림이 있는데 무성
애자라는 말은 무슨 말이지 싶은 사람도 있겠지만 있습니
다, 무성애자인 레즈비언. 《만들고 싶은 여자와 먹고 싶은
여자》 속 노모토의 SNS 친구에서 퀴어 친구가 되는 야코
가 그렇다. 야코는 분명 여성에게 로맨틱한 끌림을 느끼지
만 성적인 끌림은 느끼지 않는 무성애자 레즈비언이다. 또
한 유자키 사카오미 작가가 밝힌 바에 따르면 카스가는 데
미로맨틱(강한 유대감이 있는 사람에게만 로맨틱 끌림을 느끼는
사람), 노모토는 데미섹슈얼(강한 유대감이 있는 사람에게만

---

*   동명의 드라마가 일본 NHK 심야 드라마로 2022년 11월 첫 방영, 이후
2024년 1월부터 시즌 2가 방영됐다. 한국에서도 5월부터 VOD 서비스가 시작된
다는 즐거운 소식!

성적 끌림을 느끼는 사람)로, 이는 모두 무성애자 스펙트럼에 있는 정체성이다.[*] 만화를 보면 알겠지만, 카스가와 노모토의 관계는 천천히 차곡차곡 쌓아올려지는데 이는 이들이 실제로 서로에게 끌림을 느끼는 데 필요한 시간이기도 하다. 이런 연애라면 지루한 거 아니야 할지도 모르지만 정말 크나큰 착각이니 부디부디 이 만화를 꼭 읽어주길 바란다. 개인적으론 '퀴어 페미 GL 만화'(엄청 대박 좋다는 이야기)로 대대적으로 홍보하고 싶은 작품이기도 하다.

유자키 사카오미 작가는 너무나 훌륭한 창작자로, 3권이 발매된 후 일본의 동성혼 법제화를 위해 활동 중인 '공익사단법인 메리지포올재팬Marriage for All Japan-결혼의 자유를 모두에게'를 후원하기 위한 굿즈를 판매하고 그 수익을 기부하는 프로젝트도 진행했다. 프로젝트를 시작하며 그는 이렇게 말했다.

"정말 많은 GL·BL 콘텐츠, 동성 연애물이 존재하는 나라에서 동성혼이 법제화되지 않았다는 사실이 늘 이상했습니다. 픽션에선 자유를 그리고 있지만 현실에서 성소

---

[*] 유자키 사카오미 작가의 2024년 2월 22일 트위터(현 X) 게시글. https://twitter.com/thakaome_uzzaki/status/1760498083203629515?s=12&t=JAThZRFTVlPVFqzcTNSqmg

수자들의 권리는 제한되고 있습니다. 픽션을 즐기는 사람들도 이런 상황을 알았으면 좋겠습니다. 동성애 이야기를 그리는 사람으로서 '뭔가 할 수 있는 일이 없을까' 생각하던 중 기획한 것이 이번 후원 프로젝트입니다. 좋아하는 사람과 있어도 좋고, 혼자 있어도 좋은, 누구나 희망하는 미래를 선택할 수 있는 사회가 되었으면 합니다. 그 현실로 가는 한 발을 함께 내딛지 않겠습니까?**

***

** 만들고 싶은 여자와 먹고 싶은 여자 공식 사이트 게시글 '후원 프로젝트 시작!', 2022.11.15. https://product.kadokawa.co.jp/tsuku_tabe/charity.html

퀴어들 좀 낚지 맙시다[*]

이 책에선 소위 '찐' 퀴어 서사로 분류될 수 있는 이야기만 하다보니 그동안 내가 무수히 당해왔던 퀴어베이팅을 이야기할 기회가 없었다. 그냥 넘어갈까 싶었지만 한번 한풀이는 해야겠다 싶어서 이 코너를 활용해본다.

퀴어베이팅이 무엇인지 모르는 행운의 사람(그러니까 이성애자)도 있을 테니 일단 설명부터 해보겠다. 퀴어베이팅은 영어 퀴어와 '미끼'를 뜻하는 베이팅baiting의 합성어로, 직역하자면 '퀴어를 유혹해서 낚는 미끼'라는 의미다. 미끼를 던

---

[*]　이 글의 일부 내용은 다음의 기사를 인용·재편집한 것이다. 박주연, 〈퀴어 시청자들을 낚는 '퀴어베이팅'을 아시나요〉, 《일다》, 2019.8.22. https://ildaro.com/8531

지는 건 무언갈 잡기 위해서 혹은 함정에 빠뜨리기 위해서라는 점에서, 퀴어베이팅도 긍정적 의미보다는 부정적인 의미에 가깝다. 이 퀴어베이팅이 자주 언급되기 시작한 건 꽤 최근인 2010년대부터다. 물론 그 전에도 없진 않았지만 논쟁이 일어날 정도는 아니었다.

그렇다, 퀴어베이팅은 논쟁거리다. 퀴어베이팅은 "미디어에서 서브 텍스트를 통해 퀴어(특히 동성 간 끌림)를 재현하는 듯한 행위를 내비치며 퀴어 시청자들의 관심을 낚지만, 실제로 퀴어 재현을 하는 건 아니어서 '일반 대중의 불편함'이나 동성애 혐오 세력들의 비난은 피하는 방식"이기 때문이다. 이렇게만 말하면 뭔가 어려워 보이는데 간단히 말해서 그냥 '척'만 한다는 이야기다. 특정 캐릭터가 퀴어인 척 혹은 특정 인물들의 관계가 동성애인 척. 소위 브로맨스나 워맨스로 마케팅하는 '남남' 혹은 '여여' 관계의 다수가 바로 이 '척'만 하는 퀴어베이팅이라 볼 수 있다.

동성 간에도 특별한 연대, 흔히 우정이라 부르는 관계가 만들어질 수 있다는 데 전혀 이견은 없다. 다만 그 관계에 왜 굳이 '로맨스'라는 말을 붙이는 걸까? 사실 정확한 의미로 따지면 남자들 간의 로맨스, 여자들 간의 로맨스는 동성애잖아요? 근데 왜 동성애라는 말을 안 쓰고 이상한 용어인 브로맨스, 워맨스 같은 말을 쓰냐는 거다. 이건 완전히 퀴어베이팅이라고밖에 볼 수 없다. 아니면 동성애라는 말을 쓰지 않음으로써 퀴어/성소수자 존재를 삭제하는 '퀴어 지우기'든가.

이런 단어뿐만이 아니다. 영화나 드라마 등에서는 동성 간의 관계를 오묘하게 묘사할 때가 있다. 물론 실제로 사람들은 사랑과 우정을 오가는 감정을 느끼기도 한다. 그것 자체가 퀴어베이팅이라는 건 아니고, 그런 묘한 관계를 계속 보여주면서도 그들이 퀴어가 아니라는 점을 보여주는 게 퀴어베이팅이다.

미국 드라마 〈리졸리 앤 아일스Rizzoli & Isles〉(2010~2017)는 강력계 형사인 리졸리와 검시관인 아일스 두 여성이 주인공으로 이들의 '케미'는 인기를 끄는 핵심이었다. 사실 난 이 드라마가 시작부터, 애초에 퀴어베이팅을 노렸다고 보는 편인데 그 이유는 간단하다. 리졸리와 아일스의 외형과 성격 설정이 너무 티 났기 때문이다. 리졸리의 흑발과 아일스의 금발, 리졸리의 바지 정장과 아일스의 치마, 털털한 성격에 톰보이 같은 리졸리와 여성스럽게 꾸미는 걸 좋아하는 아일스의 조합(리졸리가 머리만 짧았으면 부치로 보기 딱 좋았을 테지만 그랬으면 너무 '레즈비언 같아서' 안 됐을 거다). 사람들이 이 둘을 '쉬핑shipping'(팬들이 어떤 관계를 커플로 미는 것)하는 건 당연한 수순이었다. 제작진은 이런 팬들을 부채질했다. 리졸리와 아일스가 범죄 사건 해결을 핑계로 레즈비언 커플로 위장하는 일도 있었고, 이 둘이 연인으로 오해받는 상황도 몇 번이나 등장했다. "여-남 관계라면 연애 관계로 읽힐 수밖에 없는 묘사도 한두 개가 아니었다. (함께 사는 사이도 아닌데) 침대 위에 나란히 누워 대화하는 장면은 팬들에게 익숙해질 정도"였다. 물론 이런 떡밥이 늘 별로였던 건 아니다. 나를 포함한 많은 팬들은 이런 떡밥을 분명 즐겼다. 그럼 괜찮은 거 아니냐고 하겠지만 문제는 이런 떡밥과 별개로 "칼같은 선 긋기"가 분명했다는 거다. "리졸리와 아일스에겐 잊을 만하면 남성 파트너가 주어졌고, 큰 비중을 차지하지 못했다 하더라도 그들의 '이성애 연애'는 늘 배당된 부분"이었다. 리졸리와 아일스는 퀴어인 척 하면서도 늘 퀴어가 아닐 가능성을 드러냈다.

2019년 국내 tvN에서 방영된 드라마 〈검색어를 입력하세요 WWW〉도 비슷했다. 이 작품의 주인공 가경, 차현, 타미는 삼각관계라 불러도 손색없을 정도로 묘한 관계를 드러냈다. 와인바 앞을 지나가던 자전거에 부딪힐 뻔한 가경을 차현이 한 팔로 끌어당겨 안으며 구해주는 장면, 차현과 가경의 과거 학창 시절 장면, 가경, 차현, 타미가 모여 긴장감을 조성하는 장면 등 '아니, 저건(동성애 아냐)?'이라고 생각할 만큼 아주 묘한 장면이 많았다. 이들이 뿌리는 떡밥을 물론 잘 먹었지만 결국 이 세 여성 모두에게 빠지지 않고 남성 파트너가 주어졌을 때 다시 한번 되뇔 수밖에 없었다. 아, 또 당했네.

이쯤 되면 이렇게 퀴어 농락하는 퀴어베이팅을 대체 왜 하는가 하는 질문도 떠오를 텐데 그 답은 간단하다. 그게 장사가 되고, 돈이 되기 때문이다. 한국처럼 아직 퀴어/성소수자 가시화가 더디고(물론 최근 몇 년간 급격하게 바뀌고 있다고 본다) 성소수자 인권 보장도 안 되는 나라에서 보기엔 '뭔 말이야?' 싶겠지만, 전 세계 평균으로 봤을 때 성소수자 인구 비율(대략 5~10퍼센트)은 결코 적은 숫자가 아니다. 더구나 연령이 낮을수록 그 비율은 더 높다. (자본주의 관점에서 이야기하고 싶지 않지만) '핑크머니pink money'(성소수자의 구매력)는 꽤 핫한 시장으로 여겨진다. 성소수자의 소비력, 자산 등을 조사·연구하는 LGBT 캐피털LGBT Capital의 발표에 따르면 전 세계 비청소년 성소수자의 구매력은 약 4조 7천억 달러에 달한다고 하니,* 많은 기업과 산업이 이 핑크머니를 노릴 만하다. 국내 기업인 삼성과 현대도 미국 시장에선 '자긍심의 달pride month'**에 함께하며 '성소수자 친화적인' 이미지를 알린다는 사실. (놀랍나요? 나는 속이 무척 쓰립니다.)

---

* LGBT 캐피털 홈페이지(https://www.lgbt-capital.com)에서 2024년 발표한 LGBT 시장 통계를 참고.

** 미국의 스톤월항쟁이 있었던 6월은 세계 각국에서 성소수자의 자긍심을 고취하는 달로, 프라이드 퍼레이드가 열리기도 하는 등 여러 행사가 진행된다. 많은 기업이 이 시기에 프라이드 프로모션 등 성소수자 인권 관련 마케팅을 한다.

미디어 산업에서 퀴어베이팅을 하는 이유도 마찬가지다. 더구나 퀴어 팬덤은 충성도가 높다. 그도 그럴 것이 퀴어 서사가 여전히 많지 않은 탓에 떡밥을 기다리는 팬들이 늘 있고, 그 떡밥이 제대로다 싶으면 아주 열정적으로 달려들기 때문이다. 이런 팬들을 노리고 싶은 것도 이해는 가지만, 이제 좀 적당히 해줬으면 좋겠다. 과거엔 대놓고 퀴어 서사를 다루기 어려워서, (퀴어 혐오자들이 뭐라고 할까봐, 심의에 걸릴까봐 등등) 부담스러워서 은근슬쩍 교묘하게 퀴어 서사를 집어넣는 방식을 쓸 수밖에 없었다지만 이젠 그런 시대도 아니지 않은가? 아, 한국은 아직 아니라고? 아니 그러면 적어도 이성애 파트너 좀 꼬박꼬박 넣지 말라고요. 그것만 안 하면 알아서 (떡밥 잘 요리해서) 먹을게요. 이 덕후, 간곡히 부탁합니다. 제발 퀴어베이팅 좀 그만합시다.

우리에겐
이 여자들도
있었어

앞선 이야기들이 여자 사랑꾼으로서의 자랑과
허세였다면, 지금부터 할 이야기는 '여자들을
사랑한다!'고 외쳤던 나조차 사실은 좋아하지 못했던
여자들에 대한 이야기다. 오랫동안 착각에 빠져
있었는데, 내가 모든 여자를 사랑한 건 아니었다.
어떤 여자들은 미워하고, 무시하고, 거리를 두며 선을
그었다. 그렇게 묻어뒀던 여자들의 이야기를 해보려고
한다. 이건 나 또한 가부장제 이성애중심주의,
여성혐오, '정상성'의 영향에서 완전히 벗어나지
못했다는 고백이기도 하다.

운동하는 여자

〈그들만의 리그〉 카슨, 맥스

운동하는 여자? 지금은 너무 좋다고 호들갑 떨며 말할 수 있지만 사실 아주 오랫동안 나에게 운동하는 여자는 좀 '이상한' 사람들이었다. 거기엔 사연이 있다. 타고나길 몸치로 태어난 난 어렸을 때부터 운동과는 거리가 멀었다. 밖에서 뛰어놀기보다 집에서 책을 읽고 퍼즐을 맞추고 레고를 조립하는 걸 더 선호하는 그런 아이였다. 그렇다고 운동에 소질이 없다는 생각은 없었는데, 학교 체육시간이 점점 나의 운동 못함을 확인시켜주었다. 특히 초등학교 운동회는 그것이 적나라하게 드러나는 시간이었다. 많은 사람이 모인 자리에서 달리기부터 꼴등을 담당하게 되자 자존심은 바닥을 쳤다. 그래서 한번은 운동회가 다가오기 전 며칠 동안 학교 운동장에서 달리기 연습을 했다. 이미 운동을 좋아하지 않게 된 나로선 꽤 의지를 발휘한 순간이었다. 하지만 뱁새가 황새를 따라가면 다리가 찢어진다고 했던가? 무턱대고 강행한 달리기 연습은 발목 인대 부상이라는 결과만 낳았다. 그해 운동회에서 나는 깁스를 한 채 열심히 뛰는 친구들을 바라만 봤지만, 그것을 내 운명으로 받아들였다. 그렇게 운동에게 안녕을 고했다. 일방적이지만 미련도 없었으므로 꽤 깔끔한 이별이었다. 거기다 그 누구도 나한테 뭐라고 하질 않았다. 운동을 포기한 '여자애'쯤이야 보통이라는 듯이.

이후론 운동과 멀어지기가 더 쉬웠다. 여중, 여고에 진학한 나에게 체육시간은 점점 더 중요치 않아졌다. 그건 다른 여자애들도 마찬가지였고, 학교나 이 사회에게도 마찬가지였다. 체육시간은 대개 형식적인 걸로 간주되었고, 물론 성적 때문에 체육 또한 신경쓰는 친구들도 있었지만 다른 과목들에 비하면 그 비중은 아주 적었다. 학년이 올라갈수록 체육은 점점 더 멀어지는 과목이었다. 고작 했던 운동이라곤 등하굣길 걷기와 가끔 하던 산책 정도였을까? 그러니 내 체력장은 여전히 최하위 수준이었다.

그렇게 운동 없는 청소년기를 보내고 났더니 갑자기 운동을 해야 한다는 압박이 들어오기 시작했다. 정확하게 말하자면, 살을 빼기 위한 운동. 일단 공부만 잘하면 된다더니 (물론 중간중간 살이 너무 찌면 안 된다는 소리가 빠지지 않긴 했다) 이젠 운동 좀 해서 살을 빼라는 소리가 정말 귀에 딱지 앉도록 들려왔다. 그렇게 허둥지둥, 러닝머신 뛰는 헬스도 했다가 요가도 했다가 했으니 그게 재미있었을 리가. 그때의 운동은 살을 빼야 한다는 의무감에 짓눌려 몸뚱이를 움직이는 행위의 반복일 뿐이었다. 운동은 어째서 나에게 이런 시련만 주는 것일까? 이렇게 운동이 싫었으니 운동하는 여자가 좋았을 리 없다. 왜, 어떻게 운동이 좋을 수가 있지? 운동하는 여자들은 조금 신기한 사람들, 아니 확실히 좀 '이상한' 사람들 같았다.

OTT 플랫폼 아마존 프라임에서 만든 드라마 〈그들만의 리그A League of Their Own〉 (2022)에 나오는 여자들도 그렇다. 1940년대에 '감히' 여자가 야구를 하겠다고 모였으니 다들 상당히 이상할 수밖에 없다. 특히 주인공인 카슨과 맥스는 더 그렇다. 〈그들만의 리그〉는 카슨이 기차를 타기 위해 정말 '미친년'처럼 뛰는 걸로 시작하는데, 출발한 기차를 타겠다는 일념인 카슨은 원피스 상단이 풀어져 브래지어가 다 보이는 것도 모른다. 역무원이 태워줄 수 없다는데도 플랫폼을 질주하며 무작정 짐부터 기차로 던진다. 정말 막무가내로 기차를 탄 카슨은 그제야 정신을 차린다. 도대체 어떤 사연이 카슨을 이리 절박하게 만들었을까? 카슨이 들고 뛰던 짐꾸러미를 유심히 본다면 눈치챌 수 있을 거다. 그 가방에는 야구 배트가 꽂혀 있다. 카슨의 사연은 야구다. 볼 던지고 때리는 그 야구.

　동명의 영화 〈그들만의 리그〉(페니 마샬 감독, 1992)는 1943년부터 1954년까지 운영된 전미여자프로야구연맹 AAGPBL에 소속된 여성 야구팀 중 하나였던 '록퍼드 피치스'의 이야기를 다룬 실화 바탕의 픽션이고, 드라마도 마찬가지다. 〈그들만의 리그〉는 남자 야구선수들이 제2차 세계대전으로 전쟁터에 불려나가 야구장이 비게 되자 그 '대체재'로 만들어진 여자 야구 리그의 이야기다. 카슨은 전쟁에 나간 남편이 집으로 돌아온다고 보낸 편지도 뒤로 한 채, 여자 야구 리그에서 뛰고 싶다는 생각 하나만으로 선수 선발전에 참여한다. 결국 예상보다 높은 경쟁률을 뚫고 팀의 포수로 선발된다.

　이런 카슨만큼이나 야구에 목숨 거는 또 다른 여자는 맥스다. 맥스는 카슨과 달리 백인도 아니고 흑인이다. 참고로 말하자면, 이 이야기의 배경이 되는 1943년은 분리정책 시대The Segregation Era, 1900~1939가 끝난 후이긴 하지만, 시민권운동 시대Civil Rights Era, 1950~1963는 도래하기 전이다. 공식적으로 분리정책이 끝났다 하더라도 그 잔재가 여전히 남아 있는 상황. 그런 환경이었음에도 맥스는 자신의 '한계'를 미리 단정짓지 않았다. 그래서 당당하게 선발전에 참여하려고 하지만, 선발전 담당자인 백인 남성들은 여긴 '전미 All American' 여자 프로야구 리그라며('모든 미국인'은 백인뿐이라고 말하는 이 차별주의자의 당당함에 화가 난다!) '넌 (흑인이라) 안 된다'고 한다. 맥스에겐 공을 던져볼 기회조차 주어지지 않았다. 물론 그럼에도 맥스는 그 자리에서 공을 던져 투수로서의 재능을 보여주며 모두를 놀라게 하지만, 돌아온 건 문전박대뿐이었다.

이 정도로 험한 꼴을 당했으면 포기할 마음도 들 법한데 맥스는 기어코 야구를 할 방법을 찾아낸다. 그건 바로 동네 큰 공장에서 일하는 노동자들의 야구팀이었다. 물론 거긴 남자들밖에 없었다. 또다시 무작정 들이밀기 작전에 나서지만, 이번엔 공장 노동자가 아니어서 거절당한다. 일단 이 공장 노동자가 되어야 한다는데 공장엔 백인 남성, 흑인 남성, 그리고 백인 여성까지만 취업할 수 있단다.

그럼에도 맥스는 포기하지 않았고 결국 취업에 성공한다. 일종의 위장 취업이긴 했지만. 그리고 야구팀을 향해 달려간다.

도대체 야구가 뭐길래 이렇게까지 하고 싶어서 안달인 걸까? 운동하면 도파민이 생성되고 막 너무 신나고 그런 건가? 아니면 힘이 세지는 기분이 들어서 좋은 걸까? 뛰면 바람도 맞고 시원하니까? 운동하는 여자들이 운동에 빠져든 이유, 그 매력을 느껴보지 못했던 나로선 그게 늘 궁금했다. 그리고 한참 후에 알게 됐다. 그 미스터리가 풀리지 않았던 건 나에게 기회가 주어지지 않았기 때문이었다는 걸. 운동을 정말 '해볼' 기회.

생각해보면 누구도 나에게 내가 운동과 어떤 관계를 맺을 수 있을지 알려주지 않았다. 나에게 어느 시기의 운동은 낯설어서 무서운 것이었고, 그 뒤엔 여자애니까 딱히 안 해도 괜찮은 거였다가, 갑자기 여성스럽게 예뻐져야 해서 억지로라도 해야 하는 것으로 변모하기만 할 뿐이었다. 그 과정에서 운동과 제대로 관계를 맺기엔 이미 내 마음도 틀어질 대로 틀어져 있었다. 우린 그렇게 어긋나는 시간을 계속 반복한 거다. 그냥 할 수 있는 거라고, 해도 괜찮은 거라고 했으면 나도 더 빨리 운동을 좋아할 수 있지 않았을까?

왜 아무도 운동으로 만날 수 있는 세계가 굉장히 흥미진진하다는 걸 알려주지 않은 걸까?

카슨이나 맥스 이외에도 〈그들만의 리그〉에 나오는 여러 여자들은 야구를 통해 결혼·임신·출산·육아를 해야 하는 여성이 아니라 우승을 꿈꾸는 선수가 됐고, 비밀을 털어놓고 함께 미래를 그리며 의지하고 돌볼 동료들을 얻었다. 이들을 보고 있으면 이 여자들이 야구에 빠져든 게 전혀 이상하지 않다. 심지어 카슨과 맥스 모두 야구를 통해 자신의 성정체성을 받아들이고, 야구를 하다가 여자친구도 생긴다!* (운동하면 여자친구도 생길 수 있다는 가장 중요한 사실을 왜 아무도 나한테 안 알려줬는가!!!) 이들에게 운동은 하지 말아야 하는 것 혹은 해야 하는 것의 이분법이 아닌

---

* 드라마 〈그들만의 리그〉가 영화 〈그들만의 리그〉와 가장 뚜렷하게 다른 점은 캐릭터들의 성정체성이 드러난다는 점이다. 영화 개봉 당시에도 캐릭터 중 몇몇이 성소수자로 해석되기는 했지만 그것이 직접적으로 영화에서 묘사되지는 않았다. 하지만 2022년 공개된 드라마 버전은 이 부분을 확실히 드러낸다. 이런 변화에 대해 (아주 일부 동성애/퀴어 혐오하는) 팬들이 왜 이 선수들을 퀴어로 만드냐고 불만을 표하기도 했지만 이유는 간단하다. 실제로 성소수자인 선수들이 있었기 때문이다. 당시에 커밍아웃하지 못했을 뿐. 드라마 버전이 공개되던 때, 1948년 페오리아 레드윙스 소속 선수였던 만 95세 메이벨 블레어가 커밍아웃했다는 사실은 그래서 더 의미가 깊다. 95세의 메이벨은 과연 어떤 마음으로 〈그들만의 리그〉를 봤을까? 그걸 생각하면 가슴이 뭉클하다. 〈그들만의 리그〉에 대한 더 자세한 이야기를 알고 싶다면 다음의 기사를 읽으시라. 박주연, 〈재탄생한 '그들만의 리그'와 95세 야구선수의 커밍아웃〉, 《일다》, 2022.8.28.

무한의 세계였다. 자신을 탐구할 수 있는 세계, 삶의 방향을 전환할 수 있는 세계, 열정을 불태울 수 있는 세계, 미래를 앞당길 수 있는 세계.

오랜 시간이 흐른 후, 마침내 난 운동을 즐길 수 있게 됐다. 갑자기 운동의 매력을 알게 된 건 아니고, 〈그들만의 리그〉처럼 운동하는 여자의 매력을 보여주는 콘텐츠들 덕분이었다. 〈노는언니〉(E채널, 2021~2022), 〈골 때리는 그녀들〉(SBS, 2021~), 개그우먼 김민경의 〈시켜서 한다! 오늘부터 운동뚱〉(코미디TV에서 방영 중인 〈맛있는 녀석들〉의 파생 프로그램, 2020~2021). 그리고 2020 도쿄 올림픽에서 끝내주는 모습을 보여준 여자 배구도 빼놓을 수 없다. 내가 조금씩이라도 운동을 하게 된 건 정말 이들 덕분이다.

운동을 하다보니 운동하는 여자들의 고충도 알게 됐다. 난 내 나름의 (슬픈) 이유가 있어서 그들을 '이상하게' 바라봤었는데, 많은 이가 여전히 그들을 '이상하게' 바라본다는 것. 여자들이 운동하면 '다이어트'(='건강'으로 등치하는 큰 착각도 있다) 때문이라 생각하지 운동을 좋아해서라 생각하지 않는다는 것, 적당히 살 빠지는 운동까진 괜찮은데 근육이 생기는 운동은 과하다 생각하는 것 등 괜한 참견이 끊이질 않는다. 아, 쫌. 그냥 할게요!

운동하는 여자들은 나와 대단히 다르다고 생각했지만, 그렇지만은 않더라. 그들도 이 지긋지긋한 차별 사회 안에서 함께 고군분투하며 변화를 만들어가고 있는 동료였다. 그래서 든든하다. 운동하는 여자들이 동료라니 왠지 막 기대고 싶고⋯⋯(흔한 망상 중입니다) 같이 파이팅하고 싶고⋯⋯ 아, 생각만으로 행복하다.

넷플릭스의 다큐멘터리 시리즈 〈압박감을 이겨라: 미국 여자 월드컵팀의 도전Under Pressure: The U.S. Women's World Cup Team〉(2023)과 디즈니플러스의 다큐멘터리 시리즈 〈마틸다즈: 월드컵으로의 여정Matildas: The World at Our Feet〉(2023)은 여자들이 운동하는 이야기에 관심 있는 사람, 특히 여자 축구를 좋아하는 사람이라면 필수 관람작이다. 너무 안타깝게도 한국에선 아직 여자 축구가 대중적 인기를 얻고 있지 못하지만(한국 여자 축구를 응원합시다!), 여자 축구가 상당한 인기를 누리는 나라도 많다. 미국과 호주도 그런 나라들이다. 〈압박감을 이겨라〉와 〈마틸다즈〉는 모두 2023 피파 여자 월드컵을 앞둔 미국과 호주 대표팀의 이야기를 담고 있다.

미국 대표팀은 이미 월드컵에서 우승한 바 있는 명실 상부 챔피언으로, 세 번 연속 월드컵 우승이라는 역사를 쓰기 위한 월드컵을 준비 중이다. 호주 대표팀은 2023 월드컵이 호주-뉴질랜드에서 열리는 만큼, 모국에서 우승컵을 들어올리겠다는 원대한 목표를 향해 달려간다. 두 팀의 이야기는 물론 다르지만 비슷한 이야기도 상당히 많은데, 그 중 하나는 여자 선수가 경험하는 성차별이다. 자신들의 능력을 보여주며 월드컵 우승 혹은 최다 득점 선수라는 타이틀을 거머쥐었음에도, 여자 선수들은 남자 선수들만큼 훌륭하지 않다거나 인기나 명예를 얻을 정도는 아니라고 평가절하당한다. 임금 문제도 마찬가지다. 여자 선수팀이 남자 선수팀보다 더 뛰어난 성적을 보여도 남자 선수보다 적게 번다(이 세상은 능력주의라더니. 어라, 이상하다?). 그렇기에 선수들은 지겹도록 이 문제를 지적하고, (어쩔 수 없이 자신들이 직접) 바꿔나가기 위해 노력한다.

또 다른 공통점은 두 팀 모두 훌륭한 오픈리 퀴어 선수들이 소속되어 있다는 거다. 〈압박감을 이겨라〉엔 국가대표팀에 선발되기 위해 고군분투하는 몇몇 선수들이 나오는데 그중 한 명이 크리스티 메위스다. 크리스티는 〈마틸다즈〉에서 주요 선수로 나오는 호주 국가대표팀 주장 샘

커와 연인 사이다. 샘 커는 호주 여자 축구, 아니 세계 여자 축구 역사상 가장 훌륭한 선수 중 하나로 꼽히는 스트라이커로, 크리스티와 샘은 2021년부터 연애 중이었으며 (두 콘텐츠가 모두 공개된 이후) 2023년 11월 약혼했다.

어디 이뿐인가. 미국 대표팀이 월드컵에서 우승할 때 주장으로 팀을 이끌었던 전설의 선수 메건 라피노도 있다. 2023 월드컵을 앞두고 메건은 이 월드컵을 끝으로 은퇴를 예고해 많은 팬들의 아쉬움을 자아냈다. 메건은 훌륭한 선수일 뿐만 아니라 성소수자 인권, 트랜스젠더의 체육/스포츠 참여, 동일임금 요구, 인종차별 반대 등에 대해서 목소리 내는 데 거리낌 없는 훌륭한 활동가이기도 하다. 이 외에도 더 있지만 (호주팀만 해도 열 명이나 된다) 이쯤에서 그만하겠다. 일일이 거론하자면 이야기가 더 길어지니까. 참고로 2023 피파 여자 월드컵엔 약 백 명의 퀴어/성소수자 선수와 코치가 참여했다고 알려져 있으며, 이는 전체 선수 중 13퍼센트에 해당하는 숫자다.* 커밍아웃하지 못한 선수

---

* Aileen Weintraub, "Fifa 2023 Women's World Cup: 'Good, queer joy' on and off the pitch", *BBC*, 2023.8.18. https://www.bbc.com/worklife/article/20230818-fifa-2023-womens-world-cup-good-queer-joy-on-and-off-the-pitch

들도 있을 테니(특히 아시아나 아프리카 국가 소속 선수들은 아직 쉽지 않을 것이다), 실제론 더 많지 않을까?

그리고 두 콘텐츠 다 출산 후 복귀한 선수들의 이야기를 주요하게 다룬다는 점도 흥미롭다. 여자 선수들에게 임신과 출산은 경력의 끝으로 여겨지곤 했지만 이제는 변화할 때라는 걸 보여준다. 특히 〈마틸다즈〉에는 체외수정 임신으로 비혼 출산한 카트리나 고리가 선수로 복귀하는 모습도 담겨 있는데 훈련에 아이도 함께하는 (한국인인 나에겐 무척) '진귀한' 장면도 나온다. 이렇게 아이와 함께 참여한 선수는 그뿐만이 아니다. 타메카 버트와 그의 파트너인 크리스티(전 뉴질랜드 여자 축구 대표팀 소속)의 아이도 있다. 놀랍다고? 이게 시대의 흐름이다. 그러니까 나의 모국 한국아, 제발 업데이트 좀 하자?

머리 짧은 여자

〈예스 오어 노〉 킴

숏컷, 대체 짧은 머리가 뭐길래. 이 머리 하나 가지고도 참 시끄럽다. 머리카락에 얼마나 큰 의미가 있을 것이며, 의미가 있다고 한들 그게 남을 해치는 무기가 되는 것도 아닌데(오히려 긴 머리라면 머리카락 싸대기라도 날릴 수 있지) 왜 저렇게 난리지 싶을 때가 한두 번이 아니다. 그럴 때마다 고개를 절레절레 저으며 허리에 손을 얹고 '쯧쯧' 하는 나지만, 이제 고해성사를 해야 할 것 같다. 나 또한 오랫동안 머리 짧은 여자들을 미워했음을. 여자들을 남다르게 좋아했던 나에게 머리 짧은 여자들은 (좀처럼 이길 수 없는) 강력한 라이벌이었다. 그렇다, 난 그들을 시기하고 질투했다. 무슨 말이냐고? 어렸을 때부터 난 대체로 '여성스러운'(그냥 머리카락이 길었던) 편이었고, 그렇다는 건 '흔한' 여자애들 무리 중 하나였다는 거다. 반면, 머리 짧은 여자애들은 달랐다. 그들은 늘 튀었고, 그래서 (좋든 싫든) 주목을 받았다. 그리고 이상하게도 여자애들은 걔네를 좋아했다. 물론 때론 남자 흉내를 낸다는 등의 이유로 싫어하기도 했다. 하지만 그 이유로 또 좋아했다. (아, 여자들의 복잡한 심리란.)

태국 영화 〈예스 오어 노Yes or No〉(사라츠와디 웡솜펫 감독, 2010)의 파이는 소위 중산층 가정에서 곱게 자란 '평범한' 여자다. 그런 파이가 대학에서 새로운 룸메이트를 맞이하게 되는데, 그 새 룸메가 머리 짧은 여자, 킴이었다. 잘생긴 킴을 보고 처음엔 남자인 줄 알고 혹했던 파이는 그가 여자라는 사실을 알고 부치/톰tom* 패싱한다. 심지어 초면인 사람한테 짧은 머리, 화장기 없는 얼굴, 캐주얼한 복장, 모든 게 여성스럽지 않다고 구박까지 한다. 그러곤 기숙사 담당 선생님한테 쪼르르 달려가서 저런 남자애 같은 톰이랑은 같이 못 지내겠다고 찡찡거린다. 하지만 선생님은 파

---

* 태국에선 부치를 톰이라고 부른다. 톰은 톰보이(tomboy)를 뜻하기도 한다. 참고로, 팸은 디(dee)라고 한다.

이의 차별적인 발언에 동조하지 않고 네가 변해야 한다고 조언한다. 그렇지만 사람이 어디 그렇게 쉽게 변하던가? 기숙사로 돌아온 파이는 방 안에 진짜로 선을 긋고는 킴과 자신의 공간을 분리한다. 파이는 여전히 여성스럽고 이성애자인 자신과 남성스럽고 동성애자인 킴이 같은 공간에 있어서도 안 되는 존재라는 생각에 사로잡혀 있다. ("아아, 당신은 성차별주의자 게다가 호모포비아~")**

하지만 그런 파이조차도 점점 킴에게 스며들더니 결국 킴을 좋아하게 된다. 그렇게 둘은 커플이 되어 행복한 엔딩을 맞이한다는 게 이 영화의 줄거리다. 그리고 이것이 내가 봐왔던 '머리 짧은 여자의 마법'이다. 내가 좋아했던 여자애들 다수는 물론 남자를 좋아했지만, 그중 몇몇은 짧은 머리 여자애를 좋아했다. 교복 치마 대신 체육복 바지를 입고 다니던 애들. 내가 보기엔 그냥 남자애들을 흉내 내는 어설픈 모습이었는데 그게 여자애들의 사랑을 받았다. 내가 원했던 그 사랑을 말이다. 이러니 질투가 안 날 수가 있나. 결국 여자들의 사랑을 얻으려면 어떻게든 남자 같은,

---

** 싱어송라이터이자 작가이자 영화감독인 신승은의 노래 〈당신은〉의 가사 중 일부다.

남자 비스무리한 무언가가 되어야만 하는 건가 싶은 생각
이 들었다. 그래서 슬펐다. 난 그렇게 될 수 없다고 생각했
고 그렇게 되고 싶지도 않았으니까. 나한텐 아무래도 그 마
법이 없다는 사실이 왠지 억울했다. 그래서 미웠다.

　이쪽 커뮤니티에 나가서 보니 그런 사람들을 '부치'라
고 부른다는 걸 알게 됐다. 처음엔 머리 짧고, 화장 안 하고,
캐주얼한 복장을 선호하는 여자들은 다 부치인 줄 알았는
데 그것도 아니었다. 부치의 기준은 단순해 보이지만 은근
까다로웠는데, 보면 볼수록 참 '이상한' 사람들이었다. 어
떤 이들은 남자보다 더 남자/가부장 같았고 어떤 이들은
미소년 같았고 또 어떤 이들은 그야말로 전래동화(만화 아
님)에서나 보던 순정 돌쇠 같았다. 알다가도 모를 신인류였
다. 이들 중 가슴이 작고 마른 몸에 부스스한 짧은 머리를
하고 다녀서 언뜻 보면 남학생처럼 보이는 모습을 한 누군
가는 〈엘 워드〉의 쉐인처럼 여자가 끊이지 않는 인기를 얻
었다. 반면, 부치랑 다니면 이쪽인 거 티 나서 싫다(여자인
지 남자인지 잘 구분이 안 되는 이랑 같이 있으면 아무래도 시선을
받게 되는 데다, '이상하다'고 여겨질 확률도 높으니까)는 이들에
게서 미움을 받는 경우도 많았다. 이들은 환상과 욕망의 대
상이면서 혐오와 배제의 대상이기도 했다(그런 점에선 부치

도 확실히 '여자'다).

처음 커뮤니티 모임에 나갔을 때 어떤 언니는 나에게 이렇게 말했다. "너는 딱 보니(머리가 길고 화장도 적당히 했으니) 팸이네. 그러니 부치를 만나야 해." 내가 아는 부치는 쉐인인데(당시에 내가 아는 퀴어 상식/정보는 전부 다 〈엘 워드〉에서 얻은 것이었다) 쉐인 같은 스타일은 전혀 내 취향이 아닌데? 말했듯이 머리 짧은 여자들은 내 라이벌이었지, 내가 끌리는 대상이 아니었다. 난 속으로 '내가 걔넬 왜 만나? 난 여자 같은 여자를 만나고 싶다고!'라고 생각했다. 지금 생각해보면 나의 그런 욕망은 분명 취향에 따른 것이기도 했지만 한편으론 내가 생각하는 '여자'라는 이미지에 제한이 있었다는 의미이기도 했다. 내가 생각한 '여자'란 이 가부장제 이성애 중심 사회가 주입한 그대로였던 거다. 머리가 길고, 예쁘게 꾸미고, 치마를 입고, 여성적 무언가를 수행하는 사람, 그것이 여자라고. 그렇다, 소름 끼칠 정도로 충격적이지만 나에겐 낡디낡은 고조선 마인드가 있었다. 페미니즘을 알기 전까지 난 나에게 그런 생각이 있다는 걸 알아채지 못했다. 그제야 부치가 궁금해졌다. 대체 부치는 뭔가? 나는 왜 이들에게 불편한 감정을 가지고 있는가? 이들을 '진짜' 여자라 생각하지 않기 때문일까? 그럼 진짜 여자란 뭐란 말인가? 궁금증이 많아질수록 혼란스러웠고 그 혼란은 결국 가장 큰 질문에 다다르게 했다. 지금껏 정말 여자를 사랑한 게 맞나? 난 이 머리 짧은 여자들 혹은 부치라 불리는 여자들을 몰라도 너무 몰랐다. 그 사실이 충격이었다.

눈치챈 사람이 있을지 모르겠지만, 지금껏 이 책에서 이야기한 여자 중 킴 말고는 머리 짧은 여자가 없다. '네가 그 정도로 지독하게 머리 짧은 여자를 안 좋아해서 그런 거 아니냐?'고 할지도 모르지만, 사실 이젠 그렇지 않기 때문에 그건 이유가 아니다. 정말 단순하게 말하자면 떠오르는 여자가 없었다. 텔레비전 드라마나 영화 등 미디어에서 머리 짧은 여자, 톰보이인 여자, 부치인 여자를 본 적이 있었던가? 머리를 이리 굴리고 저리 굴려도 정말 생각나는 이가 없다. 그나마 떠오른 게 〈예스 오어 노〉의 킴, 〈엘 워드〉의 쉐인, 〈두 소녀가 사랑에 빠진 믿을 수 없는 진짜 이야기 The Incredibly True Adventure of Two Girls in Love〉(마리아 마젠티 감독, 1995)의 랜디 그리고 〈오렌지 이즈 더 뉴 블랙Orange is The Nnew Black〉(2013~2019)의 빅 부 정도? 내가 시기하고 미워할 만큼 살면서 분명 마주해온 여자들이었는데, 그들을 미디어에서 본 일이 이렇게 없을 줄은 몰랐다. 머리 짧은 여자들은 왜 미디어에서 안 보였을까?

알고 보니 머리 짧은 여자들을 미워한 건 나뿐만이 아니었다. 세상 사람들이 모두 머리 짧은 여자들을 라이벌로 느낀 건 아니겠지만 위기의식을 느낀 건 분명해 보인다. 머리 짧은/톰보이/부치인 여자는 가부장제 이성애 중심 사회가 확고히 만들어놓은 성별이분법에 들어맞지 않는, 어긋난, 이탈한 사람이다. "남자야, 여자야?"라는 혼란을 불러오는 이들. 더 과감하게 말하면, 성별이분법을 위협하는 이들이다. 그랬기에 대중 미디어는 감히 이들을 보여줄 생각조차 없었던 거다. 부치 재현의 부재는 단지 부치가 미디어에서 안 보인다 정도의 문제가 아니라, 현재 미디어가 보여주고자 하는 여성이 무엇인지, 여성의 범위/범주에 대한 문제다.

이렇게까지 부치를 안 보여줬으니 목마른 이가 우물을 파듯 퀴어 서사만 쫓아다닌 나조차도 부치 이야기는 머리를 굴리고 굴려야 겨우 생각나는 정도다. 내가 부치를 몰랐던 이유, 그중엔 분명 '알 길이 없었다'가 있다. 아니, 넌 이쪽 커뮤니티 모임(벙개)도 많이 다녔다면서 어떻게 모를 수 있냐고 물을 수 있다. 그건 내 탓이다. 난 부치를 알려고 하지 않았다. 오히려 거리를 두려고 했다고 할 수 있을 정도로. 오래전 어느 모임에 나갔다가 어떤 분(자신을 레즈비언 부치로 설명했던 것 같다)이 나한테 '누나'라고 해서 깜짝 놀랐던 일이 있다. 언니가 아닌 누나라는 말을 들을 줄은 꿈에도 몰랐던 난 "아니, 나 누나 아닌데……"라며 불편한 기색을 감추지 못했다. 한창 (소위 팸들끼리 만나는) 모임에 자주 나갈 때, 종종 부치 싫다는 이야기가 화제에 오르곤 했다. 개인적인 경험에 기반한 이유부터 저마다의 이유야 가지각색이었지만, '남자 같다'는 것과 '(성소수자인 게) 티 나서 싫다'는 게 주된 이유였다. 사실 그 말을 자세히 들여다보면 공통적인 맥락이 있다. "아니, 우린 여자를 좋아해도 '여자답게' 하고 다니는데(젠더 표현, 젠더 수행은 '정상성'에 맞추는데) 쟤넨 다 '이상'하다, 그래서 같이 있으면 우리도 이상한 애들로 보인다"는 것. 퀴어/성소수자 집단은 '정상성'에서 이탈됐기 때문에 때론 '이상함'을 경계하고 오히려 '정상성'에 집착하기도 한다. (이 사회의 '정상성' 압박을 규탄하며, 이 이야기는 〈성공, 이 두 글자에서 벗어날 수 있을까?〉에서 이어가겠다.)

이분법적인 성별규범과 역할, 수행을 흩트리고 해체하고자 하는 페미니즘 그리고 퀴어 이론을 몰랐다면 난 여자를 좋아한다고 하면서도 어떤 특정한 여자들만 좋아했을 테다. 생각만 해도 아찔하다. 지금은 머리 짧은 여자들도 아낌없이 사랑할 수 있으니 이 얼마나 다행인가. (아, 할렐루야. 아, 관세음보살.)

내가 아끼는 책 중 하나인 《젠더 무법자》에서 케이트 본스타인은 이렇게 말한다. "젠더에는 규칙이 있다. 그러나 규칙은 파괴될 수 있다. 젠더는 모호할 수 있다는 것이 젠더의 또 다른 비밀이다."* 이 말을 되새기며 앞으로 더 많은 머리 짧은 여자, 톰보이인 여자, 부치인 여자들의 이야기를 찾아다닐 테다. 그리고 더 많은 사람이 이들의 이야기를 알 수 있도록 그 이야기를 전할 거다. 사회가 이들을 더 이상 '낯선 위협'이 아니라 '잊을 수 없는 짜릿한 충격'으로 겪어보길 바라는 마음으로.

---

*   케이트 본스타인, 《젠더 무법자》, 조은혜 옮김, 바다출판사, 2015, 91쪽.

뚱뚱한 여자

〈아스트리드와 릴리가 세상을 구한다〉 릴리

쓸데없는 정보지만, 난 2.8킬로그램으로 태어났다. 신생아 평균 몸무게가 3.3킬로그램이라고 하니 태어날 땐 좀 작았던 셈이다. 초등학교 때까지만 해도 그 작음이 유지됐지만 중학교, 고등학교로 올라갈수록 내 몸은 조금씩 커져갔다. 그러자 내 몸을 두고 말들이 많아졌다. 더 이상 살찌면 안된다, 살찌면 예쁜 옷도 못 입는다, 살을 빼야 한다, 건강을 위해서라도 관리해야 한다는 등의 말들. 똑같은 말을 계속하는 게 지겹지도 않나 싶지만 그 말들은 모닝콜 알림처럼 계속 반복된다. 그 덕분에 난 나를 사랑하지만 내 몸은 사랑하지 않는다. 슬프지만 지금까지도 그렇다.

뚱뚱한 여자가 되는 것에 대한 두려움이 이렇게 큰데 뚱뚱한 여자를 좋아했을 리가. 거기다 뚱뚱한 여자가 미디어에서 재현되고 묘사되는 방식은 놀림받거나, 스스로 놀림감이 되거나, 불행하거나 혹은 완전히 보이지 않거나였으니까, 그건 동경할 수 있는 게 아니었다. 뚱뚱한 여자와 더 거리를 두고 싶은 마음만 생기게 할 뿐이었다.

오랫동안 뚱뚱한 여자에 대한 편견과 낙인, 차별과 배제를 깰 이야기를 찾는 건 미션 임파서블 수준이었지만 이젠 자신 있게 말할 수 있는 여자가 있다. 바로 드라마 〈아스트리드와 릴리가 세상을 구한다Astrid & Lilly Save the World〉(2022)의 릴리다.

캐나다 CTV Sci-Fi 채널과 미국 Syfy 채널에서 방영된 청소년 타깃의 SF 드라마 〈아스트리드와 릴리가 세상을 구한다〉의 주인공 릴리와 아스트리드는 둘 다 뚱뚱한 고등학생이다. 이 사회에서 어느 공간이 잔인하지 않겠냐만 10대들이 모인 학교라는 공간은 꽤 살벌한 곳이다. 일단 또래의식이 중요하게 여겨지는 탓에 '다름'이 잘 수용되지 않는다. 또한 잘나가는 애들과 못 나가는 애들의 구분이 확실해서 외모, 재력, 공부, 운동 등의 '능력'으로 계급이 나뉘는 경우가 많고, 어느 그룹에 속해 있느냐에 따라 학교

생활도 완전히 달라진다. 뚱뚱한 여자애들인 릴리와 아스트리드는 예상할 수 있듯이, 못 나가는 애들이다. 학교에서 인기 없고 괴롭힘당하는 애들. 여기까지의 설명으론 지금껏 주로 봐왔던 뚱뚱한 여자들의 '불행한' 이야기와 크게 다르지 않다. 하지만 〈아스트리드와 릴리가 세상을 구한다〉는 이런 편견이 아니라 뚱뚱한 아스트리드와 릴리의 '진짜' 모습들을 조명한다.

호기심 많고 똑똑한 아스트리드와 릴리는 범죄 사건, 마법, 미스터리 등에 관심이 많은 덕후이기도 하다. 둘의 롤모델이 올리비아 벤슨*이라는 점만 봐도 이들이 어떤 삶을 꿈꾸는지 알 수 있다. 그런 아스트리드와 릴리는 초대받지 않은 학교 인기남의 파티에서 무시당한 후 화난 마음을 다스리려고 마법을 행하다가 의도치 않게 괴물들이 사는 포털의 문을 연다. (그냥 그렇게 세상을 멸망시켜도 될 것 같은데) 아스트리드와 릴리는 오히려 세상을 구하기로 한다. 둘은 그렇게 괴물 사냥을 하며 포털 문을 닫기 위한 미션을

---

* 배우 머리슈커 하기테이가 연기한 올리비아 벤슨은 1999년부터 지금까지도 제작·방영되고 있는 미국 드라마 〈성범죄수사대: SVU(Law & Order: Special Victims Unit)〉의 주인공이다. 오랫동안 많은 이들에게 사랑받는 작품에서 형사로 활약하고 있다보니 올리비아 벤슨은 '여성 형사'의 대명사로 불리기도 한다.

하나씩 수행해간다. 그 과정에서 자신들을 무시하거나 괴롭혔던 사람들조차 구해야 한다. 많은 이들은 릴리와 아스트리드가 세상을 구하는 중인 것도 모르지만 말이다.

이 엄청난 임무를 해나가며 릴리는 어릴 적 단짝 친구였던 캔디스와 다시 조금씩 가까워진다. 캔디스는 학교에서 가장 인기 있는 여자애로, 학교 최고 인기남과 커플이기도 하다. 릴리에 말에 의하면 "네(캔디스)가 조금씩 멋져지고 내가 조금씩 살찌기 시작하면서" 멀어진 둘은 이젠 거의 아는 척도 안 하는 사이다. 아니, 아는 척만 안 하면 다행이랄까. 캔디스는 릴리와 아스트리드를 막 대하는 사람 중 하나였다. 하지만 둘은 포털이 열린 이후 우연한 사건들 속에서 서로를 다시 알아갈 기회를 얻는다. 그리고 둘 사이엔 새로운 감정이 싹튼다.

학교에서 가장 인기 없는 뚱뚱한 여자애와 인기 많은 여자애가 사랑에 빠진다? 분명 흔한 이야기는 아니다. 하지만 그렇다고 판타지인 것만도 아니다. 내가 〈아스트리드와 릴리가 세상을 구한다〉에서 좋았던 건 릴리와 캔디스가 사랑에 빠지는 부분보다(물론 너무 귀엽고 좋았지만) 그 이후의 이야기였다. 캔디스는 (호모포비아이자 기독교 신자인 엄마 때문에 심적 괴로움이 없진 않았겠지만) 비교적 자신이 퀴어라는 건 잘 받아들였지만, 좋아하는 사람이 릴리라는 사실을 대외적으로 알리는 건 주저한다. 인기 없는 '뚱뚱하고 못생긴' 릴리가 여자친구라는 걸 알리기 싫었던 거다(퀴어인 건 괜찮아도 뚱뚱한 건 안 되는 비만 혐오 등장). 이 사실을 알게 된 릴리는 물론 너무 슬프고 괴로워하면서도 자신을 그렇게 부끄럽게 여기는 사람은 못 만난다며 캔디스를 차버린다.

솔직히 놀랐다. 이게 된다고?! 난 "살 좀 빼라"는 엑스(전 애인)한테 도저히 그 말을 할 수 없었는데 말이다. 여성애자 퀴어 중엔 '자기관리 능력'을 따지는 사람이 꽤 많았다(적어도 내 경험상으론 그렇다). 그 자기관리 능력엔 '좋은' 직장에 다니며 연봉을 잘 받는 건 물론이고 외적인 부분도 포함돼 있다. 화장 등으로 자신을 꾸밀 줄 알아야 하고, '마른'까진 아니더라도 '적절한' 몸이어야 한다. (데이팅 앱이나 온라인 커뮤니티에 쓰는 자기소개에 '통통' 혹은 그 이상이 언급되는 순간 연락 오는 사람이 확연하게 줄어든다고 보면 된다.) 이렇다보니 나 또한 다이어트에 신경쓸 수밖에 없었다. 한창 데이트 시장에 진출(?) 중이었을 땐 러닝머신을 뛰며 '지금 살 빼야 여자를 만날 수 있다!'라고 스스로 채찍질하곤 했다. 과거 만났던 사람 중엔 대놓고 살 좀 빼라고 강요하는 이도 있었는데 그런 말에 전혀 반박하지 못했을 뿐 아니라

3부 | 우리에겐 이 여자들도 있었어

의기소침해지기까지 했다. 그렇다, 난 릴리가 되지 못했다. 뭐, 당연한 거라고 생각한다. 그땐 릴리 같은 사람이나 릴리 같은 이야기를 듣지도 보지도 못했으니까.

페미니즘, 자기 몸 긍정주의/바디포지티브body positive 운동, 퀴어 이론부터 장애학까지, 몸과 관련된 다양한 논의를 접한 덕에 나도 이젠 몸 이야기가 나왔을 때 마냥 의기소침해지지 않고 '내 몸인데 뭐 어때서?'라고 받아치지만 여전히 몸과의 관계는 어렵다. 내가 보듬어줘야 한다는 걸 알면서도 자꾸 나를 바라볼 어떤 시선들을 생각하게 된다. 그게 두렵지 않다고 하면 거짓말이다. 하지만 마냥 벌벌 떨지만은 않게 됐다는 게 이전과는 다른 점이랄까? 이젠 무방비 상태가 아니라 나를 보호할 준비가 되어 있다.

릴리는 결국 캔디스의 솔직한 고백에 다시 마음을 열고 키스를 나눈다. 학교 축제에서 퀸으로도 뽑히고, 여자도 얻는 결말이라니. 보통 해피엔딩이 아니다(물론 마지막의 마지막을 보면 그 해피엔딩을 흔드는 일이 일어나버리지만, 이건 스포일러니까). 여하간 극 중에서 릴리는 그런 행복을 만끽하지만 현실의 〈아스트리드와 릴리가 세상을 구한다〉는 시즌 1 방영 후 더 이상의 후속 시즌 제작 없이 종결 결정이 나버렸다. 비평가들에게선 〈뱀파이어 해결사〉에서 남성 시선을 뺀 작품이 나왔다고 할 정도로 긍정적인 평가[*]를 받았음에도 현실은 '종결'이었다. (망할 세상아, 뭐가 문제냐!) 여자애 둘, 심지어 둘 다 뚱뚱하고 한 명은 백인도 아니고 또 한 명은 퀴어인 주인공들이 세상을 구하는 이야기를 더 보고 싶다는 소망이 이뤄지기 위해선 조금 더 세상이 변해야 하나 보다. (역시 이 세상은 아스트리드와 릴리 같은 영웅들에게 구해질 가치가 없…… 뒷말은 생략하겠다.)

---

[*] 〈마녀인 여자〉에서 다룬 작품이기도 한 〈뱀파이어 해결사〉는 당시로선 꽤 페미니즘적으로 해석될 여지가 많은 작품이긴 했지만, 지금 보면 시스젠더 이성애자 백인 남성 창작자의 한계가 명백히 보이는 작품이다. 주인공 버피는 세상을 구할 만큼 엄청난 힘을 가진 사람이지만 연애에 있어서만큼은 정말 최악인 선택을 많이 한다. 창작자는 버피에게 왜 자꾸 남자가 필요하다고 생각했을까? 타라를 어이없게 죽인 것도 정말 끔찍한 일이었다. 심지어 타라가 죽은 건 타라와 윌로우의 베드신 (직후는 아니고) 이후였다. 두 사람이 가장 행복해 보였던 순간, 또한 그걸 보는 팬들 또한 가장 행복했던 순간이 몇 분 지나지 않아 죽음이 닥쳤다. 그 잠시의 행복은 이성애자가 베푼 '배려'였다는 듯이. 참고로 제작자 조스 웨던은 미투운동 이후, 〈뱀파이어 해결사〉에 참여했던 배우들의 고발에 의해 현장에서 남성 중심적이고 유해한 제작 환경을 만들었다는 점이 밝혀졌다. 2021년 주인공 버피를 연기한 사라 미셸 겔러는 "버피라는 이름을 자랑스럽게 생각하지만, 조스 웨던이라는 이름과 연관되는 걸 원하지 않는다"고 했고, 이후 코델리아를 연기한 카리스마 카펜터 또한 조스 웨던이 권력을 남용했으며 굉장히 유해한 제작 환경을 조성했다고 말했다. 버피의 동생 돈을 연기한 미셸 트라첸버그는 조스 웨던이 당시 청소년이었던 자신에게 매우 부적절한 행동을 했다고 밝혔다. Christi Carras, "Sarah Michelle Gellar says 'Buffy the Vampire Slayer' had 'extremely toxic male set'", *Los Angeles Times*, 2022.12.15. https://www.latimes.com/entertainment-arts/tv/story/2022-12-15/sarah-michelle-gellar-buffy-the-vampire-slayer-joss-whedon)

그래도 릴리라는 캐릭터가 있다는 것, 그의 이야기가 전해졌다는 걸 기억하려고 한다. 엄마가 둘인 여자애, 호기심이 많고 사람들을 세심히 관찰하는 여자애, 아스트리드라는 단짝 친구가 있는 여자애, 괴물들과 싸우는 걸 두려워하지 않은 여자애, 친구와 사랑에 빠진 여자애, 자신을 사랑할 줄 아는 여자애, 그리고 뚱뚱한 여자애. 그 모든 것이 릴리였다는 것도. 릴리의 세계가 내게 준 용기도 잊지 않을 테다.

나이 든 여자

〈나이애드의 다섯 번째 파도〉 나이애드

매해 꼬박꼬박 나이를 먹는데도 나이 먹는 일은 여전히 썩 유쾌하지 않다. 올해도 해가 바뀌었다는 걸 받아들이지 못하고 있는 중이다. '그럴 리 없어, 또 나이 먹었을 리 없어!' 나이 듦에 대한 공포는 언제부터 생긴 걸까? 곰곰이 생각해보니 학창 시절이 떠올랐다. 당시 난 제이팝J-pop 덕질을 하고 있었고 (예상 가능하듯이) 여자 연예인, 여자 아이돌을 좋아했다. 내가 좋아했던 아이돌엔 다른 멤버에 비해 나이가 조금 많은 멤버가 있었는데, 그는 예능프로그램에서 늘 나이로 놀림받았다. 특히 나이 먹은 중년 이상의 아저씨가 진행하는 프로그램일수록 놀림은 더했다(진행자가 여성인 경우는 매우 드물었으므로 거의 모든 프로그램이 그랬다고 봐도 무방하다). 다른 나이 어린 멤버들은 귀여워하고 다정히 대해줬지만(이 또한 짜증나는 일이었지만) 나이 많은 멤버에겐 구박이 일상이었다(더불어 조금 덜 예쁘다고 여겨지는 멤버도 마찬가지였다). 그리고 나의 최애 멤버가 서른 살을 맞이하게 됐을 땐 그 놀림과 구박이 절정에 달했다. 이름이 아니라 '미소지!'(일본어로 서른 살을 의미)라고 부르며 막 대하는 모습을 보고 생각했다. 대체 여자 나이 서른이 되면 무슨 일이 일어나길래 저러는 걸까? (그 멤버는 나의 최애였기에) '서른 살이고 뭐고 멋있기만 한데 왜 저래?'라고 생각하면서도 서른 살이 되면 세상이 뒤바뀔 것 같은 무서운 느낌이 그때부터 스멀스멀 자리잡았던 것 같다. 실제론 서른 살부터 진짜 재미가 시작됐지만 말이다.

그리고 중년(요즘 같은 백세시대엔 대체 몇 살부터가 중년인지 모르겠지만)이 다가온다 생각하니 다시 나이 드는 일이 걱정되기 시작했다. 그냥 나이 드는 것도 아니고 퀴어 여성으로 나이 든다는 건 대체 어떤 건지 감도 오지 않는다. 그뿐 아니다. 과연 퀴어 할머니가 될 수 있을까? 이 또한 실질적인 고민이다. 미국 청소년 성소수자 자살예방 활동 단체인 더트레버프로젝트The Trevor Project에서 발표한 〈2023

년 LGBTQ 청소년 정신건강 전국 조사 데이터〉에 따르면, LGBTQ+ 청소년 중 3분의 1 이상은 자신이 35세 이상까지 살 수 없을 것이라 생각한다.[*] 이런 연구 결과를 보면 당연히 슬프다. 그리고 현실 속의 여러 얼굴과 (대부분 35세 이하였던) 그들의 장례식장에 갔던 일이 생각나 더 먹먹해진다.

퀴어/성소수자에게 나이 먹은 미래의 나를 상상한다는 건 생각보다 복잡한 감정을 불러일으키는 일이다. 나이를 먹는다는 두려움과 더불어 나이 먹은 나를 상상할 수 없는 불안, 나이 먹은 내가 마주할 현실에 대한 공포. 사회가 변하지 않는다면 파트너가 있어도 파트너로 '인정'받지 못할 텐데 나의 보호자 혹은 돌봄인은 어떻게 지정할 수 있을 것인가? 나이 든 퀴어라는 건 여전히 너무 생소하고 낯설어서 그저 멀게만 느껴진다.

미디어에서 보여지는 것도 마찬가지다. 이제 퀴어 서사를 다루는 콘텐츠도 꽤 많아졌지만(한국은 여전히 갈 길이

---

[*]　"Perceived Life Expectancy and Life Purpose in LGBTQ+ Young People", The Trevor Project, 2024.1.17. https://www.thetrevorproject.org/research-briefs/perceived-life-expectancy-and-life-purpose-in-lgbtq-young-people/

멀다) 노인이나 노년을 다루는 이야기는 드물다. 뭐가 있더라? 생각해보면 영화 〈어바웃 레이About Ray〉(게비 델랄 감독, 2015)에서 주인공 레이의 할머니로 나오는 돌리, 영화 〈그랜마Grandma〉(폴 웨이츠 감독, 2015)의 주인공 엘 정도가 떠오른다. 이들은 모두 레즈비언이지만 이성애 결혼을 한 적 있어서(어떤 이들에게 주어지는 선택지는 매우 제한적이라 자신의 뜻대로 살기 어렵다) 자녀가 있는 할머니로 나온다. 나름 괜찮은 할머니들이지만 (혈연) 자손이 없을 예정인 나에게는 아무래도 거리감이 느껴진다. 아, 꽤 예전에 본 영화 〈더 월 2If these walls could talk 2〉(엔 헤이치·제인 앤더슨·마사 쿨리지 감독, 2000)에도 노인이 된 레즈비언이 나온다. 주인공 에디스에겐 30년 동안 함께 산 파트너 애비가 있는데 가족이 아니라는 이유로 애비의 마지막을 보지도 못하고 심지어 애비가 병실에서 혼자 죽었다는 것도 (그에게 동정심을 가진) 간호사를 통해 겨우 알게 된다. 장례식 전 에디스는 애비 가족이 (둘이 커플이었다는 걸) 알아차릴까봐 관련 물건을 시급히 치우고, 장례식 후엔 (공동 명의로 하진 못했지만 대출금은 함께 갚았던) 집도 자신이 소유할 수 없다는 현실을 마주한다. 이런 슬프고도 잔인한 노년의 퀴어 이야기라니. (사실 이 영화를 보고 이게 내 미래구나 싶어 한동안 굉장히 우울했다. 이런 이야기는 현실을 모르는 비퀴어/비성소수자 한정으로만 보여줬으면 좋겠다는 개인적 소망.) 이런 상황이니 나이 든 여자를 생각하는 건 쉽지 않다.

그러던 어느 날 넷플릭스에 공개된 영화 〈나이애드의 다섯 번째 파도Nyad〉(엘리자베스 차이 베사헬리·지미 친 감독, 2023)을 보게 됐다. 엄청난 경력을 자랑하는 배우(이자 '레즈비언 킹'으로 부르고 싶은) 조디 포스터와 역시나 화려한 경력을 가진 아네트 베닝이 함께 출연한다는 것만으로도 볼 가치는 충분했다. 더구나 실화와 실존 인물을 바탕으로 한 이 영화에서 아네트 베닝이 연기하는 주인공 다이애나 나이애드가 커밍아웃한 레즈비언이라는 사실도 날 들뜨게 했다.

〈나이애드의 다섯 번째 파도〉는 다이애나 나이애드와 그의 단짝 친구 보니의 이야기가 중심이다. 다이애나는 어렸을 때부터 수영을 배운 마라톤 수영선수다. 1970년 미국 온타리오 호수에서 16킬로미터를 4시간 22분 만에 완주하며 종합 10위, 여자 1위를 기록했고, 1974년엔 이탈리아 나폴리만 35킬로미터를 8시간 11분 만에 완주했다. 그리고 1975년 미국 뉴욕 맨해튼섬 주변 45킬로미터를 7시간 57분 만에 수영하는 엄청난 기록을 세워 큰 주목을 받았다.

이후 1978년 28세의 나이로, 역사상 처음으로 쿠바 하바나에서 미국 플로리다 키웨스트까지 165킬로미터 수영에 도전하지만, 약 42시간의 수영 후 강한 동풍과 너울로 인해 완주를 포기한다.

영화는 그 이후 한참 시간이 흘러 60세가 된 다이애나 이야기다. 마라톤 수영을 그만둔 뒤 책도 쓰고 스포츠 해설도 하며 40세 이상 여성들의 운동을 돕는 회사도 설립하는 등 여러 활동을 했지만 그럼에도 다이애나는 무언가 공허함을 느낀다. 딱히 애인을 만들고 싶다는 생각도 없이 단짝 친구 보니와 함께하는 시간만으로 즐겁지만 무언가가 맘에 들지 않는다. 다이애나는 보니에게 "60세가 되면 세상이 사람을 퇴물로 본다니까"라며 불만을 털어놓는다. 그러던 어느 날 다시 수영을 하기로 마음먹는다. 30년 만에 수모를 쓰고 수영을 시작한 다이애나는 다시 조금씩 수영에 빠져든다. 그러곤 보니에게 '깜짝 선언'을 한다. 쿠바에서 플로리다까지의 수영에 재도전할 테니 네가 코치를 해달라고. 물론 보니는 뜯어말린다. 스물여덟에도 성공하지 못한 그 일을 예순이 넘은 네가 어떻게 하느냐, 그건 말도 안되는 무모한 도전이라고 말이다. 하지만 다이애나의 뜻은 확고한 상황이었다. "난 세상이 정하는 한계를 믿지 않아."

여기서 잠깐. 수영을 조금이라도 배워본 사람이라면 지금 이 이야기가 얼마나 무시무시한 건지 알겠지만, 모르는 사람은 '예순 살이 도전하겠다는 거면 그렇게 안 힘든 거 아니야?'라고 생각할 수도 있다. 하지만 절대, 절대, 절대 그렇지 않다. 일단 165킬로미터는 서울에서 대전(139킬로미터)보다 먼 거리다. 거기다 그 길은 고속도로처럼 말끔히 포장된 도로가 아니다. 포장도로를 그냥 걸어서 혹은 뛰어서 가는 걸 생각해도 아찔한데 바닷길 165킬로미터다. 날씨로 인한 변화도 있는 데다 바다에 사는 해양 생물들, 독이 있는 해파리나 상어 등으로부터 공격을 받을 수도 있다. 수영만 잘한다고 되는 게 아니라 다양한 상황에 대비도 되어 있어야 하고, 50시간이 넘는 시간 동안 바다 위에서 홀로 수영해야 한다. 수영을 배운 지 세 달 된, 20미터도 겨우 가는 초보 수영인으로서 나는 아무리 생각해도 이해가 되지 않는 정말 '미친 짓'이라고밖에 생각할 수 없는 일에 다이애나가 도전한다. 다들 지금 네 몸으론 안 될 거라고 하지만 다이애나는 외친다. "지금 나에겐 정신이 있어. 젊은 시절의 나한테 없었지만 이제 나한텐 정신이 있다고!"

이렇게 영화까지 만들어졌다는 건 다이애나의 도전이 성공했다는 거고, 원제와 달리 한글 제목에 '다섯 번째 파도'가 붙었다는 데서 적어도 다섯 번의 도전이 있었다는 걸 눈치챌 수 있다. 스포일러에 불만을 품을지도 모르겠지만 난 이 영화의 메시지가 '성공'에 있다고 보지 않는다. 물론 다이애나를 비롯한 영화 속 인물들에게 완주(성공)는 중요하다. 그러니까 계속 도전했던 거겠지. 하지만 그보다 중요한 건 사회의 편견에 맞서는 다이애나의 용기와 도전이고, 다이애나를 응원하며 그 도전을 함께하는 보니와의 우정이라 생각한다(사실 중간에 보면서 '그냥 절교해'를 외치긴 했다. 이건 영화 보면 알게 되는 이야기).

덧붙여 이 영화를 보면서 노년이 할 수 있고 즐길 수 있는, 그리고 무엇보다 성취감을 느낄 수 있는 일이 정말 없구나 싶었다. 아니, 얼마나 뭐가 없으면 스물여덟에 도전했던 165킬로미터 바다 수영을 다시 할 생각을 하게 되냐는 거다. 백세시대여서 오래 살 수 있다고 하지만 노인이 즐길 수 있고 성취감도 느낄 수 있는 일은 얼마나 마련되어 있을까? '정상가족'을 이룬 노인들이 자손 돌봄으로 일말의 성취감을 느낀다고 한다면(이게 좋다는 이야기 결코 아니다. 돌봄을 자꾸 가족 안에서 해결하게 하는 사회 규탄한다!), 그런 생애주기를 벗어난 노년에게는 또 다른 길이 있어야 하지 않겠는가? 혈연가족이 없는 노인이 살 수 있는 길, 색다른 가족을 만들고 싶은 노인, 가족까진 필요 없고 그냥 든든한 친구와 서로 돌봄하며 보호자가 되고 싶은 노인이 살 수 있는 길 말이다.

그리고 또 하나. 영화 속에서 다이애나가 다시 수영을 하려고 수영장에 갔을 때 다이애나는 접수 게시판에 펜으로 이름과 이용 시간만 쓰고 들어간다. 그 장면의 배경이 2009년쯤이니 미국도 지금은 달라졌을 수도 있지만 한국이라면 어땠을까를 생각하게 된다. 온라인으로 접속해야, 스마트폰을 소지하고 그걸 잘 사용할 수 있어야 접근할 수 있는 것들로 넘치는 이 사회. 어느 날 노년이 된 누군가가 새로운 무언가 해보고자 할 때 혹은 다시 해보고자 할 때 이 사회는 그 길이 충분히 열려 있는 곳일까?

야, 너 평소엔 매번 지겨울 정도로 퀴어 이야기만 하더니 이번엔 왜 안 하냐고 하는 사람이 혹시 있을지 모르니까 (노파심에) 덧붙이자면, 퀴어들의 로맨스만이 퀴어 서사의 전부는 아니랍니다. 그리고 자세히 보면 (그게 무엇이라 생각하든) 이미 '퀴어한' 이야기가 있어요. 그래도 아쉬워하는 사람이 있을 수 있으니 하나만 이야기하자면, 다이애나가 키웨스트 해변에 들어오는 마지막 장면에는 커다란 6색 무지개 깃발이 등장한다. 이 무지개 깃발은 영화에서 만들어낸 장면이 아니라 실제로 당시 다이애나가 완주를 끝내고 해변으로 들어올 때 그를 기다리던 수많은 관중 속 누군가가 들고 있던 무지개 깃발을 재현한 것이다. 〈나이애드의 다섯 번째 파도〉에선 다이애나의 실제 모습이 담긴 과거 영상이 종종 등장하는데, 무지개 깃발 장면에서도 과거 실제 영상을 함께 볼 수 있다. 그 장면을 보며 무지개 깃발을 들고 다이애나를 응원한 사람의 마음을 상상하게 됐다. 그가 다이애나를 통해 자신의 미래를 상상할 용기를 얻었기를, 나이 들어도 괜찮을 것 같다고 안도하게 됐기를, 조금 더 살아볼 만한 것 같다 생각하게 됐기를. 나처럼.

여기서는 추가로 성소수자 인권단체를 소개하고 싶다. 사실 소개하고 싶은 성소수자 인권단체는 많고 많은데 여기만 소개하는 건 조금 반칙이 아닌가 싶기도 하지만. 나이 든 성소수자의 삶은 정말 많은 이들에게 미지의 세계라는 점에서, 한국성적소수자문화인권센터에서 진행 중인 '큐라이프' 프로젝트는 홍보해야 할 것 같다. 2021년부터 한국성적소수자문화인권센터는 '성소수자의 나이 듦'에 관한 프로젝트를 진행 중으로, 이미 두 번의 노후인식조사를 진행해 그 결과를 발표했고 그 외에도 관련 강좌, 콘퍼런스, 인터뷰 등을 진행했다. 앞으로도 관련 활동을 이어나갈 예정이다.

퀴어/성소수자 특히 나이 든 퀴어/성소수자는 더 신경도 안 쓰는 한국사회에서 미래를 상상하며 준비하기란 너무 어렵다. 혼자 끙끙하지 말고 함께 무언가 한다면 우리도 꽤 재미있는 노인이 될지 모른다. 바다 수영 마라톤까진 약속할 수 없지만 (내가 수영을 계속 배운다는 전제하에) 예순 살에 동네 수영장을 점령하고 시니어 수영 대회도 나가는 '무지개 돌핀스'(일단 대충 지은 이름)는 함께할 수 있지 않을까? 짱짱한 퀴어 노인 되기 대기표, 이제 곧 발부합니다.

라이벌인 여자

〈엑스오, 키티〉 키티

지난 몇 년 사이, 그러니까 '페미니즘 리부트' 이후, 그동안 미디어에서 반복해 여성들 간의 관계를 '여적여'로 한정해 보여줬던 문제가 가시화됐다. 남자 하나를 두고 싸우는 여자들의 이야기는 나에게 진부할 뿐만 아니라 도통 이해할 수 없었기에 이제라도 그게 '문제'가 된다니 다행이다 싶었다. 하지만 동시에 어떤 장면들이 떠올랐다. 내 삶에서 '여적여'를 부추겼던 목소리와 함께.

초등학생 때였다. 당시 나는 반장이었는데 옆 반 반장도 여자애였다. 내심 나는 그 애와 친해지고 싶었지만(어쩌면 어떤 호감이 있었을지도 모르고), 주변 사람들은 그 애가 내

라이벌이라고 했다. 우린 딱히 다투거나 싸운 적도 없었는데 왜 갑자기 라이벌이라 불리는지 어리둥절했다. 사람들이 보기에 걔와 난 '비슷한' 위치에 있었는데, 그 위치에 있는 여자애는 한 명이어야 해서 그랬을까? 사람들은 곧 나와 그 친구를 비교하는 말을 하기 시작했다. 걔는 오늘 학교에서 뭘 했다더라, 어떤 옷을 입었고, 머리는 어떻게 했다더라 등(외적인 부분은 특히 빠지지 않는, 어떤 '관전 포인트'였다)의 말들. 나 또한 그런 말을 점점 의식하게 됐다. 여전히 친해지고 싶고 가까워지고 싶은 욕망이 어딘가 남아 있었지만 그러면 안 될 것 같았다. 걔는 내 라이벌이니까. 괜히 새침하게 대해야 할 것 같았다.

　이런 일은 그때가 끝이 아니었다. 내가 가까워지고 싶어 하는 멋진 여자들이 생길 때마다 사람들은 자꾸 그 사람이 나의 라이벌, 적, 경계해야 하는 어떤 존재라고 했다. 그러니까 가까워지면 안 된다고, 가까워지더라도 속내를 다 보이면 안 된다고. 그래서였을까? 내가 다녔던 여중, 여고, 여자들만의 공간에는 항상 어떤 긴장감이 흘렀다. 물론 이 지독한 경쟁사회의 축소판인 학교라는 공간에서 생기는 긴장감도 있었지만 그것과 다른 긴장감이 분명 있었다. 사람들은 그걸 굉장히 자연스러운 거라고 했고 여자들끼리는 원래 그런 거라고 했지만, 정말 그런가요? 난 그걸 부추기는 모습들을 봤고, 그걸 나한테 어떻게 세뇌하는지도 경험했는데요? 아니 난 저 여자애가 예쁘고, 웃는 게 귀엽고, 공부도 잘하고, 노래도 잘하고, 그림도 잘 그리고, 친구들과도 친하게 지내고…… 어쩌고저쩌고 해서 마음에 들었을 뿐인데, 그래서 친해지고 싶었는데, 자꾸 라이벌이라 그랬잖아요. 라이벌. 그 무서운 말은 내가 좋아하고, 좋아할 수 있었던 여자들에게 다가가는 길을 막는 거대한 장벽이었다.

넷플릭스 드라마 〈엑스오, 키티XO, Kitty〉(2023~)는 넷플릭스 3부작 로맨틱코미디 영화 〈내가 사랑했던 모든 남자들에게To All The Boys I've Loved Before〉 시리즈의 스핀오프다. 사실 〈내가 사랑했던 모든 남자들에게〉는 안 봤다(영화 제목을 보시라, 봤을 리가). 스핀오프로 드라마가 나온다고 했을 때도 전혀 관심이 없었다. 하지만 드라마가 공개된 후, 이상하게도 내 엑스X(구 트위터) 타임라인에 〈엑스오, 키티〉 이야기가 올라오기 시작했다. '어라……? 이 드라마, 그런 거였어?' 타임라인에 들어온 이상 분명 무언가 있다고 감지한 난 그렇게 〈엑스오, 키티〉를 보게 됐다.

주인공 키티는 〈내가 사랑했던 모든 남자들에게〉의

주인공 라라 진의 여동생이며 한국계 미국인이다. 키티는 한국에 사는 대(대헌)와 장거리 연애 중으로, 대는 키티의 돌아가신 엄마가 다녔던 고등학교인 KISSKorean Independent School of Seoul에 다니고 있다. 키티는 대와 함께하는 시간을 늘리는 건 물론 엄마와의 접점도 늘리겠다는 생각으로 KISS에 다니기 위해 장학금을 신청하고, 결과적으로 KISS에 입학한다. 이 드라마는 키티가 미국에서 한국 서울로 와 새로운 생활을 맞이하는 것으로 시작한다. 그렇게 서울에 도착한 키티는 시작부터 헤매다 길에서 어떤 차에 부딪히게 되는데, 그 차에 타고 있던 건 유리였다. 둘의 첫 만남은 그런 '사고'로 시작됐다(모든 사랑은 그렇게 시작되는 법이지, 암요). 알고 보니 유리 또한 KISS에 다니는 학생이었고 학교 내 최고의 '엄친딸', 그리고 대의 여자친구였다. 두둥! 이 무슨 막장 상황인가 싶지만 대와 유리의 관계는 찐 연인이 아니라 계약관계로, 이들에게는 나름의 사연이 있다. 이런 내막을 모르는 키티는 충격에 빠지고 배신감에 사로잡히지만 곧 대와 유리의 관계가 이상하다는 걸 눈치챈다. 진실을 알고 싶은 키티는 대와 유리 모두에게 집착하게 된다(이상한 집착은 아니고 좀 귀여운 집착?).

유리는 분명 키티의 라이벌이다. (가부장제 사회가 우

리에게 경고해왔던 상황인) 한 남자를 둔 두 여자의 싸움, 그 야말로 '찐' 라이벌! 유리는 사실 대에게 이성적 호감 따위 1도 없지만 키티 입장에서 보자면 '내 남자를 뺏은 여자', 세상에 이만한 적이 없다 싶을 정도로 강력한 라이벌이다. 그럼 키티는 유리를 어떻게 괴롭힐 것인가? 유리와 어떤 대결을 펼칠 것인가? 여자들의 앙큼한 대결~!을 기대하겠 지만 그건 '보통의' 이야기에서 주로 일어났던 일이다. 〈엑 스오, 키티〉는 '이제 그런 거 지겹고 재미없잖아?'라며 다 른 길을 간다.

　알고 보니 키티의 엄마 이브 송과 유리의 엄마이자 현 재 KISS 교장인 지나가 과거에 친구였다는 정황이 드러난 다. 하지만 지나는 이브와의 관계를 부인하고 이브는 지금 이 세상에 없어 물어볼 수가 없다. 유리와 키티는 무언가 비밀이 있다는 걸 직감하고 그것을 알아내기 위해 협력하 기 시작한다. 서로를 경계하던 둘은 조금씩 가까워진다. 하 지만 사회는 여전히 둘 사이를 이간질하려고 한다. 학교에 서 파티가 열린 날 키티에게 접근한 한 남학생은 유리에 대 한 험담, 특히 외모 지적을 하며 키티에게서 공감을 얻으려 고 하지만 키티는 "유리와 내가 친구가 아닐 순 있지만, 네 가 뭔데 그런 말을 하냐? 여잔 남자한테 지적질당하려고

존재하는 게 아니거든!"이라고 쏘아붙인다(자, 이것이 Z세
대 페미니스트의 패기다).

라이벌 관계가 이렇게 방향을 트나 싶더니 〈엑스오,
키티〉는 아주 제대로 방향을 꺾어버린다. 키티는 파티에서
디제잉을 하는 유리를 보다 심경의 변화를 느낀다.

'와, 유리 너무 멋있다. 그렇지만 유리는 내 적인데? 근데
유리를 볼 때 왜 전기에 감전된 것 같은 기분이 들지?'

키티는 자신의 최대 라이벌, 남자친구의 (가짜) 여자
친구와 사랑에 빠지게 된다. 두둥! 〈엑스오, 키티〉를 보며
'너무 신선해! 짜릿해!'라고 생각하는 한편 약간 억울한 마
음도 들었다. 이 사회가 반복했던 이야기, '여적여', '걔는
네 라이벌이야. 그러니까 미워하고 경계해야 한다'고 했는
데 거기에 얽매일 필요가 없었던 거잖아? 그냥 키티처럼
좋아하는 마음을 따라가면 되는 거였는데, 그런 걸 아무도
알려주지 않았다는 게 조금 화가 난달까? 이 사회의 그런
'여적여' 가스라이팅 때문에 내 라이벌로 '점지된' 여자들
을 알아갈 기회조차 얻지 못했다. 지금 그들은 어디서 무엇
을 하고 있을까? 서로를 의식하느라 가까워지지 못했던 그

여자들, 작은 약점이라도 들킬까봐 가면을 쓰고 만났던 여자들, 실제로 그들은 어떤 사람이었을까? 그들에게 난 어떻게 기억되어 있을까? 그들도 종종 '라이벌로 불렸던 우리'를 생각할까?

사람들은 왜 그렇게 어떤 여자들을 라이벌로 여기라고 했을까? (이 사회의 강력한 이성애중심주의를 고려하면) 내가 그 여자와 사랑에 빠질까봐 그러진 않았을 텐데 말이다. 아마도 날 흔하디흔한 이성애자로 여기고, 앞으로 남자 하나를 두고 싸워야 할 일이 많다고 생각했던 걸까?(이성애중심주의와 세트로 오는 남성중심주의!) 아님 여자들이 서로 안 싸우면 너무 큰일을 할 것 같아서였을까?(사실 이게 가장 신빙성이 있어 보인다) 하지만 이제 그런 이유는 중요치 않다. 그런 '세뇌'도 예전만큼 먹히지 않는 사회가 됐으니까. 거기다 그놈의 '여적여', 이 지긋지긋한 프레임조차도 내가 퀴어가 되는 걸 막지 못했으니 최종적으론 나의 승리라고 볼 수 있다(경배하라!).

덧붙여 승리자 입장에서 하나 제언해보자면, 사회의 편견 속 '여적여'는 재미없지만 이걸 잘만 비틀면 꽤 흥미로운 이야기를 만들 수 있다. '혐관(혐오 관계)'이 진정한 '맛집'이라는 거, 아시죠? 잘 모르겠으면 일단 그냥 이성애중심주의에서만이라도 벗어나 생각해보자. 이성애자들, 파이팅!

혐관 맛집으로 빼놓을 수 없는 건 바로 미국 드라마 〈퍼슨 오브 인터레스트Person of Interest〉(2011~2016)의 루트와 쇼다. 〈퍼슨 오브 인터레스트〉는 범죄를 미리 예측하는 '더 머신'이라는 인공지능을 둘러싸고 일어나는 일을 다룬 SF 드라마다. 루트는 시즌 1부터 쇼는 시즌 2부터 등장한 캐릭터인데, 이 둘의 관계가 참으로 쫄깃하다. 천재 해커이자 전직 킬러인 루트와 의사에서 군인을 거쳐 정보 지원 활동 요원이 된 쇼는 첫 만남부터 서로를 죽이려고 한다. 루트가 쇼를 의자에 묶고 고문하겠다고 위협했으니, 그들의 만남은 참으로 강렬한 것이었다. 그런 두 사람은 적에서 같은 팀 동료가 되고, 어느 순간부턴 플러팅을 주고받는 끈적 미묘한 관계가 된다. 서로 죽이려고 했던 두 사람이 서로를 지키기 위해 온갖 위협을 무릅쓰는 사이가 되는 것이다. 심지어 둘의 첫키스는 쇼가 루트와 동료들을 지키기 위해 자신을 희생하기 직전에 이뤄진다. 이후 이야기도 무척 애절한데 역시 가능하다면 보시라고밖에 할 수 없다.

아픈 여자

〈스테이션 19〉 마야

불안하지 않고, 우울하지 않고, 번아웃을 겪지 않는 현대인이 얼마나 있을지 모르겠지만 나 또한 그런 사연으로 심리 상담을 시작하게 됐다. 상담하면서 알게 된 건 내가 느끼는 불안이 다른 사람들에 비해 상당히 심하다는 것이었다. 길을 걸으면서도 건물 간판이 떨어지면 어떻게 하나, 어디서 뭐가 날아와서 날 치고 가면 어떻게 하나, 누가 날 밀면 어떻게 하나 등 온갖 불안한 생각을 하는 난 이게 '정상'인 줄 알았다. 내일이 걱정되고, 모레가 걱정되고, 다음 달, 내년, 먼 미래를 생각하며 걱정과 불안을 차곡차곡 쌓아올리는 건 '보통' 사람들도 하는 상상인 줄 알았다. 하지만 그게 아니라는 사실을 알고 나서 꽤 충격을 받았다. 이 불안이 어디서 오는지 찾다보니 이유야 여러 가지였지만, 한국사회에서 성소수자/퀴어로 살아온 경험이 분명 꽤 큰 영향을 미치는 것 같았다.

한국은 여전히 성소수자 인구를 '공식적으로' 집계조차 한 적 없는 곳이지만, 성소수자의 건강과 정신건강 조사나 연구가 없진 않다. 성소수자 인권단체인 다양성을 향한 지속가능한 움직임 '다움'에선 2021년 〈청년 성소수자 사회적 욕구 및 실태조사〉를 발표한 바 있다. 이 조사 중 정신건강 부분을 살펴보면, 조사 참여자들의 '최근 일주일간 우울 증상이 의심됨'은 49.8퍼센트로 나타났다. 두 명 중 한 명 꼴이다. 더불어 최근 1년간 정신과를 이용한 경험은 37.6퍼센트였다. 최근 1년간 자살을 생각했다는 이도 41.5퍼센트나 됐다. 보고서는 한국사회보건사회연구원의 〈2020 청년층 생활실태 및 복지욕구조사〉에서의 청년 자살생각이 단 2.74퍼센트라는 점을 언급하며, 성소수자의 자살생각이 굉장히 높은 수치라고 설명한다.

청소년 성소수자 인권단체인 청소년성소수자지원센터 띵동에서 2021년 발행한 〈청소년 성소수자의 탈가정 고민과 경험 기초조사 보고서〉에서도 비슷한 이야기를 찾을 수 있다. 조사에 참여한 13~24세 성소수자에게 '현재 고민하거나 걱정하고 있는 문제'를 질문했을 때, 가장 많이 언급된 건 성정체성에 대한 고민(68.6퍼센트), 정서적·심리적 어려움(66.7퍼센트), 성소수자 혐오 표현(64.7퍼센트), 자살·자해 시도 또는 충동(60.8퍼센트), 진로·진학(60.8퍼센트)순이었다. 마음에 걸린 답변은 높은 '자살·자해 시도 또는 충동' 비율이었다. 잘못된 결과였으면 좋겠다고 생각될 정도로 충격적으로 높은 수치다.

또 다른 조사도 살펴보자. 한국성적소수자문화인권센터에서 2021년과 2023년 두 번에 걸쳐 진행한 〈성소수자 노후인식조사〉는 10대부터 60대까지 다양한 연령대의 성소수자에게 노후와 노년됨에 대해 묻고 분석한 결과다. 성소수자로서 늙는 것에 대한 걱정과 두려움이 무엇이냐는 질문에 가장 높은 비율을 차지하는 대답은 "(성소수자) 인권 향상이 되지 않아 나이 들었을 때도 성소수자라서 무시하고 차별하는 사회일까봐 걱정된다"(2021년 29.9퍼센트, 2023년 31.8퍼센트)였다. 그렇다, 불안이다. 이 사회가 변하지 않을 것에 대한 불안. 나만 이 불안을 느끼는 게 아니었다는 걸 알게 돼서 안도감이 들까? 아니요, 화가 난다.

성소수자의 정신건강이 좋지 않다고 이야기했을 때

'왜 그런 거야?' '성소수자는 뭐 유전적으로 우울한 종족인 건가?' '그냥 걔네는 이상한 애들이니까 그런 거 아냐?' 등의 질문이 떠오른다면, 딩동댕~ 당신은 비성소수자입니다. 덧붙여서 차별주의자입니다. 성소수자 그리고 차별주의자가 아닌 사람이라면, '아니, 이렇게 성소수자 차별적인 세상에서 안 우울한 게 이상한 거 아니야?'라는 생각이 가장 먼저 떠오를 것이다. 정말 진심으로 사람들에게 묻고 싶다. 지금까지도 길거리에서 버젓이 '동성애 반대'라는 성립하지도 않는 말에 서명하라고 당당히 외칠 수 있는 이 나라에서 성소수자로서 우울하지 않고, 불안하지 않고, 죽지 않고 살 수 있겠느냐고.

그런 이유로 퀴어/성소수자 커뮤니티 내엔 정신건강에 어려움을 겪고 있는 이들이 많은 편이다. 하지만 모순적이게도, 그렇다고 해서 정신장애와 정신장애인에게 친화적이라고 하긴 어렵다. 다른 집단에 비해 정신질환, 정신장애를 이해하는 데 더 유연한 면도 있지만, 정신장애에 대한 편견과 차별, 혐오도 여전하다. 오히려 더 혹독할 때도 있다. 소수자 집단에 가해지는 '정상성' 압박은 다른 소수자 정체성을 거부하는 강력한 기반이 된다. 예를 들어 이미 성소수자로 정체화한 사람이 있다고 하자. 그는 성소수자'인 것 빼고', 다 '정상'이어야 하거나 성소수자'인 걸 넘어' 뛰어난 능력을 보여줘야 한다는 사회적 압박을 받는다. 그런데 우울증 진단을 받는다면? 성소수자'인 걸로도 모자라' 우울증 환자까지 된다는 생각에 이 사회에서 더 이탈될지 모른다는 불안감에 시달린다. 내가 그럴 리가 없다 혹은 그래선 안 된다는 생각에 사로잡힌다. 이런 부정(디나이얼)은 자기혐오 그리고 다른 정신장애인 혐오로도 이어진다. 불안장애를 안고 사는 나조차도 정신장애를 생각하면 여전히 부정적인 생각부터 든다.

그런 점에서 이번에 이야기할 여자는 미국 드라마 〈스테이션 19Station 19〉(2018~)의 마야다. 나에게 마야는 처음엔 그냥 좀 괜찮은 캐릭터였다가(시즌 1), 차츰 사랑에 빠진 경우(시즌 2~시즌 4)였는데, 최근엔(시즌 5~6) 날 힘들게 해서 마음이 복잡해진 캐릭터다. 그리고 그 롤러코스터 같은 과정엔 마야의 '정신건강' 이슈가 있다.

마야는 시애틀 19번 소방서 소방관으로 과거엔 육상선수였다. 올림픽에서 금메달을 땄을 정도로 뛰어난 선수였지만 부상으로 선수생활을 그만두고 소방학교에 입학한다. 당시 소방학교에서 마야와 앤디(이후 같은 소방서에서 일하는 동료가 된다)는 유일한 여성이었다. 그렇게 소방관이 된 마야는 운동선수로서 배운 끈기와 집념을 바탕으로 19번 소방서 최초의 여자 대장(캡틴)도 된다. 한마디로 마야는 '기깔나게' 멋있다. 운동선수로서 이미 '정상'에 오른 바 있는 그는 소방관으로서도 성공하고자 하는 욕망을 숨기지 않는다. 능력을 내보이길 꺼리지 않으며 자신감도 있다. 직업에 대한 사명감도 크고, 힘들고 어려운 사고 현장에도 두려움 없이 달려든다. 또한 마야는 정의롭다. 시즌 4에선 인종차별이 주요하게 다뤄지는데,* 그때도 대장인 마야는 흑인 동료들을 위해 심리상담사를 부르고, 백인 여성인 자신이 무엇을 어떻게 해야 하는지 고민한다. 거기다 마야에 겐 본인만큼 굉장히 멋있는 여자친구/아내도 있다. 마야의 파트너인 카리나는 이탈리아 출신의 그레이슬론 병원**의 산부인과 의사로, 심지어 여성의 오르가슴을 연구한다. 물론 둘의 연애에도 꽤 우여곡절이 있었지만 마야와 카리나는 시즌 4 마지막 회에 동료들의 축하를 받으며 결혼한다. 그리고 그날 밤 마야는 대장에서 강등된다는 통지를 받는다. 여기서부터 문제가 시작된다.

아니다. 사실 마야의 문제는 그 전부터도 명확했다. 카리나와 연애를 처음 시작할 때도 마야는 '공식적으로' 커플이 되는 걸 피하려고 해서 카리나와 다투기도 했다. 마야는 한 사람과 진지한 관계를 맺는 걸 두려워했다. 거기다 일 중독이기도 했다. 지나치게 강한 경쟁심 때문에 뒤처지면 안 된다는 생각으로 일을 쉬지 못하는 거다. 이는 모처럼

<hr />

* 〈스테이션 19〉 시즌 4는 2020년 11월부터 방영됐다. 이는 흑인 남성인 조지 플로이드가 백인 경찰에 의해 살해된 5월 25일 이후다. 당시 미국에선 조지 플로이드가 겪은 차별적이고 부정의한 일에 대해 분노의 목소리가 높았으며, 이는 흑인의 생명도 소중하다(Black Lives Matters) 운동으로 이어졌다. 시즌 4는 이 이슈를 주요하게 다룬다. 특히 12화에선 조지 플로이드 살해 사건을 본 흑인 소방관들이 겪는 트라우마와 상처를 다루며, 이들의 지지자(앨라이)가 되고자 노력하는 동료들의 이야기를 담는다. 제작자 크리스타 버노프는 이 이야기를 만들기 위해 여러 노력과 다양한 시도를 했음을 밝힌 바 있다. 백인 중년 여성인 크리스타는 흑인의 경험과 감정을 제대로 담아내기 위해 흑인 배우와 제작진 등의 이야기를 생생하게 들었다. 12화 방영 마지막엔 "조지 플로이드를 기리며, 이 에피소드를 쓴 작가는 작가료를 '컬러 오브 체인지 에듀케이션 펀드'에 기부한다. 이 에피소드엔 이하 인물들의 다양한 경험과 관점이 포함되어 있다"며 스물다섯 명의 이름이 등장한다. 크리스타는 이들에게 모두 작가 저작권을 주고 싶어 했고, 그래서 방송국과도 논의했지만, 현실적으로 불가능했기에 기부하는 방법을 택했다고 밝혔다.(Lacey Rose, "Station 19': Why 25 Names Appear at the End of Powerful George Floyd Episode", *The Hollywood Reporter*, 2021.4.22. https://www.hollywoodreporter.com/tv/tv-news/how-showrunner-krista-vernoff-tried-and-failed-to-credit-25-writers-in-a-single-episode-4170301) 크리스타의 이런 노력과 시도는 미디어의 영향력을 알고 있는 창작자의 뚝심이지 않았을까?

** 그레이슬론 병원이라는 이름이 왠지 낯익다? 네, 눈썰미 있는 당신! 〈스테이션 19〉는 〈그레이 아나토미〉의 자매 시리즈로, 같은 세계관을 공유한다. 카리나는 사실 〈그레이 아나토미〉에서 처음 등장했고, 이 책의 〈결혼 안 한다, 못 한다? 그래도 한다!〉 이야기에 나오는 애리조나와 사귀기도 했다. 물론 켈리와 애리조나가 헤어졌을 때. 카리나는 여전히 그레이슬론 병원에서 일하며, 종종 〈그레이 아나토미〉에도 나온다.

카리나와 휴가를 갔을 때도 문제가 됐다. 소방서에 비상 상황이 발생했다는 연락을 받은 마야는 이런 상황에 쉬고 있다는 사실에 불안해져 공황 상태가 되어 카리나가 진정시켜야 했을 정도니까.

이후 마야의 이런 문제의 원인은 가정폭력, 아버지로부터의 학대에 있다는 게 드러난다. 유해한 남성성을 갖춘 마초 가부장 아버지는 마야에게 경쟁심을 세뇌한 사람이기도 하다. 그는 어렸을 때부터 마야에게 '달리기선수로서 이기지 않으면 아무것도 소용없다'며 지독한 훈련을 강행했다. 먹는 것도 친구들과 노는 것도 모두 제한했다. 그런 학창 시절 마야는 자신과 같은 달리기선수인 히마라는 여자애에게 호감을 느끼게 됐는데, 이에 대해서도 아버지는 '쟤는 너의 라이벌'일 뿐이라며 관계를 단절시켰다. (마야도 '라이벌인 여자'를 그렇게 떠나보냈다. 이 망할 세상.) 마야는 달리기와 아버지 이외엔 아무것도 없는 삶을 살았고, 아버지의 존재가 너무 크고 강해 그의 폭력성 및 엄마와 자신이 학대받는다는 사실을 인지하지 못한 채 자랐다. 오히려 아버지를 지금의 자신을 만든 영웅으로 여겼다. 또 다른 피해자인 엄마를 미워하면서.

그런 상황이다보니, 이 모든 사실을 정확하게 간파한

카리나에게 마야는 오히려 화를 낸다. 자신은 학대당한 적이 없다며 사실을 회피하고 자신을 도우려는 카리나에게 큰 상처를 주는 실수도 저지른다. 이 일은 둘 사이가 위기에 빠지는 원인이 되기도 했다. 이후 마야도 결국 아버지가 모든 일의 원흉이었다는 걸 인정한다(이 아버지는 놀랍지 않게도 동성애 혐오자이기도 했다). 하지만 마야는 자신의 아픔을 돌보려고 하진 않았다. 아버지의 학대는 인정했지만 그로 인해 자신이 아프다는 것은 제대로 받아들이지 않은 거다. 그랬기에 그 아픔은 대장에서 강등된 이후 걷잡을 수 없이 퍼져간다.

아픈 여자가 된다는 건 쉽지 않다. 아프다는 건 자신이 지금 취약한 상태라는 걸 인정하는 일이기도 한데, 지금의 신자유주의 경쟁사회에서 '약한' 사람이 된다는 건 경쟁할 수 없는 상태라는 의미고, 그건 패배자나 매한가지라는 의미로 여겨진다. 평생 '이기는' 삶만 추구해왔는데 '나약한' 사람이 됐다는 충격과 함께 온갖 편견과 낙인도 들러붙는다. 아프다는 사람에게 사람들은 이렇게 말한다. "아이고, 그러게 잘 좀 하지 그랬어." 아픈 이들은 그렇게 '정상사회'에서 계속 이탈된다. 그러니까 자꾸 아픈 걸 부정하게 된다. '나는 그런 사람 아니야'라고.

마야도 그랬다. 강등 이후 충격과 슬픔을 느끼는 자신을 돌보는 게 아니라 오히려 자신의 가치를 증명하고자 더 애를 쓴다. 무리하게 운동하고, 위험한 임무에 뛰어들며 스스로를 계속 한계까지 몰아붙인다. 물론 마야의 강등은 부당한 것이긴 했지만, 마야가 다시 대장으로 복귀하기 위해 물불 안 가리고 자신과 주변인들을 해치는 것 또한 바람직한 건 아니었다. 하지만 마야에게 그런 건 눈에 들어오지도 않는지 그저 멈추지 않고 달릴 뿐이다. 어렸을 때 넘어지고 다쳐도 다시 일어나서 달리라고 소리치던 아버지의 말에서 벗어나지 못한 마야는 다친 후에도 그걸 숨기고 일한다. 이 모든 걸 옆에서 지켜보던 카리나와의 관계도 점점 나빠진다. 카리나는 나한테만이라도 좀 솔직하라고 마야를 달래고 어르고 보듬지만 마야는 결국 또 무리해서 운동을 하다 쓰러져 병원에 실려 간다. 마야는 치료받아야 하는 상황임에도 일하러 가야 한다며 퇴원을 요구한다. 카리나는 마야의 동료로부터 마야가 장시간 노동을 자처해서 해왔다는 걸 듣게 되고 마야에게 제발 도움을 받으라고 하지만, 마야는 또다시 거부한다. 이후 카리나가 병원에 더 머물 것을 강요하자 마야는 카리나에게 비난의 말들을 퍼붓는다.

마야와 카리나의 관계가 파국으로 치닫는 걸 보는 마

음은 당연히 편치 않았다. 마야의 말이나 행동도 이해되지 않았고, '내가 좋아했던 멋진 마야는 어디로 갔지?'라는 생각도 들었다. 이후 마야의 이야기를 곱씹으며 내가 마야와 거리 두기를 하고 있다는 걸 깨달았다. 내심 난 마야처럼 저렇진 않다고 선을 긋고 있었던 것이다. 난 저렇게 남의 말을 듣지도 않고 자신의 어려움을 솔직하게 드러내지도 못하는 꽉 막힌 사람, 막무가내 고집쟁이는 아니라고. 하지만 인정할 수밖에 없었다. '약한' 사람이 되는 건 나도 두렵다고.

그런 나에게 아파도, 약해도 괜찮다고 알려준 건 역시 또 페미니즘/페미니스트였다. 책《아파도 미안하지 않습니다》의 기반이 된《일다》연재 시리즈〈반다의 질병 관통기〉는 잘 아플 권리(질병권)를 이야기하는 획기적인 글이었다. 그 이야기를 접할 때 내 머릿속에서 몇 번이나 종이 울렸는지 모른다. 아픈 몸으로 경험을 쌓아온 페미니스트 조한진희는 이렇게 말했다. "내가 상처 입은 것은 질병 때문이 아니라, 질병에 대한 우리 사회의 태도 때문이었다. 아픈 몸이 되고서야 비로소 우리 사회가 건강 중심 사회임을 알게 되었다. 질병이 내 몸의 일부일 수 있음을 인정하자, 세상이 다르게 읽혔다. 비장애인 중심 사회가 장애인들을 배제하듯이, 건강 중심 사회는 아픈 몸들을 배제하고 있었다. 아픈 몸들을 자책감의 나락으로 밀어내고 있었다."[*]

난 더 이상 나락으로 밀려나지 않기로 했다. 우린 사람들을 쉴 새 없이 압박해서 우울하게 만들고, 누군가의 존재를 부정하고 차별하고 혐오해서 삶 자체를 불안하게 만드는 세상에 살고 있다. 이런 세상에서 안 아프고 아무 문제 없길 바라는 게 얼마나 헛된 것인지 알아버렸다. 아프면서도 잘 살 수 있는 방법을 이야기하는 게 훨씬 더 가능성 있는 방향이지 않을까? 물론 사람들을 아프게 하는 이 (망할) 사회도 변화시켜야 하니까 쉽진 않을 거다. 하지만 아픈 여자들이 함께한다면 두렵지 않을 것 같다. 세상은 차별적인 사회를 오랫동안 감내해온 우리의 힘을 두려워해야 할 거다.

---

[*]   조한진희, 《아파도 미안하지 않습니다》, 동녘, 2019, 7쪽.

교회 다니는 여자

〈틴에이지 바운티 헌터스〉 스털링

난 기독교 집안에서 자라지 않았다. 퀴어로서 이게 얼마나 다행인 일인지 느끼는 순간은 여전히 많다. 차별금지법을 반대한다고 외치는 기독교인을 볼 때, 사랑을 내걸며 혐오를 당당히 주장하는 기독교인을 볼 때, 자신들의 종교적 신념(이라 믿는 것들)을 강요하는 기독교인을 볼 때 등등. 이렇게 말하면 누군가는 '네가 퀴어라서 기독교를 싫어하는 거 아니냐'고 할지 모르겠지만, 전후 관계를 분명히 합시다. 나라고 태어날 때부터 '악, 기독교인 싫어!' 이러지 않았다고요. 오히려 (물론 전부 다 아닌 거 압니다. '일부 극우 보수') 기독교인이야말로 '악, 우린 퀴어 싫어. 그냥 싫어. 무조건 싫어. 너네 다 지옥 가'라고 하지 않았는지?

오히려 한때 기독교가 궁금했던 적도 있었다. 종교적 믿음이라는 게 어떻게 가능한지, 기독교에서 이야기하는 사랑이나 삶의 가치 등도 한번 알아보고 싶었다. 내 삶에서 기독교는 그냥 그런 정도였는데, 퀴어로 정체화하고 나니 갑자기 기독교가 가까이 다가왔다. 일면식도 없는 이들이 냅다 '벌 받을 거다', '지옥에 갈 거다'(참고로 그들이 말하는 그 지옥에 퀴어가 있고, 천국에 당신들이 있다면 천국 노땡큐다. 난 신나게 춤추며 지옥으로 갈 거다), '죽을병에 걸릴 거다', '부모한테 죄짓는 거다' 등의 말을 하기 시작했다. 나랑 말 한 번 안 섞어봤으면서 마치 나에 대해 안다는 듯이 구는 것도 짜증났지만, 온갖 혐오 발언은 정말 최악이었다. 그게 즐거울 사람은 없다. 물론 이젠 퀴어문화축제에서 그들을 보면 '그저 애처롭다' 싶을 정도로 (상처 입는) 타격감은 줄었지만, 처음엔 당연히 충격적이었다. 나에게도 그랬지만, 누군가에게 퀴어문화축제 참여는 정말 오랫동안 외로운 싸움을 하다 딛는 첫걸음이고, 억눌러온 숨통이 트이는, 내가 나로서 첫 숨을 내쉬는 해방감으로 기억되어야 하는 날이다. 그런 곳에서 '넌 잘못 태어났다', '지옥에 갈 거다', '네 존재는 죄다' 등의 막말을 퍼붓는 이들을 마주하는 건 트라우마로 남을 수밖에 없는 경험이었다. 그저 나로 살고 있을 뿐인데 이렇게 미움과 혐오를 받는다고? 평생 이런 미움은 받아본 적도 없어서 이런 게 가능하다는 사실이 놀라웠고 기독교가 이렇게 미움으로 가득한 종교였다는 사실에 정말 크나큰 충격을 받았다.

그러니까 기독교나 교회, 이런 것들이 내 삶 속 경계 1호가 된 건 신속하고 당연한 수순이었다. 내 아무리 여자를 좋아해도 '교회 다니는 여자는 쫌……'. 그렇다, 교회 다니는 여자, 이들이야말로 내가 가까이하기 힘든 탑티어top tier 여자들이었다.

넷플릭스에서 만든 드라마 〈틴에이지 바운티 헌터스 Teenage Bounty Hunters〉(2020)는 바로 그런 교회 다니는 여자들이 주인공이다. 교회만 다니는 게 아니라 기독교 고등학교에도 다니는 스털링과 블레어는 쌍둥이 자매다. 보수적인 백인 동네, 풍족한 집안에서 자란 '바른' 청소년인 둘이지만, 사실 이들은 기독교에서 금기하는 것들을 욕망한다. 특히, 섹스. 맞다, 그 섹스. 둘은 어느 날 아빠의 트럭을 몰고 나갔다가 사고를 치고, 그 사고를 수습하기 위해 현상수배범들을 쫓는 헌터(사냥꾼)가 된다. 이 또한 계획했던 건 아니었지만 여하튼 그냥 그렇게 됐다. 얌전한 10대 기독교인 소녀에서 산탄총을 들고 범죄자들을 쫓는 삶, 물론 다른 사람들, 특히 부모님이나 학교 사람들에게 들켜선 안 되기에 이들은 피치 못하게 이중생활을 시작한다. (이중생활은 퀴어들 주특기가 아니겠는가. 웰컴 투 퀴어 월드!)

조금 왈가닥인 블레어와 달리 전형적인 모범생이었던 스털링은 사실 남자친구와 섹스하기 위해 남자친구를 열심히 유혹 중이었는데, 혼전 순결을 철석같이 지키려는 남친은 좀처럼 쉽게 넘어오지 않는 듯했지만 결국 넘어온다. 그리고 이 일은 철저히 둘만의 비밀로 하기로 한다. 하지만 이후 학교에서 자신의 라이벌(네, 또 등장했습니다. 후후)인 에이프릴에게 콘돔 봉투를 들키고 마는데, 이 일로 스털링은 위기에 빠진다. 마침 올해 리더로 뽑힌 스털링을 질투하고 있던 에이프릴이 콘돔 봉투를 들이밀며 리더 자리를 포기하라고 스털링을 협박한 것이다. 이에 스털링과 블레어는 학교에 '콘돔 대소동'를 일으키고자 '학교 ××에서 콘돔이 발견됐대'라는 소문을 퍼트리기 시작하고, 소문은 빠르게 학교를 장악한다. 아무리 기독교 고등학교라지만 전교생 중에 섹스한 사람이 스털링만은 아니었기에 온갖 이름들이 등장하고, 에이프릴이 발견한 콘돔 봉투 정도는 이내 별거 아닌 일이 된다. 스털링은 위기에서 벗어나는 듯 보였지만 에이프릴 또한 쉽게 포기하는 여자가 아니었다.

지금까지 이 책을 읽은 사람이라면 눈치챘겠지만 내가 스털링 이야기를 한 건 뭔가 더 있기 때문이다. 중요한 건 여기서부터다. 스털링과 에이프릴은 이 사건 외에도 상대의 비밀을 알게 되고, 그건 둘에게 묘한 연결고리가 되어준다. 거기다 누누이 말했지만 라이벌만큼 뜨겁게 타오를 수 있는 관계는 없다는 것. 스털링은 남자친구와의 섹스에서 오르가슴을 느끼지 못하고, 얼마 못 가 헤어진다. 블레어는 스털링에게 좀 더 자유롭게 즐겨보라고 하는데, 무척 흥미롭게도 스털링은 에이프릴의 어떤 행동에서 새롭게 눈을 뜬다. 자신을 몰아붙이는(나를 혼내는 여자를 향한 끌림, 이해합니다) 에이프릴을 상상하며 자위하다 인생 첫 오르가슴을 느끼게 된 것이다. 딩동! 그렇게 교회 다니는 여자의 자각이 시작된다.

나한테 교회 다니는 사람들은 괴물이었다. 나를 위협하는 존재니까 당연히 그럴 수밖에 없었다. 모두가 그런 건 아니다, 일부 기독교인들만 그런 거라고 말할 수도 있다. 그렇다면 이렇게 묻고 싶다. 왜 그들을 그렇게 두는 거냐고, 그렇게 방치하는 것도 사실상 혐오 동조 아니냐고. 기독교를 생각하면 여전히 너무 당한 게 많아서 욱하는 감정부터 올라오는 게 사실이다. 하지만 커뮤니티 활동을 하면서 하나 알게 된 것도 있다. 그 기독교인 중에도 성소수자/퀴어가 있다는 거다. 어떻게 그게 가능하지? 기독교인이고 성소수자인 게 가능한 일인가?

스털링의 자각 이후 스털링과 에이프릴은 서로 좋아한다는 걸 알게 된다. 알고 보니 에이프릴은 유서 깊은 기독레즈였다. 자기를 혐오하는 짠한 레즈도 아니고, 나도 하나님의 위대한 창조물 중 하나라 말하는 레즈!(교회 다니는 여자가 언제부터 이렇게 핫했나요?) 물론 둘은 몰래 데이트하지만, 그렇다고 언제까지 숨어 있을 생각도 없다. 둘은 조심스럽게 다음을 계획한다. 중산층 백인들이 모여 사는 보수적 동네의 기독교 고등학교에서 말이다.

기독교인이고 성소수자면 불행할 것이라는, 그러니까 그 두 정체성을 함께 유지하는 건 불가능할 것이라는 생각도 나의 편견이었다(하지만 엄밀히 말하면 내 잘못은 아니다. 기독교가 소수자를 괴롭히는 장면만 봤으니 그런 편견이 생길 만도 했다). 현실은 또 달랐다. 기독교 신자로서 기독교 커뮤니티를 변화시키고자 하는 성소수자들 그리고 지지자들이 있었다. 이들은 혐오 세력에 맞서 용기를 전하며, 칼이 되는 말이 아니라 연대와 포용의 말을 퍼트린다. 퀴어문화축제에 참가해 많은 참여자에게 축복을 내려주는 그들의 모습을 보면서 나는 비로소 기독교가 말하는 사랑의 의미를 조금 알 것 같았다. 모든 기독교인이 괴물은 아니라는 걸 정말 그때 처음 알았다. 기독교인에 대해 긍정적인 생각을 갖게 된 것도 그때부터였다.

긴 미움의 시간 끝에(사실 그 미움에 많은 시간을 쏟은 건 아니다. 나에겐 여자들을 사랑하는 시간이 더 소중했으므로. 그냥 시간이 오래 흐른 후라는 의미다) 그들을 하나로 퉁치는 걸 끝내기로 했다. 기독교인 중에도 정말 다양한 사람이 있으며, 심지어 우리 편인 사람도 있다는 걸 알았으니까. 교회 다니는 여자도 다 똑같은 교회 다니는 여자가 아니더라는 거다. 그래서 이젠 다소 억울할 수 있는 기독교인들을 생각해 '지독하게 못된 기독교인'들을 말끔하게 '혐오 세력'이라 분류해 부른다.

오랫동안 기독교가 지향하는 가부장제 사회는 교회 다니는 여자들을 순종적이고, 순수하며, 조용한 여자들의 모습으로만 내보였다. 하지만 내가 본 교회 다니는 여자들은 미투운동에, 차별금지법 제정운동에, 노동자가 쫓겨난 자리에 함께하고 있었고 예수가 그랬듯 가장 약한 이들 옆을 지키고 있었다. 이 여자들을 어떻게 사랑하지 않을 수 있나. 이 사랑을 죄라고 한다면, 그 벌을 달게 받겠다.

이번엔 노래를 한 곡 덧붙여야 할 것 같다. 교회 다니는 여자를 생각했을 때 내 귓가에는 울리는 노래가 있다. 2020년 발표된 페일 웨이브스Pale Waves의 〈She's my religion〉(그녀는 나의 종교)과 2022년 발표된 플레처Fletcher의 〈Her body is my bible〉(그녀의 몸은 내 성경이야)이다. 페일 웨이브스는 영국 인디 록밴드로, 〈She's my religion〉은 두 번째 정규 앨범의 두 번째 싱글이었다. 보컬리스트이자 기타리스트인 헤더 배런-그레이시가 작곡가 샘 드 종과 함께 작업한 이 곡은 헤더가 자신의 파트너인 켈시 럭을 뮤즈로 만든 노래다. 헤더는 이 곡을 통해 자신의 성정체성을 드러냈으며, 한 인터뷰에서 "(이 노래를 발표한 건) 확실히 나에게 매우 뜻깊은 순간이었으며, 성소수자 커뮤니티를 실험적이거나 장난스럽거나 지나치게 성적인 방식으로 표현하는 것이 아니라 솔직하고 현실적인 방식으로 표현할 수 있게 되어 기쁘다"*고 밝혔다. 이 노래 뮤직비디오는 강력히 추천하는데, 참고로 말하자면 헤더와 그의 파트너인 켈시가 직접 등장한다. 또한 뮤직비디오 속 기독교와 관련된 물건들(십자가 등)에 대해 헤더는 "이 노래는 종교적인 사람이든 비종교적인 사람이든 상관없이, 동성 연애 관계를 반대하는 모든 이들에 대한 반항"**이라고 했다. 재차 이야기하지만 뮤직비디오를 꼭 보길 바란다.

플레처의 〈Her body is my bible〉은 미국 싱어송라이터 플레처의 첫 번째 앨범 《Girl of My Dreams》의 수록곡이다. 플레처는 일찌감치 퀴어로 커밍아웃했으며 인기 유튜버인 섀넌 베버리지와 공개 연애를 하기도 했다. 섀넌과 헤어진 이후에는 그에 대해 노래를 내기도 했고, 심지어 2022년 발표한 첫 번째 앨범엔 〈Becky's so hot〉이라는 노래도 있었다. 베키는 다름 아닌 당시 섀넌의 새로운 여자친구. 그러니까 전 여친의 현 여친이 핫하다는 제목의 노래를 낸 것이다. (아아, 퀴어들의 드라마 너무 짜릿하죠? 하하.) 하여튼 이 플레처가 만든 〈Her body is my bible〉은 노골적(?) 여자 찬양곡이다. 노래 후렴구가 "아멘, 오, 그녀의 몸은 성경이에요. 내가 아는 유일한 천국이죠"라는 것만 봐도.

＊　　Michaela Roach, "'Who Am I?': An interview with Heather Baron-Gracie", *Brig Newspaper*, 2021.1.8. https://brignews.com/2021/01/08/who-am-i-an-interview-with-heather-baron-gracie/

＊＊　같은 인터뷰.

이 두 곡은 내가 (어떤 이유로든) 마음이 흔들려서 평안을 찾고 싶을 때 듣는 노래다. 갓 블레스 유. 여러분들에게도 평안이 오기를.

혼란스러운 여자

〈엘 워드: 제너레이션 Q〉 핀리

오랜 디나이얼 기간을 지나 나를 받아들이고 커뮤니티에 '입문'(왠지 강조하고 싶어짐)한 후에도 상당 기간 벽장생활을 이어갔지만, 늘 그 답답함에서 벗어나고 싶었다. '잘못한 것도 없는데 대체 왜 이렇게 거짓말해야 하고, 마음 졸이며 숨어 살아야 하지? 이렇게는 못 살겠다' 싶은 마음이 들었을 때, 조금씩 꿈틀거려보기로 했다. 내가 좋아하는 슈퍼 히어로처럼 멋있게 빡! 빡! 짠- 등장하고 싶었지만 현실은 그저 한 걸음 두 걸음, 돌다리도 두드리며 엉금엉금 기어가는 수준이었다. 그것도 나쁘진 않았지만 헤매는 기분도 없지 않았다. 그런 내가 길을 찾을 수 있었던 건 정말 너무 좋은 동료들을 만났기 때문이다. 그들 덕분에 혼란으로 가득했던 내 세상은 전혀 다른 곳으로 전환될 수 있었다. 나라는 존재의 의미와 가치를 배우게 됐고, 내가 할 수 있는 것들을 생각하고 실행할 수 있게 됐다. 나 스스로를 의심하고 불안해하던 것에서 벗어나, 드디어 나 자신을 '안정'이라는 상태에 놓을 수 있게 된 거다.

이렇게 살다보니 어느새 올챙이 적 모르는 개구리처럼, 답답하고 혼란스러운 삶을 살아가는 여자들을 볼 때 '꼰대 마인드'가 작동하는 나 자신을 발견하게 된다(인간은 참으로 간사한 동물이다). '아이고, 저러면 안 되는데. 쯧쯧' 하는 생각이 들고야 마는 것이다. 〈엘 워드: 제너레이션 Q The L Word: Generation Q〉(2019~2023)의 핀리를 보면서도 딱 그랬다. 쟤를 어쩌나…….

〈엘 워드: 제너레이션 Q〉는 〈넌 혼자가 아니야〉에서 이야기했던, 퀴어 콘텐츠의 고전 〈엘 워드〉의 리부트 reboot(다시 시작하는) 시리즈다. 〈엘 워드〉가 종영한 지 10년이 지나 〈엘 워드: 제너레이션 Q〉가 돌아오게 된 건 '정치적 이유'(퀴어의 삶은 '정치적'일 수밖에 없다는 게 재차 증명되는 순간)였다. 〈엘 워드〉를 만든 아일린 체이큰과 출연 배우였던 제니퍼 빌즈(벳 역), 레이샤 헤일리(앨리스 역), 케이트

모에닉(셰인 역)은 몇 년 동안 '언제 한번 다시 뭉쳐볼까?'라는 얘길 나눴지만 특별한 계기를 찾지 못했었다. 하지만 2016년 11월 치뤄진 미국 대통령 선거에서 여성혐오, 성소수자 혐오(특히 트랜스젠더 혐오), 이민자 혐오 등을 다 하는 도널드 트럼프가 당선되자 '뭐라도 해야 할 때'라고 결정했다. 그렇게 〈엘 워드: 제너레이션 Q〉 제작이 시작됐고, 리부트 버전에선 오리지널 버전의 한계였던 백인 시스젠더 위주의 인물들에서 벗어나 다양한 인종과 정체성 등을 고려한 캐릭터들이 등장했다. 그리고 원멤버인 벳, 앨리스, 셰인도 함께했다. 〈엘 워드: 제너레이션 Q〉는 2019년 12월 첫 방송을 시작했다.

그렇다면, 나를 골 아프게 한 핀리는 누구인가? 핀리는 〈엘 워드: 제너레이션 Q〉를 통해 〈엘 워드〉 세계관에 처음 등장한 캐릭터로, 20대 중반의 백인 레즈비언이다. 가톨릭 신자들로 가득한 집안에서 자란 핀리는 '교회 다니는 여자'였지만 자신의 성정체성 때문에 종교 그리고 가족과 불화를 겪는 고달픈 삶을 보냈다. 청소년기에서 벗어난 후 캘리포니아로 이주했지만 그의 혼란과 불안은 여전했다.

핀리는 습관적으로 술에 의지하는 알코올중독인 데다 변변한 직장도, 집도 없다. 방송인이 된 앨리스의 쇼를 제작하는 스태프로 일하고 있긴 하지만 그것도 시즌 1에서의 이야기다. 단짝 친구인 소피는 핀리와 같이 앨리스 쇼의 제작진이지만 잡무를 담당하는 핀리와 달리 프로듀서 중 한 명이다. 거기다 소피는 대니라는 약혼녀도 있고, 소피의 가족들 또한 소피를 응원하고 지지한다. 꽤 안정적인 삶을 꾸리고 있는 소피에 반해 핀리의 생활은 어느 하나 제대로 된 게 없다. 연애도 좀 해보려고 하지만 하필 만난 상대가 교회 목사였고, 교회 트라우마가 있는 핀리에게 그건 너무 벅찬 관계였다.

핀리는 무언가 일이 잘 풀리지 않으면 계속 술에 의지했고 곧잘 사고도 쳤다. 그렇게 사고를 치는 걸 반복하다보니 친구들과의 관계도 흔들렸다. 결국 핀리는 시즌 1 후반부에 큰 사고를 치는데 사실 그 자체로 문제는 아니었다. 그 일은 쌍방이 합의하에 한 일이고 핀리만의 잘못이라고도 할 수 없는 일이었다. 다만 누군가에게 상처가 되는 일이라는 점이 분명했을 뿐. 문제는 이후 그 일을 어떻게 받아들이고 처리하느냐였는데 핀리는 도망, 회피를 택해버린다. 그리고 시즌 2, 핀리는 정말 최악의 순간에 돌아와 여러 사람의 삶을 뒤흔든다. 혼란 속에서 실수와 실패를 반복하는 핀리를 보는 일은 분명 쉽지 않은 일이었다.

사실 핀리 같은 캐릭터가 희귀하다고 할 순 없다. 오히려 반대다. 현실에서 핀리 같은 퀴어들은…… (조용히 긴 한숨을 쉬며) 꽤 자주 볼 수 있다. 자신의 삶에서 큰 부분을 차지했던 교회와 가족에게 거부당한 핀리처럼 상처받은 퀴어도 많고, 그래서 자기연민에 빠져 있거나 허세와 거짓으로 무장하기도 한다. 술에 의존하면서 그걸 인정하지 않는 이들도 여럿 봤다. 많은 이들에게 각자의 사연이 있고, 그래서 취약하다. 당연히 혼란은 늘 함께한다. 끊임없는 드라마가 펼쳐진다. 나 또한 그 드라마의 일부였다. 그러니까 이제 그런 혼란과 멀어지고 싶은, 빠져들고 싶지 않은 내 마음도 당연하다. 혼란스러운 여자들을 볼 때면 어서 빨리 선 긋고 '아이고, 쯧쯧' 하면서 그냥 지나가고 싶다.

하지만 난 핀리를 버리지 못했다. 욕하면서 본다는 게 이런 거겠지? 끝까지 핀리의 이야기를 보며 핀리가 자신을 찾길 바랐다. 핀리를 응원했다. 그렇게 할 수 있었던 건 내가 엄청난 인내심과 끈기를 가진 사람이어서가 아니라 핀리의 혼란이 오롯이 그의 탓이 아니라는 걸 알기 때문이었다. 앞에서 말했듯 핀리는 가족들로부터 버림받았고, 그래서 집을 떠나야 했고, 그나마 숨통을 트고 살 수 있고 퀴어 친구들을 만날 기회가 훨씬 더 많은 대도시로 나와야 했다.

엄청난 월세를 감당할 수 없어 침대 하나 있는 집에서 다섯 명이서 살아야 했고, 나중엔 친구 집에 얹혀살았다. 일을 구한 게 정말 천만다행이었다. 한국이었으면 아마 일도 못 구했을 거다. 가방끈도 길지 않고, 사회가 요구하는 '여성성' 수행도 쉽지 않은 숏컷 부치가 할 수 있는 일…… 제한적일 수밖에 없으니까.

핀리가 혼란스러운 건 핀리의 잘못이 아니다. 세상은 끊임없이 핀리를 '혼란과 불안정, 불안'의 카테고리로 밀어 넣는다. 거기에 빠지면 사실 혼자선 빠져나올 수가 없다. 뭐라도 잡을 끈이 있어야 나올 수 있지 않겠는가. 근데 퀴어들 중엔 그런 끈 하나도 없는 이들이 많다. 커밍아웃 안 하고 벽장인 경우는 자신을 드러낼 수 없어서 고립되고, 때론 커밍아웃하고 난 후에도 거부와 단절을 경험하고 고립되기도 한다. 그렇게 고립된 사람들끼리라도 연결되면 다행인데(이게 문제 해결이라는 건 아니다) 그마저도 안 되면 어떻게 될까?

다행히 핀리에겐 그를 사랑하고 아끼는 친구들이 있었다. 핀리가 고립을 자처하며 못되게 굴 때도 그들은 핀리의 상황을 이해하고자 했다. 또한 도움이 필요하다는 걸 핀리에게 계속 상기시키는 노력을 기울였다. 결국 스스로 해결해야 하는 부분도 분명히 있지만 핀리에게 어떤 길들을 제시하는 친구들이 있었다는 건 대단히 중요한 부분이다. 슬프게도 〈엘 워드: 제너레이션 Q〉는 제대로 완결을 내지 못한 채 시즌 3로 끝나버려 핀리가 어떻게 됐을지 알 순 없지만, 혼란스러운 여자 핀리의 미래가 걱정되지 않는 건 친구들 때문이다. (사실 그 친구들도 조금씩 엉망진창이긴 하지만. 하하.)

그럼 친구들만 있으면 괜찮다는 건가? 아니다. 친구들이 있으면 일단 위기 상황에서 구출될 가능성은 높다는 거다. 애초에 위기 상황에 빠지지 않기 위해선 결국 사회가 변해야 한다. 퀴어/성소수자를 차별하고, 배제하고, 혐오하는 사회에선 제아무리 발버둥쳐도 계속 혼란스럽고 불안하게 만드는 일들이 몰려오는 걸 막을 수 없다. 나만 해도 여러 혼란들을 정리했다고 믿으며 혼란스러운 여자들과 거리를 두려고 하지만 실상은 불안장애로 상담받고 있지 않은가. (두둥. 여전히 나도 혼란스러운 여자였습니다.) 아, 한국사회에서 퀴어로 살기 쉽지 않다.

그러니까, 혼란스러운 여자들을 그냥 미워하지 말자. 우리가 함께 이야기해야 하는 건 혼란스러운 여자들이 얼마나 이상하고 괴팍한지가 아니라 왜 이 혼란이 끊임없이 이어지는지, 이 거대한 파도를 막을 방파제를 함께 만들 순 없는지에 대해서다. 뻔한 이야기이긴 하지만 그 방파제는 당연히 함께하는 사람이 많을수록 더 빨리, 더 단단하게 만들 수 있을 것이다.

그리고 혼란스러운 여자들이여, 더 많은 혼란과 불안을 자꾸 끌어안지 말고 그걸 조금씩 털어내보는 건 어떨까? 불행으로 자기방어의 벽을 세우는 건 위태로움만 더해질 뿐이다. 안다, 물론 어렵다는 거. (그게 쉬운 거였으면 나도 진작에 자기계발서 쓰고 대단한 멘토로 활약하고 있을지도?!) 여자들은 사실 강인하고 어쩌고의 이야기를 하고 싶지도 않다. 취약해도 괜찮아! 다만 뭐가 됐든 도움을 받을 수 있는 길 하나는 만들어놓으면 좋겠다. 내가 도움을 요청하러 뛰어나갈 수 있는 길, 누군가 언제든지 도움을 주러 올 수 있는 길. 그 길이 만들어진다면 그걸 돌보는 건 다시 '우리'의 몫이다(특히 당사자가 아니라고 빠지는 비퀴어/비성소수자들에게 강조한다). 그걸 모르는 척하고 '나만 잘 살면 된다'로 간다면 개개인의 고립만 심화될 거고, 결국 그 고립에 '나'도 포함될 거다.

더 많은 사람이 혼란스러운 여자들을 사랑할 수 있을 때 이 사회도 변할 수 있다는 걸 잊지 말자.

궁금한 건 알겠지만
그 질문은 참읍시다

종종 극장에 퀴어 영화를 보러 가면 상영 후 GV(게스트와의 대
화)라는 행사가 진행되기도 한다. GV 게스트는 주로 감독이나
배우 혹은 제작진인데 유독 퀴어 영화 GV에서만 이들에게 던
져지는 질문이 있다. "그래서 당신은 퀴어/성소수자인가요?"
다. 왜 이 영화를 만들었는지, 어떻게 만들게 됐는지 물을 수
도 있는데 어째서 "이거 당신 이야기야?"라는 질문을 하고 마
는 것일까? 아니 백번 양보해서 그냥 '순수하게' 궁금할 순 있
는데 지금 자신이 커밍아웃을 (심지어 낯선 많은 사람 앞에서) 강
요하고 있다는 걸 왜 생각하지 못하는 걸까? 그런 질문이 나올
때마다 내가 답을 해야 하는 것도 아닌데 관객석에 앉아 식은
땀을 흘리곤 했다(그리고 마음속으로 질문자를 향해 욕을 퍼부었다).

물론 나도 궁금할 때가 있다. 정말 흥미로운 혹은 반대로 완전 별로인 퀴어 콘텐츠를 봤을 때 '이걸 만든 사람은 대체 누굴까?' 생각하기도 하고 '이건 완전 당사자 각'이라고 멋대로 판단할 때도 있다. 하지만 그렇다고 해서 "당신 퀴어 맞죠?"라고 물어볼 생각은 감히 하지 않는다. 그저 마음속으로 '야, 너두?'라며 반가워하고 퀴어 친구들에게 영업할 뿐이다. 더 솔직히 말하자면 퀴어 당사자가 만든 것 같다는 감이 올 때 어떤 안도감을 느낀다. 실제로 제작진이나 배우 중 누군가 오픈리 퀴어라고 하면 그 콘텐츠에 대한 애정이 몇 배 더 샘솟기도 한다.

그러니까 퀴어 콘텐츠 만든 사람이 퀴어인지 아닌지 중요한 거 아니냐고? 맞다, 난 중요하다고 본다. 하지만 그게 그 사람이 퀴어인지 아닌지를 캐물어야 한다는 말은 아니다, 절대로. 내가 말하고 싶은 핵심은 '당사자만이 퀴어 콘텐츠를 만들 수 있다'거나 '당사자여야 퀴어 콘텐츠를 잘 만들 수 있다'라는 게 아니라, '당사자를 전혀 고려하지 않은 퀴어 콘텐츠가 가능한가?'이다. 당사자 없이 콘텐츠를 만든다는 것에 대한 문제의식, 더불어 퀴어/성소수자인 제작진이 자신을 드러낼 수 있는 환경의 중요성이다.

일단 당사자가 배제되지 않고 포함되어야 한다는 부분부터. 이 책에서 다룬 콘텐츠 중 제작진(감독, 작가, 프로듀서에 한정)과 배우 안에 당사자가 있는 경우는 얼마나 될까? 국내 작품은 당사자가 아니거나 알 수 없음이 대부분이지만 영미권 작품 중엔 커밍아웃한 오픈리가 꽤 있으므로 적어도 반이상은 되지 않을까 싶다. 거기다 미국 드라마는 작가가 여러 명이라 대표 작가가 아니더라도 작가 중에 퀴어/성소수자가 있을 가능성이 높다. 이는 실제로 최근의 동향이랄까? 아니, 동향이라기보다 기본 세팅에 가까울 것이다. 어떤 소수자의 이야기를 다룰 때 그 당사자를 제작진에 포함하는 것 말이다.

넷플릭스에서 제작·배급한 드라마 〈별나도 괜찮아 Atypical〉(2017~2021)의 주인공은 자폐스펙트럼장애를 가진 청소년 남성이다. 시즌 1이 공개된 후 미국 자폐스펙트럼장애 커뮤니티는 이 작품이 정형화된 자폐스펙트럼 장애를 재현한 점, 장애인인 주인공 샘을 비장애인이 연기한 점을 비판했다. 더불어 제작진 내에 당사자가 없다는 점, 제작 과정에서 당사자가 아니라 자폐스펙트럼 연구자의 검수만 받은 점도 문제라고 지적했다. 이후 시즌 2부터는 자폐스펙트럼장애 당사자가 컨설턴트로 참여했고 주인공 샘은 아니지만 샘의 친구로 등장하는 인물들은 자폐스펙트럼 당사자 배우들이 연기했다. 그로 인해 시청자들은 장애를 연기하지 않는 배우들이 작품 속에서 각기 다른 매력을 뽐내는 모습을 볼 수 있었다. (덧붙여 샘의 여동생 케이시가 매력적인 퀴어로 나온다는 점도 영업한다.)

〈사랑, 없어도 되더라〉에서 다룬 〈사랑할 수 없는 두 사람〉의 경우, 무성애자의 이야기를 현실적으로 담아내기 위해 '고증팀'을 꾸렸다. 고증팀엔 당사자와 연구자, 활동가가 합류했고 이들의 활동은 단지 사전 제작 단계에서 한두 번 인터뷰하고 끝나지 않았다. 이들은 기획부터 대본 감수까지 참여했고 이후 드라마 방영 중에도 드라마 홈페이지에 '고증팀의 블로그' 코너를 만들어 매회 방영 후 글을 게재했다.[*] 고증팀의 블로그엔 고증팀의 감상부터 드라마의 내용이 얼마나 현실의 무성애자를 반영하고 있는지 덧붙였다. 예를 들어, 2화에서는 주인공 사쿠코와 사토루가 사쿠코 가족 앞에서 연인인 척하는 장면이 나온다. 이 과정에서 사토루가 신체 접촉에 해당하는 행위를 매우 불편해한다는 이야기가 나오는데, 고증팀의 블로그에선 실제 무성애자를 대상으로 한 설문조사 결과를 공유하며 키스, 손잡기, 포옹, 악수 등에 불편함을 느끼는 무성애자가 얼마나 되는지 알려준다. 무성애자가 얼마나 과소재현되는 존재인지 생각해보면 이런 정보는 무성애자 당사자와 비당사자 모두에게 무척 유익할 것이다.

미국 케이블 방송인 스타즈Starz에서 방영된 드라마 〈비

---

[*] 〈사랑할 수 없는 두 사람〉 홈페이지 내 '고증팀 블로그 제2회'. https://www.nhk.jp/p/ts/VWNP71QQPV/blog/bl/pe6M8agVJ5/bp/pKJkAo9wZB/

다Vida〉(2018~2020)는 로스앤젤레스 이스트사이드에 사는 밀레니얼세대 멕시칸 아메리칸의 이야기를 담고 있다. 엄마의 부고 소식을 듣고 고향에 돌아온 두 딸은 엄마의 여성 파트너를 알게 되고, 엄마가 남긴 가게를 처리해야 되는 상황에 놓인다. 〈비다〉는 퀴어, 여성, 이주민, 젠트리피케이션 등의 이슈를 현실적으로 다루는 드라마다. 이 작품은 미국 텔레비전 프로그램 역사상 최초로 작가가 모두 라틴계 미국인이고, 반 이상이 퀴어이며 한 명만이 남성이었다. 왜 이런 구성이 중요했을까? 예전처럼 중년 백인 비성소수자 남성이 모든 이야기를 다 쓰고 연출하던 건 이제 통하지 않기 때문일까? 그렇다면 그건 왜 통하지 않는 걸까? 답은 단순하다. 그들이 만든 이야기는 '진짜'가 아니어서(혹은 '진정성'이 없어서) 더 이상 당사자들의 공감을 사기 어려워졌기 때문이다. 물론 모든 창작자가 자신이 경험한 것만 쓰거나 만들어야 한다는 건 아니다. 뛰어난 창작자는 자신이 겪지 않은 일일지라도 탁월하게 이야기를 풀어낼 줄 안다. 그리고 더 뛰어난 창작자는 자신의 상상에도 한계가 있다는 걸 인지하고 다른 사람의 이야기를 들을 줄 안다. 특히 소수자 집단의 이야기를 다룰 땐 편견과 혐오를 양성하지 않기 위해 더 예민해져야 한다는 것도.

더불어 정말 솔직히 말하면, 당사자의 흔적이 보이지 않는 퀴어 콘텐츠엔 도통 신뢰가 가지 않는다. 근래 어떤 자리에서, 퀴어 서사가 포함된 모 작품 제작진이 내부에서 퀴어 혐오 발언을 아무렇지 않게 하는 걸 목격했다는 이야기를 듣고 마음이 상당히 착잡해진 일이 있었다. 아, 결국 그들도 핑크머니가 탐났을 뿐이구나 싶어 쓴웃음이 났다. 퀴어 당사자가 없으니까(혹은 없다고 생각하니까) 그런 얘기를 해도 된다고 생각했겠지 싶어 화가 나는 한편 종종 퀴어 서사가 담긴 콘텐츠를 만드는 당사자들이 "제작 현장에서 커밍아웃하기 어렵다, 다른 비성소수자 제작진들이 자꾸 이야기가 이해가 안 된다고 지적한다" 등의 고충을 말했던 것도 생각나 마음이 더 복잡해졌다. 그런 점에서 당사자가 제작진에 포함되는 게 만사형통은 아니다. 일단 당사자가 정말 커밍아웃을 할 수 있는가가 문제고, 이후 안전한 노동환경이 보장되느냐의 문제도 있다. 어떤 퀴어 당사자가 큰맘 먹고 이 한 몸 희생해서라도 제대로 된 퀴어 서사를 만드는 데 일조하겠다고 다짐한 후 커밍아웃했다고 치자. 하지만 동료들이 인권 감수성이 없는 건 둘째치고 배우거나 이해하려는 의지도 없다면 어떻게 될까? 매 장면을 찍을 때마다 당사자를 불러서 "이거 맞아? 왜 이래야 하는데? 나한테 설명해봐"라는 식으로 접근한다면? 비성소수자들끼리 모여서 어떤 장면 혹은 캐릭터를 희화화하거나 그에 대해 혐오 발언을 내뱉는다면? 이런 제작 환경에서 퀴어 콘텐츠가 만들어진다고 생각하면 정말 아찔하다.

그러니까 우리가 해야 하는 질문은 "(퀴어 영화를 본 후) 그래서 당신은 퀴어인가요?"가 아니라 "제작 과정이 얼마나 퀴어/성소수자 친화적이었나요?"여야 한다. 당사자의 삶을 얼마나 들여다봤고, 무슨 고민을 했으며, 어떤 노력을 했는지 말이다. 꽤 최근에 개봉한 일본 영화 〈괴물〉(고레에다 히로카즈 감독, 2023)의 고레에다 감독은 영화에서 성소수자 이야기를 다루기 때문에 교육의 필요성을 인지했다고 밝혔다. 그는 개봉 전 기자 간담회에서 "성교육과 LGBTQ 교육을 하는 선생님을 모셔와서 아역 배우는 물론이고 영화 현장 스태프도 모두 교육을 받는 시간을 가졌다. 아역 배우는 부모님의 허락을 받고 그런 교육을 시켰다"*고 말했다. 이 정도의 일은 아주 당연한, 기본적인 과정이 돼야 하지 않을까?**

다시 한번 말한다. 우리가 관심을 가져야 하는 건 누가 퀴어냐 아니냐가 아니라 누가 퀴어여도 상관없는 환경, 안전한 사회를 만드는 일이다. (이제 GV에서 '그래서 당신 성소수자냐'는 질문 좀 하지마아- 정말 좀 앞으로 나아갑시다.)

---

* 　정유진, 〈'괴물'은 우리들…… 고레에다 히로카즈 감독이 꺼낸 LGBTQ와 폭력〉, 《뉴스1》, 2023.11.22.
** 　그렇다고 이런 교육만 하는 걸로 끝내선 안 된다. 이것만으로 '훌륭한' 퀴어 영화가 만들어지진 않는다. 〈괴물〉 또한 퀴어 서사임을 숨긴 홍보 방식, 퀴어 서사가 다뤄진 방식에 대해 일본에서 퀴어 당사자들의 비판이 있었다. 강조하지만 이 정도의 장치는 기본, 시작일 뿐이다.

4부

여자들아, '정상성'과 한번 불화해볼래?

마지막 이야기는 '여자 이야기'를 통해 여자들에게 전하고 싶은 말들이다. 우리를 둘러싼 굴레를 벗어나보자는 말은 종종 급진적인 것 혹은 과격한 것으로 여겨지지만 굴레를 벗어나는 건 사실 '별거 아닌 일'에서부터도 얼마든지 시작할 수 있다. '정상성'이라는 카테고리에 의문을 품는 작은 시도로도 충분히 가능하다. 그 시도를 제안하고자 또 여자들 이야기를 꺼내본다.

가부장의 공간 좀
부숴볼까?

〈아가씨〉 히데코와 숙희

나는 PK(부산·경남) 출신의 장녀다. 이런 소개를 하면 "아……"라는 말로 함축할 수 있는 눈빛을 받을 때가 있다. 상상되는 그림 혹은 떠오르는 삶이 있기 때문일 거다. 내 삶도 분명 그 안에 포함된다고 할 수 있다. 그나마 다행인 건 우리 집이 소위 '찐 마초 가부장 집안'은 아니었다는 거다. 집에 아들이 아예 부재했던 탓에 대놓고 드러나는 차별이 생길 일이 없어서 가능했던 일일지도 모르지만. 거기다 어렸을 때부터 모범생 코스프레를 잘했던 탓에 난 대체로 사람들한테 사랑받는 편이었다. 그럼 성차별이나 이분법적인 성역할 압박이 전혀 없었느냐? 그럴 리가. 어렸을 때 자전거를 타고 싶다고 했다가 할머니한테 "가시내가 무슨 자전거냐"는 말을 들었던 건 두고두고 가슴에 남았다(물론 자전거 타기를 포기하지 않았고, 동네 어딘가에 남아 있던 자전거로 홀로 자전거를 배웠다). 어디 그뿐이랴. "집에 아들/손자가 없어서 어쩌냐"는 말은 잊을 만하면 식탁 위로 올라왔고, "네가 아들로 태어났어야 하는데……"라는 아쉬운 소리도 몇 번은 들었다. 일일이 다 기억하지 못할 정도로 사소한 것들도 많다. 기억도 못 할 정도면 별거 아닌 거 아니냐고 할 수 있지만, 경험은 휘발되지 않는다. 나도 모르게 내 몸속 어딘가에 차곡차곡 쌓이고 모인다(는 것도 사실 이후에 알게 됐다. 나도 그런 건 다 사라진 줄 알았지 뭐야).

거기다 오랫동안 성정체성과 씨름하며 나를 부정하고 무시하며 억누르느라 소모된 감정들까지 더해져 난 집 혹은 고향이라는 공간에서 빨리 벗어나고 싶었다. 나에게 어떤 잣대를 들이대는 이 가부장의 공간을 벗어나면 괜찮을 거라고. 실제로 그건 어느 정도 맞았다. 아주 잠시나마 미국에서 생활할 때 그리고 서울에 자리를 잡았을 때 확실히 자유를 맛봤다. 하지만 그것이 결코 '해피엔딩'으로 이어지진 않았다. 직장을 다니며 사회생활을 하면 할수록 난 다시 가부장의 공간으로 빨려들어가고 있었다. 분명 여성과 남성 비율이 같은데도 대리급 이하 직원들은 여성, 과장급 이상 직원들은 남성이라는 이상한 구조를 계속 목도하게 될 때, 인사고과 중에 "여자들은 승진에 관심 없잖아?"라는 말을 들었을 때, 아무렇지 않게 툭툭 내뱉는 성희롱 발언을 그냥 흘려보내야 했을 때…… 난 오히려 이전보다 더 강력하고 견고한 가부장의 공간에 들어와 있음을 깨달았다. 그래도 내가 잘하면 여기서 살아남을 수 있다고 믿었지만 하나둘 사라져가는 여자 선배들 혹은 후배들을 보며 그런 생각은 무용하다는 걸 알게 됐다. 나에게 남은 선택은 벗어나는 것이었다. 그냥 '여기서 탈출'하는 것.

박찬욱 감독과 정서경 작가가 만든 영화 〈아가씨〉(2016)를 봤을 때 무엇보다 인상적이었던 장면은 주인공 숙희와 히데코가, 평생 히데코를 집에 가두고 인형처럼 부려먹은 코우즈키의 소중한 서재를 무참히 망가뜨리고 함께 가부장의 공간에서 탈출하는 모습이었다. 그 장면을 처음 봤을 때 '저게 정말 내가 하고 싶었던 거였어!'라고 (속으로) 소리칠 수밖에 없었다. 난 그저 탈출하는 것만으로도 벅찼는데, 숙희는 (자신이 사랑하는 여자!인) 히데코를 위해 그 공간을 철저하게 박살냈다. 어쩜 저렇게 멋있을 수가 있지? 숙희의 행동은 내가 차마 상상하지도 못했던 해방감

그 자체를 안겨주었다. 이후 둘이 손을 잡고 장벽을 넘어 드넓은 평원을 달리는 모습을 봤을 때 내 심장은 미친 듯이 뛰었다. 지금도 그 장면을 생각하면 심장이 두근거리는 환희에 빠져든다.

아, 참. 이 영화를 한 번도 안 본 사람들을 위해 히데코와 숙희에 대해 조금 설명할 필요가 있겠다. 먼저 히데코. 히데코를 떠올리면 일단 가슴 한편이 쓰라리다. (나한테 있는지 없는지 확실치 않은) 모성 본능을 마구 자극한다. 사기칠 생각으로 왔는데 히데코한테 홀라당 넘어간 숙희의 마음을 백번 이해한다. 히데코가 단지 아름다워서가 아니라, 그 특유의 애처로운 분위기가 사람 마음을 파고들기 때문이다. 히데코의 괴상망측한 서사는 굉장히 '특수한' 이야기 같지만 가부장제 사회에서 살아가는 수많은 여성의 경험과 일맥상통하는 부분이 있다. 히데코처럼 변태 아저씨와 할아버지들을 두고 19금 책을 낭독하는 게 '보통의' 경험은 아닐지라도 여자들에게 그런 역할극 놀이가 엄청 낯선 일은 아니기 때문이다. 이 사회가 여전히 여자들에게 요구하는 건 히데코처럼 처연하면서도 순수한 얼굴로(이 순수함은 세상과 단절된 탓이기도 하다) '성녀'인 듯한 조신함과 동시에 가부장(남편, 남자)을 만족시키는 '요부'로서의 탁월한 능력이다. 남자들의 욕망을 자극해야 하지만 또 너무 주체적으로 행동하면 그들의 (연약한) 욕망이 쪼그라들기 때문에 적당함을 잘 유지해야 한다. 물론 이 역할극 놀이도 적당히, 그리고 무엇보다 합의하고 하면 재미있을 수 있다. 하지만 가부장제 사회는 그 적당함을 몰라서, 여자들을 숨 막히게 만든다. 히데코의 처연함이 이런 숨 막힘에서 만들어졌다는 걸 알게 된 숙희는 대책 없이 히데코를 구하고자 자신의 한 몸을 내던진다.

그럼 숙희는 선하고 착한, 정의로운 인물인가? 아니다. 대도둑의 딸 숙희는 세상 물정 모르는 어린 히데코를 속여서 크게 한탕 잡아 그 돈으로 먹고살려고 했다. 그것이 자신에게 주어진 것들을 활용해 살아가는 방법이었으니까. 하지만 가짜가 된 숙희/타마코는 히데코를 '다락방의 미친 여자'로 만들려고 하는 가부장제의 함정 앞에서 의문을 품게 된다. 그 이유는 간단하다. 히데코와 사랑에 빠졌으니까. (여러분, 동성애가 이래서 가부장제에 해롭습니다. 그러니까, 하세요!) 사랑하는 히데코를 다락방의 미친 여자로 둔다? 그럴 수 없지. 내 여자는 내가 지킨다로 돌변한 숙희는 오히려 히데코를 다락방에서 탈출시키기로 한다.

그렇게 히데코와 숙희는 새로운 세상으로 간다. 물론

그 세상이 이전 세상보다 나으리란 보장은 없다. 그곳 또한 코우즈키의 서재 같을지도 모르고, 생각보다 자유를 얻기 어려울 수도 있다. 그럼에도 히데코와 숙희는 괜찮을 거다. 그들은 가부장의 세계를 한 번 부숴본 경력자들이니까. 그 맛을 잊기란 쉽지 않을 테다.

히데코, 숙희와 달리 그저 탈출하는 데 급급했던 난 아무런 계획도 없이 사직서를 날렸다. 그리고 페미니스트로 살아보겠다며 새로운 도전도 해보고 여기저기 기웃거렸다. 정말 대책 없는 시간이었지만 결국 그 시간이 지금의 길로 나를 이끌었다. 페미니즘을 언제나 당당히 이야기하는 언론에서 글 쓰며 먹고살 수 있게 되었다니 대단히 큰 운이 따랐다고밖에 할 수 없다. 덕분에 난 코우즈키의 서재를 (마구 박살내는 정도까진 아니더라도) 서서히 균열내는 일을 할 수 있게 됐다.

지금도 여전히 코우즈키의 집, 가부장의 공간에서 벗어나지 못한 여자들이 많다는 걸 안다. 사실 대부분이 그렇다. 아니, 어쩌면 여전히 모두라고 해도 과장은 아닐 거다. 그만큼 가부장의 공간은 거대하니까. 하지만 그렇다고 그곳을 영원히 못 벗어날 거라는 이야기는 아니다. 벗어날 방법은 분명 있다. 백마 탄 숙희를 기다리지 말고, 우리가 숙희가 되면 된다. 물론 숙희처럼 대담하게 모든 걸 박살낼 용기와 의지가 없을 수도 있다. 괜찮다. 조금씩, 천천히 해도 괜찮다. 한 사람이 작은 균열을 내고 다른 사람이 또 작은 균열을 내고, 또 다른 사람이 작은 균열을 더한다면 그 균열이 모여 결국 붕괴를 불러올 거다. 지난한 시간이 걸리겠지 싶어 벌써 지친다는 생각이 들 수도 있다. 한 가지 비밀(?)을 알려주자면, 우리가 그 균열을 내는 첫 사람들은 아니라는 거다. 우리에겐 이미 많은 페미니스트가 만들어놓은 균열의 역사가 있다. 참정권운동, 호주제 폐지운동, 반성폭력운동, 차별금지법 제정운동, 가족구성권운동 등 셀 수 없는 활동의 역사가 새겨져 있고 지금도 계속되고 있다.

"내 인생을 망치러 온 나의 구원자. 나의 타마코. 나의 숙희"라는 대사를 정말 좋아한다(아마 내가 꼽는 최고의 영화 대사일 거다). 페미니즘을 만나고 그동안 내가 몰랐던 사회의 부조리, 불평등을 더 많이 알게 됐다. '차라리 몰랐으면 좋았을걸'이라는 생각이 들기도 할 정도로 기울어진 운동장에서, 운동장 자체에 올라서지도 못한 이들도 많이 봤다. '아, 이번 생 망했네' 싶었지만 모순적이게도 그 현실을 봤기 때문에 살아갈 수 있게 됐다. 내가 해야 하는 일이 무엇인지 알았으니까. 페미니즘이 내 인생을 망치러 온 나의 구원자였던 거다.

그래서 난 오늘도 코우즈키의 서재를 균열낼 일을 찾아다닌다. 그 일을 조금 더 많은 이들이 함께해준다면, 결국 우리가 함께 드넓은 초원을 달릴 수 있다면 얼마나 좋을까 기대하며.

문란하다는 말이
불편하다고요?

⟨로스트 걸⟩ 보, ⟨렌트⟩ 모린

이제 난 (계속 말해왔듯이) 스스로 퀴어로 정체화하고 있지
만 여기까지 오는 과정은 결코 단순하지도, 깔끔하지도 않
았다. 나 또한 여러 정체성 이름을 거쳤고, 바이섹슈얼/양
성애자라고 생각했던 때도 있었다. 아니, 그렇게 믿어야 했
다. 내가 날 바이라고 '믿었던' 때는 디나이얼의 끝에 다다
를 즈음이었다. 그때 내가 생각했던 바이는 '정상성'에서
완전히 벗어나지 않는, '정상성'과 이상한 퀴어사회에 반반
걸칠 수 있는 사람이었다. 어떻게든 '정상성' 안에 포섭되
고자 하는 욕망을 버리지 못했던 내가 여성에게 끌리는 욕
망과 적당히 타협하는 방법은 '바이가 되는 것'이었다. 하

지만 그건 말도 안 되는 데다 성공할 수도 없는 미션 임파서블이었다. 당연히 실패!

이후 이쪽 커뮤니티에서 사람들을 만나기 시작하면서부터 흥미롭게도 나의 '바이 되기' 시도는 재빠르게 잊혔다. 그럴 수 있었던 건 (100퍼센트 전부라고 할 순 없지만 상당히 대다수의) 이쪽/여성애자 퀴어 커뮤니티가 레즈비언 중심이기 때문이었다. 그 안에서 바이는 존재하지 않는 사람이었고, 심지어 때론 존재해서도 안 됐다.

레즈비언 커뮤니티의 바이 혐오와 배제는 (아마도) 세계 공통의 역사 중 하나일 것이다. 물론 당시 난 그런 바이 혐오와 배제에 대해 전혀 인지하지 못할 정도로 '순진한' 상태였고, 그런 분위기에 젖어 '여기 모이는 사람은 모두 100퍼센트 순도 레즈비언!'이라 생각했다. 사실 나조차 '100퍼센트 순도 레즈비언!'도 아니었지만, 다행히 커뮤니티엔 한때의 실수는 다들 눈감아주는 관용이 있었다. 하지만 그것이 통하는 건 어디까지나 디나이얼 시기의 '실수/실패/슬픈 사연'일 때에 한해서였다. 극도의 금기 사항은 '지금 남자를 만나는 것' 혹은 '여전히 남자를 만날 생각이 있는 것'이었다.

물론 설사 남자친구가 있다고 한들 그냥 없다고 하면

그만이고 사람의 마음은 갈대라지만, 실제로 그런 걸 조건으로 바이들의 가입이나 참여를 제한하는 모임도 있었다. 남자를 만나거나 만날지도 모르는 사람들, 바이 대다수는 커뮤니티에서 배척당하기 일쑤였다. (남자를 만나는) 그들은 '문란했기' 때문에. 바이는 커뮤니티에서 문란한 이들, 이랬다저랬다 하는 이들, 여자랑 실컷 연애하다 남자랑 결혼하는 이들, 레즈 울리는 이들, 그러니까 주로 '나쁜 년들'로 얘기되곤 했다.

조너선 라슨이 만든 뮤지컬이 원작인 영화 〈렌트Rent〉(크리스 콜럼버스 감독, 2005)엔 그런 '나쁜 년'이 나온다. 바로 모린이다. 영화 안에서 모린에게 빠져 있는 사람은 하나가 아니다. 현 여친 조앤뿐만 아니라 전 남친 마크도 여전히 모린에게서 벗어나지 못한 상태다. 하지만 모린은 여친과 전 남친이 경쟁하든 말든 관심도 없다. 모린에게 중요한건 무대 위에서 그리고 무대 아래에서도 자신의 매력을 표출하는 것과 자신다움을 잃지 않는 것뿐. 늘 자신의 매력을 뽐내고 싶어 하고, 그 매력에 빠지는 이들이 줄을 서는 마성의 여자. 모린은 자신의 그런 자유로움 때문에 불안을 느끼는 조앤 앞에서도 당당하다. 모린과 조앤의 뮤지컬 넘버인 〈Take me or leave me〉(받아들이든지 아님 떠나버려)는 그런 모린을 정확하게 보여준다.

사춘기 때부터 모든 사람이 날 바라봤어. 남자, 여자
상관없이 말야.
이게 바로 나야. 난 이런 사람이야. 혹시 이런 게
신경쓰인다면, 그냥 받아들이든지 아니면 떠나버려.

모린만큼 마성을 가진 여자가 또 있다. 캐나다에서 만
든 SF드라마 시리즈 〈로스트 걸Lost Girl〉(2010~2016)의 주
인공 보다. 〈로스트 걸〉은 일종의 슈퍼 파워를 가진 페이
Fae라는 존재와 아무런 능력이 없는 보통의 인간이 함께 살
아가는 세계의 이야기를 담고 있다. 보는 자신이 페이라는
사실을 모르고 살았다(보에겐 출생의 비밀이 있다). 그러다
고등학생 때 남자친구와 처음으로 성적인 관계를 맺으려
다 자신의 능력을 알게 된다. 보는 서큐버스succubus였던 거
다. 서큐버스는 신화 같은 존재로, 남자들을 유혹해 그들과
성적인 관계를 할 때 상대의 에너지를 뺏는다. 때론 상대의
에너지를 홀라당 뺏어 상대가 죽기도 한다. 서큐버스는 그
에너지로 살아간다(한국의 '꽃뱀' 신화와 맥락이 비슷하다고 할
수 있다. 남자를 유혹하고 망가뜨리는 여자들. 이런 존재가 결국

남자들의 상상력에서 나왔다고 생각하면 참 흥미롭다).

　이런 서큐버스인 보는 섹스를 하려다 의도치 않게 남자친구의 에너지를 너무 많이 뺏어 그를 죽이게 되고, 이후 집을 떠나 떠돌이처럼 살게 된다. 그러던 어느 날, 약물 성폭력을 당할 뻔한 보통 인간인 켄지를 구하게 되고 둘은 친구이자 동료가 되어 사립 탐정처럼 페이와 인간 사이의 여러 사건을 해결하는 콤비를 이룬다. 그리고 보는 〈로스트 걸〉에서 형사인 늑대페이 다이슨, 의사이자 과학자인 인간 로렌과 묘한 줄다리기를 하며 삼각관계를 형성한다. 물론 〈로스트 걸〉 이야기 속에서 보에게 빠지는 이들은 한둘이 아니지만, 다이슨과 로렌은 보의 사랑을 얻기 위해 지속적으로 경쟁하는 인물들이다.

　모린과 보는 둘 다 너무 매력적인 여자였고 그래서 그들을 좋아했지만, 마음 한구석에선 '저렇게 함부로 흘리고 다니면 안 되지! 에헴' 하는 꼰대 마인드가 작동하고 있었다. '조신하지 못하게'라는 생각이 들고야 만 것이다. 물론 이에는 복잡한 심정이 섞여 있긴 했다. 일단 바이섹슈얼이라는 성적 지향에 대한 무지 때문에 발생하는 오해와 편견, 그리고 이에 기반한 미움과 질투(지금 이렇게 말하기 너무 남부끄럽지만 그땐 바이는 어디든 속할 수 있는 '편리한' 정체성인 줄 알았다). 바이에 대한 큰 오해 중 하나는 바이가 실제로 존재하는 성적 지향이 아니라 그냥 혼란스러운 상태 혹은 '문란한' 사람이라는 것이다. 그렇기에 바이는 모노섹슈얼(오직 하나의 젠더에만 성적 끌림을 느끼는 사람)인 이성애자 사회에서도 동성애자 사회에서도 이해받지 못하고 낙인찍히며 배제된다는 건 이후에 알았다. 도대체 문란한 게 뭐길래 이렇게 사람을 불편하게 하는 걸까?

그런데 사실 나도 '문란한' 사람으로 불린다. 처음 서울퀴어문화축제에 참여하고, 이후 종종 성소수자 인권 관련 시위나 집회에 나가면 만나게 되는 '반대편 사람들'(=혐오 세력)이 퀴어/성소수자를 '음란 마귀', '항문성교 하는 놈들'(성소수자라고 다 하는 것도 아니고, 심지어 남성 동성애자들도 모두 그걸 하는 것도 아니며 이성애자 중에서도 하는 이들이 뻔히 있음에도 맨날 그 타령을 하는 게 상당히 지겹다), '(문란해서) 질병을 옮기는 놈들' 등으로 날 부른다는 걸 알게 됐다. 처음엔 좀 움찔했지만 나중엔 그냥 궁금해졌다. 그런 프레이밍이 이미 철 지난 편견과 왜곡이라는 게 뻔히 드러났음에도 왜 여전히 퀴어/성소수자를 '문란함'과 연결하려고 하는 걸까? 나중에야 알게 된 사실은 그게 '낙인찍기'의 주요한 방식이라는 거였다.

생각해보면 그 방법은 정말 잘 먹힌다. 나의 디나이얼과 벽장 시절이 (일찌감치 여자밖에 안 보였음에도) 생각보다 길었던 이유도 성소수자에 대한 사회적 낙인이 무서웠기 때문이다. '문란하다'는 것도 마찬가지였다. 그 말의 여파는 예상외로 커서 난 벽장에서 나간 이후에도 '문란하지 않은 성소수자'(그게 대체 무엇인지도 몰랐지만)가 되어야 한다고 생각했다. 더 조신해야 한다고 말이다. 그렇게 얌전하고 조신한 성소수자의 모습을 '갖추면' 사람들의 오해가 풀릴 거라 믿었다. 하지만 그건 큰 착각이었다. 혐오 세력은 성소수자가 문란해서 혐오하는 게 아니다. 그렇게 믿어야 혐오하기 쉽기 때문에 문란하다고 하는 것이다.

이 사회가 문란하다고 말하는 사람들을 또 생각해보자. 주로 여자들이다. 짧은 치마를 입은 여자, 진한 화장을 하고 빨간 립스틱을 바른 여자, 외국 갔다 온 여자, 일 잘하는 여자, 목소리 큰 여자, 자기 할 말 하는 여자, 순종적이지 않은 여자, 인기 많은 여자, 그냥 어린 여자, '이상한' 여자, '정상성'에서 벗어난 여자…… 대체 어느 장단에 맞춰야 할지 모를 만큼 문란함의 범위가 넓다. 이건 무슨 의미일까? 문란하다고 해버리면 욕하기 편하다. 그 외에 어떤 이유가 있는지 모르겠다.

모린이 〈Take me or leave me〉에서 했던 말, "이게 바로 나야. 난 이런 사람이야. 혹시 이런 게 신경쓰인다면, 그냥 받아들이든지 아니면 떠나버려"에 대해 응답할 수 있다면, 이제 '문란한' 여자들을 받아들였다고 당당히 말하고 싶다. 또한 '문란하다'고 불리는 (비록 현실은 문란하고 싶음에 더 가까울 정도로 '평범한' 삶을 보내고 있어 억울한) 나도 받아들였다고.

여기서 (우리끼리니까) 밝히자면, 나의 첫 타투는 "조신한 여자는 역사를 만들 수 없다"*는 영어 문구다. 앞으로도 그 말이 내 몸에 새겨져 있는 한 한껏 문란해져볼 생각이다.

---

* 미국의 역사학자 로렐 대처 울리히가 쓴 글에서 따온 것이다. Ullrich, Laurel Thatcher, "Vertuous Women Found: New England Ministerial Literature, 1668-1735", *American Quarterly 28(1)*, pp. 20-40, 1976.

그 선택, 정말
'선택'이었나요?

〈체이서 게임 W: 갑질 상사는 나의 전 여친〉 후유

예전에 한번 기혼이반 모임에 낀 적이 있다. 기혼이반이라 함은 결혼한 이반/동성애자로, 나도 이런 모임이 있다는 걸 그때 처음 알았다. 기억이 정확하진 않지만 아마 당시 사귀었던 여자친구의 아는 언니가 기혼이반이었고, 그들이 모이는 데 얼떨결에 합석하게 된 상황이었던 것 같다. 20대 중반이었던 난 나보다 나이가 꽤 있는 언니들의 포스에 압도당하기도 했고, '동성애자인데 결혼했다? 그 이후에도 사람들을 만나러 나온다?'는 머릿속 물음표들로 인해 약간 거리를 두고 있었다. 하지만 그건 그들도 마찬가지여서 나를 경계하는 분위기를 확실히 느낄 수 있었다.

오랜 시간을 보내며 많은 이야기를 나누진 않았지만 그들과 헤어지고 집으로 돌아가는 길에 뭔가 마음이 무거웠던 것만은 기억한다. 아니, 사실 무거웠다는 말로만 표현할 수 없는 매우 복잡한 감정이 뒤섞여 있었다. 일단 '아직' 내가 그들이 아니라는 데 안도했고, 그들의 (거짓된 혹은 숨겨진) 생활에 안타까워하며 일부 동정하면서도 '결국' 내가 그들이 될까봐 두려웠다. 그도 그럴 것이 당시 난 가족은커녕 직장 동료나 친구에게도 커밍아웃을 거의 하지 않은 상황이었기 때문이다. 스스로 내가 누구인지 알아내고, 모임 등을 찾아다니며 나와 비슷한 사람들을 찾아 나서고, 세상에 들키지 않게 연애하는 정도까지가 내가 할 수 있는 최선일 때였으니까. 기혼이반이 나쁜 사람들이기 때문에 되기 싫었다는 게 아니라 '내가 나로 살지 못할 수 있다, 다시 아예 벽장으로 들어가야 할 수도 있다'는 생각 때문에 정말 너무 무서웠다.

내가 지금 이렇게 (다시 벽장으로 들어가지 않고 나름 당당하게) 살고 있는 건 순전히 운이 좋았기 때문이다. 물론 조금은 나의 '노오력'도 있긴 하겠지만, 그건 정말 조금일 뿐이다. 나에겐 혐오 세력이 아닌 가족이 있었고 혐오 발언을 내뱉지 않는 친구들이 있었다. 함께 미래를 상상할 수 있는 너무 좋은 퀴어 동료들도 만났다. 이런 일이 가능했던 건 우연과 운이 겹치고 겹쳐 내가 생각지 못한 세계에 도달할 수 있었기 때문이다. 이들이 아니었다면 나 또한 어느 시기에 이성애 결혼 압박을 받았을 거고, '정상성'에 들어맞는 생애주기를 살아야 한다는 압력에 시달렸을 거다. 나 빼고 주변 모두가 가는 길을 벗어날 수 없어서 꼼짝없이 그 길을 달렸을지도 모른다. 이 말을 반대로 하자면, 나처럼 운이 좋지 않았던 이들은 그 길을 벗어나기 무척 힘들었을 거라는 말이다.

일본 GL 드라마 〈체이서 게임 W: 갑질 상사는 나의 전 여친チェイサーゲームW パワハラ上司は私の元カノ〉(2024)의 주인공 후유는 그런 기혼이반이다. 후유는 대학 시절, 이츠키와 4년간 연인 관계였지만 이츠키가 남자랑 바람을 피워 헤어졌다. 완전히 배신당한 거다. 그냥 사랑이 식은 것도 아니고 바람이 났다? 이건 정말 최악의 결말 중 하나다. 거기다 더 최악은 새로운 남자친구를 후유에게 보여주며 이츠키가 한 말이다. "역시 후유만으론 부족해. 미안해."

많은 여성애자 퀴어들, 특히 레즈비언들은 이 말이 얼마나 끔찍한 상처가 되는지 안다. '너만으론 부족해.' 그러니까 결국 여자인 너로는 안 된다는 그 말, 그것만큼 듣고 싶지 않은 말은 없다. 이츠키의 말이 '널 사랑하지 않아'였으면 차라리 나았을 거다. 하지만 '역시 여자인 너론 안 되겠다'는 건 가슴에 비수를 꽂는 말이다. 그렇게 버림받은 후유는 지금 남편과 결혼을 택했다. 하지만 이 이야기엔 큰 반전이 있다. 이츠키는 사실 남자와 바람난 게 아니라 그런 척을 했다는 것. 후유의 엄마로부터 "우리 딸과 헤어져달라"는 말을 들은 이츠키가 이별을 위해 상처 주는 방법을 택했던 것이다.

이 이야기 속 후유와 이츠키는 '아니 대체 왜?' 싶은 선택을 한다. 정말 왜 그랬을까? 그걸 알기 위해선 그럼 이들에게 다른 선택이 가능했는지 살펴봐야 한다. 대학생인 딸이 만나는 사람을 찾아가 "동성애자는 행복해질 수 없어요. 우리 딸과 헤어져주세요"라고 말하는 엄마를 둔 후유가 할 수 있었던 선택은 무엇이었을까? 이츠키에게 버림받고 크나큰 상처를 받은 뒤 후유에겐 어떤 미래가 보였을까? 네가 여자라서 안 되겠다는 말을 들은 후유가 동성애자/성소수자로서 살아갈 용기를 얻을 수 있었을까? 그것도 혼자서 말이다. 이츠키도 마찬가지다. "동성애자는 행복해질 수 없어요"라고 말하며 헤어짐을 종용하는 '어른'의 말에 맞서, 성소수자에 대한 차별이 공공연히 용인되는 사회일지라도 "우린 그래도 행복할 것"이라 당당히 말할 수 있었을까? 그런 말을 할 수 있었다 치자, 그럼 그 엄마가 바로 수긍하고 한발 물러났을까? 아마도 아니었을 거다. 후유와 이츠키가 할 수 있는 것, 그들이 선택할 수 있는 건 극히 제한적이었다. 아니 어쩌면 엄마가 원하는, 세상이 원하는 '정상성'에 맞춘 삶을 사는 길이 유일한 길이었을지도 모른다. 그런 점에서 후유의 이성애 결혼은 (남들이 보기엔) '쉬운/용이한' 선택처럼 보여도 사실은 매우 어려운 선택이었을 것이다. 내가 원하는 삶, 나의 어떤 정체성을 버리는 삶을 택하는 게 절대 쉬울 리 없을 테니.

이후 극 중에서 후유는 갑질하는 상사가 되어 나타나 이츠키를 괴롭히지만 결국 둘은 여전히 서로 사랑하고 있음을 확인한다. 그리고 후유는 (이츠키와 후유의 관계를 알게 된) 남편에게 "난 레즈비언"이라 커밍아웃하지만 이츠키가 아니라 지금의 가정을 택하겠다고 말한다. 그렇게 원하고 원하던 사랑하는 사람과 재회하고 여전히 사랑하고 있다는 걸 알게 됐음에도 왜 그랬을까? 난 이것이 여전히 많은 퀴어/성소수자가 실제로 짊어지고 있는 짐이라 생각했다. 아니다. 그들에게 얹히는 짐이라 생각한다. 정상성에 대한 압박 그리고 선택지가 주어지지 않는 여러 상황, 그로 인해 책임져야 하는 것들. 이 사회는 퀴어/성소수자에게 이미 답이 정해져 있는 답안지만 들이밀며 '이대로 안 하면 넌 비정상이야, 실패자야, 괴물이야'라 말한다. 이것도 대단히 큰 문제지만 또 다른 문제는 선택 이후의 일은 나 몰라라 한다는 거다. 자신을 감추고 산다는 게 당사자와 주변에 어떤 영향을 미칠 수 있는지도 전혀 알려주지 않고, 이 삶에 관심을 갖지도 않는다. 그러니 누군가 뒤늦게 '나 정말 이렇게는 못 살겠어!'라고 탈주하면 그 탈주는 오롯이 개인의 잘못이 된다. '그러게 왜 거짓된 이성애 결혼을 했냐'라는 말도 '그래도 가정은 끝까지 지켜야지, 애는 어쩌라고'라는 말도 개인에게만 향한다. 이건 정말 개인의 책임일까? 후유는 동성애를 혐오하는 엄마에게서 죽을 힘을 다해 벗어나 혼자 모든 걸 이겨내야 했을까? 자기 성정체성에 맞는 '바른' 선택을 해야 했을까? 근데 그 선택을 하면 어떻게 되죠? 병원에서 보호자로도 인정받지 못하는 파트너와 불안한 삶? 가족인데 가족으로 불리지 못하는 삶? 직장에서 계속 친구와 사는 것처럼 연기해야 하는 삶? 제도적으로 보장되지 않는 삶? 이게 어떻게 선택이 될 수 있을까?

나에게도 때때로 "그건 네 선택이잖아"라는 말이 들려온다. 네가 퀴어인 것도, 그래서 '험한' 길을 가겠다는 것도 다 네 선택 아니냐고. 이 자리를 빌려 말하건대 이건 한 번도 내 선택이었던 적이 없다. 퀴어로 정체화하고 퀴어한 삶을 살기로 한 건 내 선택임이 분명하지만, 성정체성에 따른 차별과 배제가 만연한 사회에 살겠다는 건 내 선택이 아니었다. 모두가 누려야 마땅한 권리에서 탈락'되어 버리는' 것도 내 선택이 아니었다. 동료 시민들(이라 믿었던 이들)로부터 아무런 이유 없이 혐오받는 것 또한 내 선택이 아니었다. 그건 그들의 선택이었다. 그들이 혐오하기를 선택한 것이다. 하지만 여전히 누군가의 선택은 선택이라서 책임져야 하는 것이 되고, 또 다른 누군가의 선택은 타인을 마음껏 혐오해도 괜찮은 자유가 된다. 굉장히 이상하지 않은가?

개인의 의지로 무엇이든 할 수 있다고 여겨지는 신자유주의 사회에서 "마음만 먹으면 다 된다", "네가 선택하기 나름"이라는 말은 쉽게 반복되지만 사실은 전혀 그렇지 않다. 사회는 여전히 기울어져 있고, 출발 지점도 다르며, 누군가에겐 문조차 열리지 않는다. 우린 이 현실을 더 들여다볼 필요가 있다. 더불어 사람들에게 다양한 선택지를 주는 사회를 어떻게 만들 것인지 이야기해야 한다. 그건 곧 '어떻게 평등한 사회를 만들 것인가?'에 대한 논의이기도 하다.

후유와 이츠키는 결국 다시 만나는 결말을 맞이하지만, 그냥 가면 되는 길을 돌고 돌아서 가야만 했다. 최첨단 어쩌고 하는 시대인 만큼 이제 그런 길은 좀 단축해보는 게 어떨까.

성공, 이 두 글자에서
벗어날 수 있을까?

〈마인〉 정서현

2021년, 한국 케이블 채널 tvN에서 드라마 〈마인〉이 방영되고 그 작품의 주인공인 정서현이 성소수자라는 게 알려졌을 때 난 드디어 때가 왔구나 싶었다. 한국 미디어에서 퀴어/성소수자 재현의 변곡점이 될 때 말이다. 정서현은 그동안 주로 보여지던 우울하고 불행한 퀴어가 아니라 능력 있고 성공했으며 마지막에 승리하는 여자, 그야말로 정상에 오른 여자였으니까. 지금까지 오랫동안 미디어가 퀴어/성소수자를 묘사해온 불행, 우울, 죽음, 자극 등의 방식이 아닌 '성공한' 성소수자! 특히 한국 미디어에선 워낙 퀴어 서사를 찾아보기 힘들었고 아주 가끔 등장할 때마저 불행 서사의 전형성을 벗어나질 않았다.* 내가 한국 콘텐츠 이야길 하고 싶어도 할 수 없는 이유도 그것이었다. 그나마 최근작이 아니고선 아무리 생각해도 내가 좋아하는 콘텐츠가 떠오르질 않는 슬픈 사연. 그런 와중에 나타난 〈마인〉의 정서현은 어떤 희망을 보여주는 캐릭터였다. 드디어 이렇게 멋지고 뽐나는, 속된 말로 표현하자면 어디 내놔도 부끄럽지 않을 레즈비언 캐릭터가 나왔다는 것. 하지만 이와 동시에 정서현은 '성공'에 대한 나의 복잡한 욕망을 되돌아보게 하는 여자이기도 했다.

〈마인〉은 한국 드라마의 흔하디흔한 설정인 재벌 집안의 이야기를 배경으로 한다. 정서현은 재벌 집안 장남의 아내이면서 진정한 실세로, 집안을 관리하는 능력뿐만 아니라 경영에서도 뛰어난 역량을 보인다. 자신이 원하는 것도 분명하고, 그걸 위해 냉철하게 판단하고 일을 진행하는 추진력도 있다. 아들이 아니라 며느리라는 게 가장 큰 장벽이라면 장벽이랄까? 그런 그에게 숨겨진 비밀이 있었으니, 바로 벽장 레즈비언이라는 거였다.

---

* 　박주연, 〈'마인'……한국 드라마에서 성소수자 재현 어디까지 왔나: 세상의 편견에서 벗어나는 성소수자 캐릭터들〉, 《일다》, 2021.6.30. https://www.ildaro.com/9080

결혼 전에 사랑하는 여자가 있었지만 가지고 있는 걸 잃을 수 없어서, 더 많은 것을 가지기 위해서 그 사랑을 포기했다. 하지만 잊을 순 없었기에 여전히 그 사랑의 흔적에 매달리는 아련한 여자이기도 하다. 이렇게만 들으면 '또 서글픈 레즈 이야기구먼' 할 수 있다. 하지만 다행히 정서현은 조금 더 나아간다. 서현은 남편에게 커밍아웃을 하고, 자신이 포기했던 사랑을 되찾으려고 한다는 걸 암시하기도 한다. 레즈비언으로서 정서현의 미래는 이야기의 시작보다 훨씬 희망적으로 끝난다. (물론 고구마 먹은 것처럼 답답한 지점도 많았지만.) 내가 〈마인〉의 정서현을 좋아한 이유도 그 때문이었다. 천천히 가지만 갇혀 있지 않고 나아가는 사람이어서. 조금 더 솔직하게 말하자면, 정서현은 너무 능력 있고 돈도 많고(아, 자본주의여) 우아하고 아름답고 멋진 사람이어서 안 좋아하기 어려울 정도이긴 했다. 그는 한때 내가 꿈꿨던 레즈비언/퀴어의 이상을 보여주고 있었으니까.

'성공'이란 뭘까? 그 정의는 아마도 사람마다 다를 것이다. 지금 이렇게 여자 이야기만 하는 책을 쓴 나를 보고 성공했다고 하는 사람도 있겠지만, 대출금리가 오르는 현실 앞에서 벌벌 떨기만 하는 나를 보며 성공은 물 건너간 이야기라고 하는 사람도 있을 테다. 현재 한국사회에서 성공은 소위 명문(이라 불리는) 대학에 입학하는 것, 대기업에 취업하거나 전문직이 되는 것, 돈 많이 벌고 집 사는 것 등으로 수렴된다. 그런 삶을 살면 대체로 대접받을 수 있고, 어느 정도 뽐내면서 살 수 있으니까.

나도 그런 성공을 무지하게 꿈꾸던 때가 있다. 특히 성소수자라는 걸 자각했을 때 성공에 대한 욕망은 정점을 찍었다. 이 사회에서 성소수자라는 사실은 약점/마이너스로 작용할 수밖에 없다는 걸 너무 잘 알았기 때문에 그 마이너스를 만회하기 위한 '성공'이 필요하다고 믿었다. 좋은 직장에 다니면, 연봉을 잘 받으면, 괜찮은 차를 몰고, 부동산이 있으면 이 사회가 날 성소수자라고 무시하지 않지 않을까? 신자유주의 자본주의 사회에서 정규교육을 받아온 내가 다다를 수 있는 결론은 '성공'이었다. 알고 보니 나만 그런 것도 아니었다. 내가 봐왔던 많은 성소수자 또한 사회의 차별과 억압의 방어 수단으로서 성공해야 한다는 생각에 사로잡혀 있었다. 적어도 '남들만큼', 그러니까 '일반인/정상인'들처럼 해야 한다는 압박에 시달리고 있는 경우도 많았다. 편견의 눈으로 보면 아무나 만나서 놀기 바쁜 문란한 퀴어들이라고 생각하겠지만 실상은 그렇지 않다.

여성애자 퀴어의 다수는 '정상성' 수행을 위해 그 누구보다 '빡세게' 따지며 사람을 만난다. 데이팅 앱을 보다보면 '자기관리 안 되는 사람, 자기계발 안 하는 사람은 못 만난다'는 류의 말들이 차고 넘친다. 이해가 안 되는 건 아니다. 한국사회에서 여성으로 살아남기란 보통 일이 아니다. 여전히 여자라는 이유로 채용 시 불이익을 입고, 승진에서 누락당하고, 성희롱을 경험한다. (이성애) 결혼을 하면 임신/출산/육아로 경력단절당하고 어려움을 겪지만, 결혼 안 하면 안 한 걸로 또 눈치/압박을 받는다. 임신/출산/육아가 없더라도, 어느 정도 나이가 되면 회사에서 버티기 어려워진다. 중년 이상의 나이로 노동시장에 나가면 갈 수 있는 일자리는 고되고 열악한 데다 급여도 적다. 현실이 이렇다보니 자꾸 성공에 매달리게 된다. '정상성'이 너무 좋아 보여서 그걸 획득하고 싶은 게 아니다. 성공이라도 있어야 다르다는 이유로 내 일상이 위협받지 않고 편안하고 안전하게 살 수 있을 것 같으니까 그렇다. '성공'이 그런 삶을 보장한다면 그걸 해내겠다는 마음인 거다.

하지만 결국 난 그 성공을 포기했다. 사실 포기했다는 말은 반은 맞고 반은 틀리다. 일단 난 그 성공이 나와 맞지 않는다는 걸 깨달았다. 나만 잘하면, 정말 내가 열심히 하면 되는 줄 알았는데, 사회생활은 계속 누군가에게 상처를

줘야 했고, 무엇을 뺏어야 했고, 나 자신을 속여야 했다. '다 그렇게 산다'고 할지 모르겠지만 나에겐 왠지 벅찬 일이었다. 명백히 보이는, 하지만 모순적이게도 누군가에겐 절대 보이지 않는 차별과 배제가 작동하는 방식을 지켜보는 것도 괴로웠다. 사라지는 누군가 대신 남아 있는 난, 내가 상상해온 멋진 커리어우먼과는 이미 거리가 멀게 느껴졌다.

하지만 어떤 지점에서 성공은 아무리 해도 가닿을 수 없는 것이었다. 성공의 길이 어떤 사람들에겐 굉장히 좁은 길로만 열려 있다는 사실을 느낄 때마다 의욕은 상실되어갔다. 이 사회의 현재 구조에서는 절대 내 능력이나 노력으로만 성공을 이룰 수 없다는 걸 깨달았다. 사람은 모두 빈손으로 태어나 빈손으로 죽는다고 하지만, 그 말은 순 개뻥이었다. 정말 빈손으로 태어나는 이도 있지만 날 때부터 엄청난 것들을 가진 이들도 있다. 단지 돈만이 아니다. 돈을 가진 이들에겐 정보가 있고 인맥이 있다. 무엇보다 '선택'할 수 있는 '기회'가 주어진다. 이런 기회는 계급에 따라 나뉘기도 하지만 젠더/나이/성정체성/장애 유무/학벌·학력/출신 지역 등에 따라서도 나뉜다. 아무리 능력이 뛰어나고 노력할 수 있다고 하더라도, '여자들은 좀 그렇잖아?', '장애인은 아무래도 좀……', '지방대 출신들은 별로더라고' 등의 차별과 편견, 낙인과 배제가 있다면 어떻게 될까?
2015년 미국 텔레비전(이제 OTT도 포함된다) 부문 아카데미 시상식인 에미상Emmy Awards 에서 흑인 여성 최초로 드라마 부문 여우주연상을 수상한 비올라 데이비스*는 수상 소감에서 이렇게 말했다.

제 마음 안에 있는 하나의 선을 봅니다. 그 선 너머에는 녹색의 초원과 사랑스러운 꽃들 그리고 선 너머의 날 향해 팔 뻗고 있는 아름다운 백인 여성들이 있습니다. 하지만 전 어떻게 그 선을 넘어갈 수 있는지 모르고, 그 선을 넘을 수가 없습니다. 이 말을 한 건 1800년대에 살았던 해리엇 터브먼**입니다. 저도 한마디 하겠습니다. 비백인 여성과

---

* 비올라 데이비스는 〈범죄의 재구성(How to Get Away with Murder)〉(2014~2020)의 주인공 애널리스 키팅을 연기했다. 매우 유능한 형사소송 변호사이자 법학과 교수인 애널리스의 복잡한 심리를 탁월하게 연기한 비올라 데이비스는 수상하기에 충분했다. 참고로(?) 애널리스는 바이섹슈얼이다. 그리고 〈범죄의 재구성〉은 〈그레이 아나토미〉를 만든 숀다 라임스가 제작자로 참여한 작품이기도 하다. 재미는 보장된다는 뜻!
** 해리엇 터브먼(Harriet Tubman)은 19세기 노예해방운동을 한 흑인 여성 운동가이다. 그의 삶과 업적은 지금까지도 많은 흑인/비백인 여성들에게 영감이 되고 있다. 해리엇 터브먼의 삶을 다룬 영화 〈해리엇(HARRIET)〉(카시 레몬즈 감독)이 2019년 미국에서 개봉했다. 참고로(?) 이 영화의 주인공인 해리엇을 연기한 배우 신시아 에리보는 오픈리 퀴어/바이섹슈얼이다.

다른 사람이 유일하게 다른 점은 기회의 유무입니다.

우리(비백인 여성 배우들)는 존재하지도 않는 역할로

에미상을 받을 수는 없습니다.[*]

에미상은 1949년부터 시작됐다. 그럼에도 2015년, 그러니까 66년 만에 흑인 여성이 처음으로 여우주연상을 받았다. 이 사실은 무엇을 의미할까? 그동안 흑인 여성 배우들 중 정말 그 누구도 상을 받을 만큼의 능력을 갖추거나 그만큼 노력한 사람이 없었을까? 비올라 데이비스는 자신이 여우주연상을 받은 건 재능을 마음껏 펼칠 기회, 공중파 드라마의 주인공이라는 기회가 주어졌기 때문이라는 것을 분명히 했다. 기회가 있었기에 성공할 수 있었다. 반대로 누군가에게 성공은 '노오력'의 문제가 아니다.

이렇게 성공에 대해 복잡한 마음을 갖고 있는 나에게 정서현이라는 여자는 참 쉽지 않다. 정서현은 객관적으로 멋있고 잘난 사람이어서 '나도 저런 사람이 돼야 했는데'라고 생각하게 만드니까. 어쩌면 난 여전히 성공을 포기하지

---

[*] "Viola Davis' emotional acceptance speech", *BBC NEWS*, 2015.9.21. https://www.bbc.com/news/entertainment-arts-34312420

못했는지도 모른다. 하지만 이런 소소하고도 개인적 욕망은 큰 문제가 아니다(사실 이것도 문제이긴 하다). 내가 정서현을 좋아하면서도 너무 좋다고 호들갑 떨지 못했던 건 다른 두려움 때문이었다. 정서현 같은 사람, 아름답고 멋있고 능력 있고 돈 많고 안정적인 사람이 사회에서 소수자에게 요구하는 기준이 될지 모른다는 두려움. '네가 레즈비언/성소수자/퀴어인 거? 뭐 그렇다고 쳐. 근데 그럼 좀 더 잘해야 하는 거 알지? 공부도 잘하고, 좋은 직업 얻고, 일도 잘하고, 돈도 더 잘 벌어야 해. 그래야 이 사회에서 쓸모 있는 사람으로 인정받을 수 있지'라는 기준은 사실 이미 존재하는 것이기도 하다. '정상성'에서 탈락된 퀴어한 존재들에게 다시 입장 티켓이 주어지는 경우는 이 사회가 정한 능력과 성공의 기준을 충족했을 때'만'이니까.

정서현 같은 소수자가 등장하는 건 분명 이 사회의 고정관념이나 편견, '쟤네 다 이상한 애들은 아닌가보네?'라는 틀을 깨는 데 도움이 되는 측면이 있다. 하지만 차별이나 배제, 혐오를 없애기 위해선 성공만으론 부족하다. 정상에 오를 수 있는 건 사실 정말 소수뿐이다. 그리고 자칫 잘못하면 그 성공 신화가 또 다른 차별이나 배제, 혐오를 불러올 수 있다는 데 더 주의해야 하는 측면도 있다. 성공 신화는 차별과 혐오가 사회의 구조적 문제가 아니라 '성공하지 못한 네 탓'이라며 개인에게 덤터기 씌우기로 연결되기 쉬우니까. 또한 '성공'이라는 말에 많은 무게가 더해질수록 '성공을 위해서'라는 말로 무마되는 게 너무 많아진다. 심지어 누군가는 성공할 재목이라는 게 예정/점지되어 있어서 실수 혹은 실패를 하거나 심지어 죄를 지어도 용서받기도 한다. '성범죄를 저질렀지만 명문대를 다니고 있어서', '뺑소니를 쳤지만 의대생이니까' 감형한다는 그런 어이없는 일들이 생기는 거다.

우리가 맹목적으로 성공을 추종하지 말아야 할 이유는 사실 많다. 그렇지만 그 '성공'이 너무 매력적으로 보인다는 것도 잘 안다. 그렇기에 나도 매번 흔들린다. 하지만 나에겐 그럴 때마다 떠올릴 여자들이 있다. 그 '성공'을 하진 못했지만 잘 살아가는 여자, 그 누구보다 멋진 여자, 행복한 삶을 꾸려가는 여자들. 이럴 때 보면 많은 여자를 좋아한다는 게 참 복이다 싶다.

성공에 대한 이야기 말고 그럼 무슨 이야기를 해야 할까? 여기서는 책을 한 권 덧붙이고 싶다. 《퀴어는 당신 옆에서 일하고 있다》는 많은 노동자의 이야기를 다뤄온 기록노동자 희정 작가가 20대와 30대 성소수자 스무 명 남짓을 인터뷰하고 쓴 책이다. 이 책에는 일하는 퀴어가 노동 현장에서 혹은 노동 현장으로 진입하기 위한 과정에서 겪는 다양한 경험이 담겨 있다. 커밍아웃을 하지 못하고 숨겨야 하는 상황의 어려움에서부터 사회가 요구하는 '여성성', '남성성' 수행의 힘겨움, 소소하다고 여겨지지만 당사자에겐 꽤 위협적인 차별과 배제에 대한 이야기까지. 작가는 이들의 이야기를 듣고 "우리(사회)는 차별이 무엇인지 모른다"*고 진단했다. 분명히 차별이 행해지고 있음에도 대부분의 사람은 그걸 인지조차 못한다는 거다. 우리는 성공이나 능력이 아니라 차별에 관한 이야기를, 그것을 어떻게 바꿀 것인지에 관한 이야기를 더 많이 해야 한다.

---

*   희정, 《퀴어는 당신 옆에서 일하고 있다》, 오월의봄, 2019, 218쪽.

엔딩까지 살아남기

〈피어 스트리트〉 디나

나에겐 잊지 못하는 장례식이 있다. 장례식 자체에 대한 기억이라기보다 부고 소식을 들었을 때의 감정, 동료들과 함께 장례식장에 가던 길의 풍경, 그때 생각했던 여러 가지 생각들에 대한 기억이다. 그 장례식은 나의 첫 성소수자 장례식이었고, 너무 슬프게도 그게 '시작'이었다. 그 전까지 내 삶에서 누군가가 죽었다는 소식을 듣는 건 매우 드문 일이었고 부고 당사자는 대체로 연세가 많으신 분들이었다. 하지만 퀴어/성소수자 인권 관련 활동을 하기 시작한 후로는 벌써 장례식장에 간 일이 꽤 된다. 대체로 그들은 '젊은' 사람들이었다. 매번 그런 소식을 접하고 장례식장에 갈 때면 한없이 복잡한 마음에 사로잡힌다. 어째서 이 감정은 늘 낯선 것일까.

사실 어떤 점에서 퀴어의 죽음은 낯설지 않은 것이다. 내가 그토록 사랑했던 이야기에서도 퀴어들은 자주 죽었으니까. 이 책에선 그렇게 죽어간 퀴어들을 소개하지 않았지만 사실 하나하나 언급할 수 없을 정도로 정말 많다. 누군가(눈치라곤 쥐뿔도 없는 사람)가 '실제로 성소수자는 우울하고 자살률도 높지 않냐? 미디어도 사실을 보여주는 거 아니냐?'고 한다면 반대로 난 이렇게 묻고 싶다. '미디어가 계속 그런 걸 반복해서 보여주니까 성소수자가 불행한 거 아니냐?'고. (이 이야기는 앞에서도 충분히 했으니까 넘어가겠다.)

그래서일까? 언제부터인가 난 끝까지 살아남는 퀴어 캐릭터가 나오는 콘텐츠를 무척 좋아하게 됐다. 그중에서 손에 꼽는 건 단연 넷플릭스 영화 〈피어 스트리트Fear Street Trilogy〉 3부작이다. 심지어 이 작품은 호러다. 내가 결사코 꺼리는 장르인 호러. 그런 큰 장벽에도 불구하고 〈피어 스트리트〉 3부작은 나의 사랑을 독차지했다. 그 이유는 간단하다. 〈피어 스트리트〉의 주인공 디나와 그의 여자친구인 샘이 끝까지 살아남으니까. 심지어 호러임에도.

사람이 많이 죽어나가는 호러 이야기에서 끝까지 살

아남는 사람은 누구이고, 반대로 가장 먼저 죽는 사람은 누구일까? (이제 많이 바뀌고 있긴 하지만 여전히) 대부분 끝까지 살아남아 결국 영웅이 되는 이는 남성이고 그 과정에서 죽어나가는 이는 여성/비남성이다. 특히 그들이 '정상성'과 거리가 있다? 그럼 죽는 순위 상위권 바로 당첨이다. 이야기 속에서 기본값이라 여겨지는 남성, 비장애인, 시스젠더, 이성애자, 백인, 원주민 등이 아닌 '이상한' 존재들은 이야기의 '재미', '흥미', '자극'을 위해 사용되는 소재일 뿐이다. 그리고 곧바로 버려진다. 이런 차별적인 관행은 오랫동안 반복됐다.

하지만 〈피어 스트리트〉는 다르다. 여기엔 죽지 않고 해피엔딩을 맞이하는 레즈비언 디나가 나온다. 사실 〈피어 스트리트〉는 동명의 책이 원작인데 여기에는 퀴어 서사가 등장하지 않는다. 백인 유대인 남성이 쓴, 1990년대에 출간된 소설이었으니 뭐 대충 짐작할 수 있을 것이다. 그런 책을 원작으로 한 작품이 어째서 퀴어가 주인공인 영화로 변모하게 됐을까? 이 영화의 감독 리 자니악과 작가 필 그리지아데이(필은 커밍아웃한 게이이기도 하다)는 미디어, 특히 호러 장르에서 퀴어 및 소수자가 '사용'되는 방식을 정확히 알고 있었다. 리 자니악 감독은 한 인터뷰에서 이렇게 말했다.

> 우린 영화를 만드는 과정에서 (영화 속 배경인)
> 셰이디사이드shadyside 세계에 집중하려고 했다. 그곳은
> 섹슈얼리티, 인종, 사회경제적 지위 등이 단지 다르다는
> 이유로 소외된 사람들로 가득 차 있었다. 우리는 (공포
> 영화에서) '일반적으로' 매우 빨리 죽는 캐릭터의
> 이야기를 들려주고 싶었다.[*]

이 인터뷰를 발견했을 때 정말 울 뻔했다. 난 오랫동안 누군가가 "'일반적으로' 매우 빨리 죽는 캐릭터의 이야기"를 해주길 바랐는데, 마침내 그 이야기가 나에게 도달한 것이다. 이 이야기를 사랑할 수밖에 없는 운명이었다.

〈피어 스트리트〉는 총 세 편, 〈피어 스트리트 파트 1: 1994〉, 〈피어 스트리트 파트 2: 1978〉, 〈피어 스트리트 파트 3: 1666〉로 이뤄져 있다. 말했다시피 주인공은 디나와

---

[*]　Kristy Puchko, "Leigh Janiak on the Making of the Fear Street Trilogy, Its Queer Love Story, Cliffhanger Endings, and More", *Roger Ebert Site*, 2021.6.2. https://www.rogerebert.com/interviews/fear-street-netflix-leigh-janiak-interview-2021.

그의 여자친구 샘이다. 이들은 셰이디사이드라는 동네에 살고 있는데, 셰이디사이드는 그 이름 그대로 그늘진 곳으로 이른바 '실패한 사람들', '가망 없는 사람들'이 주로 모여 사는 곳이다. 바로 옆 동네인 서니베일sunnyvale은 역시 이름 그대로 햇빛이 들어오는 곳으로, '성공한 사람들', '희망찬 사람들'이 모여 사는 곳이다. 바로 옆에 붙어 있는데도 극과 극인 공간.

그런 셰이디사이드에서 미래 없는 암담한 삶을 꾸역꾸역 살아가는 디나에게 청천벽력 같은 소식이 들려온다. 샘이 (부모의 이혼 후 엄마를 따라) 서니베일로 이사를 가버린 것이다. 감당할 수 없는 소식에 자신이 먼저 헤어짐을 고해버렸지만, 샘을 향한 마음이 사라졌을 리 없다. 미련 뚝뚝의 전 여친이 된 디나는 설상가상으로 이제 '이성애'를 하는 샘을 목격하게 되고, 분노 게이지가 점점 상승한다(이렇게 세상이 또 한 명의 '앵그리 레즈비언'을 탄생시키고……). 디나의 이런 분노는 뜻하지 않게 셰이디사이드에서 다시 한 번 일어난 (원인 불명의 사건, 미쳐버린 혹은 마약을 투약한 애들이 정신을 잃고 날뛴 사건으로 명명되어버리는) 잔혹한 살인 사건과 연결된다. 이후 〈피어 스트리트〉 이야기가 본격적으로 시작된다.

디나는 아주 오래전 마녀로 몰려 교수형을 당한 세라 피어의 표적이 되어 살인귀들에게 쫓기는 신세가 된 샘을 구하기 위해 나선다. 미워하려 했지만 도저히 미워할 수 없었던 사랑하는 샘을 지키기 위해서라면 디나는 두려울 것이 없었다. 상대를 사랑하는 마음은 사실 샘도 마찬가지였다. 동성애/퀴어 혐오자인 엄마와 사회의 시선 때문에 어쩔 수 없이 이성애를 하며 '정상성'으로의 편입을 시도했지만 본심은 달랐다. 샘에게 디나는 "난 너와 있을 때 진짜 내가 돼"라고 말할 수 있는 사람이었으니까. 그런 샘에게 디나는 "너 그리고 우리가 바로 탈출구니까"라고 응답한다. 그리고 살인귀들이 턱밑까지 쫓아온 순간까지도 "이게 끝나면 다시 너랑 데이트를 나갈 거야"라는 약속을 덧붙인다 (하아, 이 절절한 사랑 어쩔 거냐고요). 정말 희대의 로맨티시스트인 디나의 사랑 행각은 〈피어 스트리트〉 세 편 내내 계속되는데, 그걸 보는 내 마음은 정말 한없이 뭉클해질 수밖에 없었다. 디나의 거침없는 사랑과 그것을 지키고자 하는 용기는 내가 상상했던 것 이상이었다. 그저 무조건 이 사랑을 응원할 수밖에 없었다.

〈피어 스트리트〉는 이야기의 시작부터 엔딩까지 날 너무 행복하게 했다. 디나와 샘의 사랑 이야기 때문만이 아니다. 〈피어 스트리트〉는 셰이디사이드라는 보잘것없는 동네를 살아가는 10대 청소년들이 자신의 가능성 따위를 전혀 고려치 않는 세상에 맞서 싸우는 이야기, 1990년대를 살아가는 퀴어/레즈비언인 여자애가 끝까지 자신의 사랑을 쟁취하기 위해 목숨 거는 이야기, 1600년대 마녀로 몰린 '이상한 존재'인 여자가 수 세기를 넘어 복수하는 이야기, 잘사는 사람들이 잘사는 건 그들의 능력 때문만이 아니라 그들이 행하는 착취 때문이라는 무섭고 잔인한 비밀을 알려주는 이야기였다. 그리고 다시 한번 말하지만, 디나와 샘은 끝까지 살아남는다는 것.

난 왜 이렇게 '살아남았다'에 집착하게 됐을까? 퀴어 캐릭터가 죽어나가는 걸 질리도록 봐서? 잊을 만하면 들려오는 부고 소식 때문에? 사실 둘 다다. 그래서 둘 다 바꾸고 싶다. 미디어에서 퀴어가 재현되는 방식을 바꾸고 싶고, 현실의 퀴어가 죽지 않고 살아갈 수 있는 사회를 만들고 싶다. 사실 이 책도 그걸 하고 싶어서 쓴 거다. 한꺼번에 둘 다하겠다는 건 과한 욕심인지 모르겠지만, 난 충분히 많은 퀴어 캐릭터를 그리고 퀴어 친구들을 떠나보냈다. 이젠 엔딩까지 살아남는 이야기를 좀 보고, 듣고 싶다. 나 또한 엔딩까지 살아남고 싶고, 많은 이들이 그랬으면 좋겠다. 이걸 과한 욕심이라고 한다면 솔직히 망해야 하는 사회이지 않을까?

물론, 망하지 않는 사회를 꿈꾼다. 그러기 위해선 변해야 한다. 〈피어 스트리트〉에서 디나는 이렇게 말한다.

난 악마는 무섭지 않아. 내가 무서운 건 우릴 마녀로 모는 동네 사람들, 자기 딸이 교수형당하게 두는 엄마, 이 사회야. 그들이 마녀를 원한다면 내가 마녀가 돼주겠어.

나 또한 변화를 위해서 기꺼이 마녀가 될 생각이다. 무서워하든 싫어하든 상관없다. 다만 그런 마녀가 나 혼자만은 아니었으면 좋겠다. 이미 혼자가 아닌 걸 알고 있지만 더 많아졌으면 좋겠다. 이 사회의 '정상성'과 마음껏 불화할 마녀들을 기다린다. 우리가 만들어갈 문란하고 화끈한 세상도.

세상을 더 퀴어하게

처음 이 책을 쓸 때만 해도 '여자 이야기라니, 술술 하겠군'이라고 생각했지만 그건 대단한 착각이었다. 그 여자들을 이야기하기 위해선 내 이야기도 해야 했고, 내 이야기를 꺼내기 위해선 묻어두었던 감정이나 기억도 떠올려야 했다. 그 과정은 때때로 재미있기도 했지만 늘 상쾌한 건 아니어서 조금 지칠 때도 있었다. 그럼에도 계속 글을 쓸 수 있었던 건 '이 이야기도 해야지, 저 이야기도 해야지'라며 내 등을 콕콕 찌르는 많은 여자들이 있었기 때문이다. 지금의 내가 있기까지 정말 혁혁한 공을 세운 그들의 이야기를 해야 은혜를 갚는 일이라 생각했다.

그런 점에서 이 책은 이야기를 만드는 사람, 창작자들에게 고마움과 응원을 담아 보내는 러브레터이기도 하다. 내가 사랑한 여자들을 만들어준 그들 덕분에 난 정말 혼자가 아닐 수 있었고, 살아낼 수 있었다. 정말이다. 우울하고 슬프고 무기력한 날에 날 일으켜세운 건 "○○○ 다음 시즌 나온대!",

○○○ 배우가 퀴어 영화 찍는대!" 같은 소식이었다. 그런 소식과 멋진 콘텐츠들이 날 먹여 살렸다. 정말 감사하다. 앞으로 또 내가 사랑할 여자들을 만들어줄 창작자들에게도 미리 감사를 전한다. 이야기가 가진 힘을 믿는(믿을 수밖에 없는) 사람으로서, 당신의 이야기가 대단히 많은 사람에게 사랑받고 엄청난 상을 받는 이야기가 아니더라도 쓸모없지 않다는 걸 믿었으면 좋겠다. 누군가가 '그건 금지된 이야기야. 이상한 사람들 이야기야. 소수의 이야기야. 인기 얻지 못할 이야기야'라고 하더라도, 그건 분명 누군가의 이야기이고, 그 누군가는 자신의 이야기가 세상에 보여지고 들려지길 애타게 기다리고 있다는 걸 기억해줬으면 좋겠다. 그리고 그 이야기가 사람과 세상을 바꿀 수 있다는 것도. 앞으로도 응원하고 또 응원하겠다.

사실 내가 창작자들을 이렇게 응원하는 건 사심과 연결되어 있기도 하다. 나의 원대한(?) 꿈이 퀴어 콘텐츠를 만드는 창작자들을 위한 시상식을 만드는 것이기 때문이다. 미국에 있을 때 글래드 미디어 어워즈GLAAD Media Awards*에서 자원활동을 한 일이 있는데(어떤 기대를 할까봐 덧붙이자면 그저 기프트백을 포장하는 일이었다. 하지만 이런 소소한 노동도 중요한 일이다!) 그때 언젠가 한국에서도 이런 행사를 열어보고 싶다는 약간 대책 없는 꿈을 갖게 됐다. 이 꿈은 많은 창작자들이 다양한 퀴어 콘텐츠를 만들어줘야만 이룰 수 있다. 누군가의 꿈이 당신들에게 달려 있다는 사실을 꼭 기억해줬으면 좋겠다. (부담스럽다고 해도 어쩔 수 없다. 부담 주는 거 맞다.)

하지만 창작자들만이 그 부담을 짊어져선 안 된다. 바로 며칠 전, 꽤 알려져 있는 독립영화 배급사가 문을 닫았다는 소식을 듣고 조금 충격을 받았다. 작은 영화제들도 하나둘 사라지거나 규모가 축소되고 있다. 내가 사랑하는 한국퀴어영화제도 올해 힘들게 운영 중이라 들었다. 소위 대중적이지 않다고 여겨지는 콘텐츠들을 접할 수 있는 공간과 그들을 지원하는 제도는 꼭 필요하다. 창작자들이 더 다양한 '이상한' 이야기를 만들고 그것이 더 많은 이들에게 가닿을 수 있도록 함께 응원하며 목소리를 내자!

또한 책을 쓰며 많이 떠올렸던 건 나와 '비슷한' 사람들이었다. 퀴어/성소수자뿐만 아니라 자신의 이야기가 세상에 없거나 보이지 않아서 필사적으로 찾아다녀야 했던 사람들에게 이 책의 이야기가 어떤 조그마한 희망이라도 될 수 있다면 너무 기쁠 것 같다. 나도 내 이야기를 찾을 수 없어서 절망하던 때가 있었지만 정말 아무도 안 하고 있는 건 아니었다. 조금 찾기 힘들 때도 있긴 하지만 누군가는 분명 열심히 이야기하고 있고, 함께 이야기를 나눌 이들을 기다리고 있다. 덧붙여, 그렇게 드러나지 않은 이야기를 조금 오래 찾아다닌 사람으로서 말해보자면, 분명 조금씩 늘어나고 있다는 거다. 내 이야기, 우리 이야기는 더 나올 거다. 그러니까 조금만 버티자.

　이 책을 읽은 사람들이 날 현실의 인간관계가 없는 사람으로 오해할까봐 덧붙이자면, 당연히 내 삶에 영향을 미친 건 영화나 드라마 속 여자들만이 아니다. 정말 운 좋게도 너무 훌륭한 여성/비남성을 많이 만났고, 그들 또한 내 삶을 많이 바꿔놓았다. 일일이 언급하고 싶지만 혹시 누군가를 빠뜨리는 큰 과오를 저지를까봐 참는 것이니 부디 양해해주시기를. 당신들의 동료, 친구일 수 있다는 건 내 인생의 가장 큰 행복이자 영광이라는 걸 알아주셨으면 좋겠다. 원가족에게도 감사함을 전한다. 여전히 무척 다르고 서로를 이해하지 못할 때가 더 많지만 그럼에도 이렇게 '별난' 나를 응원해주고자 노력한다는 걸 안다. 정말 늘 고맙다. 지금 나를 든든히 지지해주는 가족인 고양이들과 파트너에게도 감사하다. 노잼(재미없음)으로 타고난 나에게 "네가 제일 웃겨"라고 말하는 다소 이상한 취향을 가진 파트너 덕분에 글 쓰는 자신감도 상승할 수 있었다. 나의 일터인 페미니스트 저널 《일다》와 조이여울 편집장에 대한 감사도 빼놓을 수 없다. 당당하게 자랑스러워할 수 있는 일을 한다는 건 정말 너무 큰 행운이다. 많은 여자들을 만날 수 있고 그들의 이야기를 들을 수 있는 일을 직업으로 하는 기쁨을 누리고 있으니 말이다. 이 책을 처음 제안해주신 이정신 편집자와 책이 잘 마무리될 수 있도록 아낌없이 조언을 나눠주신 한의영 편집자 덕분에 책이 나올 수 있었다. 세심한 노동에 감사드린다.

마지막으로, 여자를 사랑하고 (미워하지만 또 애정하고, 질리도록 정떨어질 때도 있지만 결국 또다시) 사랑하는 여자들에게 이 책이 재미있게 읽혔다면 더할 나위 없이 기쁠 것 같다. 자신이 사랑한 여자들을 떠올리며 여러 기억을 소환했다면 좋겠다. 또 누군가는 '아니, ○○○의 ○○○도 당연히 들어가야 하는 거 아니냐, 왜 빠졌냐?'고 항의할 수도 있을 것이다(당연히 이해한다. 다만 나 또한 눈물을 머금고 뺀 이들이 있다는 걸 알아주기를). 그들이 당신에게 어떤 여자였는지 알려준다면 그 또한 너무 행복할 것 같다. 우리 함께 그 여자들을 이야기하며 세상을 조금 더 퀴어하게 만들자.

영화/드라마 목록

※ OTT 플랫폼명에 괄호가 있는 건 그 플랫폼에서 감상할 수 있는 작품이라는 의미이고,
   괄호가 없는 건 그 플랫폼의 오리지널 작품이라는 의미다.

1992 〈동방불패〉/ 영화 / 홍콩

1997~2003 〈뱀파이어 해결사〉 드라마 / 미국 / (디즈니플러스)

1999 〈하지만 나는 치어리더예요〉 영화 / 미국

2004~2009 〈엘 워드〉 드라마 / 미국 / (쿠팡플레이)

2004 〈세이빙 페이스〉 영화 / 미국

2005 〈이매진 미 앤 유〉 영화 / 영국

2005 〈렌트〉 영화 / 미국

2005~2008 〈사우스 오브 노웨어〉 드라마 / 미국

2005~ 〈그레이 아나토미〉 드라마 / 미국 / (디즈니플러스)

2009~2015 〈글리〉 드라마 / 미국 / (디즈니플러스)

2010 〈예스 오어 노〉 영화 / 태국

2010~2016 〈로스트 걸〉 드라마 / 캐나다

2011~2016 〈퍼슨 오브 인터레스트〉 드라마 / 미국

2015 〈로렐〉 영화 / 미국

2016 〈아가씨〉 영화 / 한국

2016~2021 〈와이노나 어프〉 드라마 / 캐나다

2018~2021 〈포즈〉 드라마 / 미국 / (디즈니플러스)

2018~ 〈스테이션 19〉 드라마 / 미국 / (디즈니플러스)

2019~2023 〈엘 워드: 제너레이션 Q〉 / 드라마 / 미국 / (쿠팡플레이)

2020 〈틴에이지 바운티 헌터스〉 드라마 / 미국 / 넷플릭스

2021 〈피어 스트리트〉 영화 / 미국 / 넷플릭스

2021 〈마인〉 드라마 / 한국

2021 〈NCIS: 하와이〉 드라마 / 미국

2022 〈사랑할 수 없는 두 사람〉 드라마 / 일본

2022 〈아스트리드와 릴리가 세상을 구한다〉 드라마 / 캐나다

2022 〈그들만의 리그〉 드라마 / 미국 / 아마존 프라임

2022 〈갭: 더 시리즈〉 드라마 / 태국

2023 〈인선지인: 웨이브 메이커스〉 드라마 / 대만 / 넷플릭스

2023 〈엑스오, 키티〉 드라마 / 미국 / 넷플릭스

2023 〈압박감을 이겨라: 미국 여자 월드컵팀의 도전〉 / 다큐멘터리 / 미국 /
    넷플릭스

2023 〈마틸다즈: 월드컵으로의 여정〉 / 다큐멘터리 / 호주 / 디즈니플러스

2023 〈나이애드의 다섯 번째 파도〉 영화 / 미국 / 넷플릭스

2024 〈체이서 게임 W: 갑질 상사는 나의 전 여친〉 / 드라마 / 일본 / (웨이브)

누가 나만큼 여자를 사랑하겠어

초판 1쇄 펴낸날   2024년 5월 15일
지은이   박주연
펴낸이   박재영
편집   임세현·한의영
마케팅   신연경
디자인   조하늘
제작   제이오
펴낸곳   도서출판 오월의봄
주소   경기도 파주시 회동길 363-15 201호
등록   제406-2010-000111호
전화   070-7704-5240
팩스   0505-300-0518
이메일   maybook05@naver.com
트위터   @oohbom
블로그   blog.naver.com/maybook05
페이스북   facebook.com/maybook05
인스타그램   instagram.com/maybooks_05

ISBN   979-11-6873-102-8 03810

만든 사람들
책임편집   한의영
디자인   조하늘